NO RASTRO DE AMBER

NO RASTRO DE AMBER

CHRISTINE LEUNENS

Tradução
Marina Vargas

1ª edição

Rio de Janeiro | 2024

CIP-BRASIL. CATALOGAÇÃO NA PUBLICAÇÃO
SINDICATO NACIONAL DOS EDITORES DE LIVROS, RJ

L638n Leunens, Christine
        No rastro de Amber / Christine Leunens ; tradução Marina Vargas Couto. - 1. ed. - Rio de Janeiro : Bertrand Brasil, 2024.

        Tradução de: In Amber's wake
        ISBN 978-65-5838-250-8

        1. Romance americano. I. Couto, Marina Vargas. II. Título.

23-87152
                          CDD: 813
                          CDU: 82-31(73)

Meri Gleice Rodrigues de Souza - Bibliotecária - CRB-7/6439

Copyright © Christine Leunens, 2022

Copidesque: Carolina Câmara

Texto revisado segundo o novo Acordo Ortográfico da Língua Portuguesa.

Todos os direitos reservados. Não é permitida a reprodução total ou parcial desta obra, por quaisquer meios, sem a prévia autorização por escrito da Editora.

Direitos exclusivos de publicação em língua portuguesa somente para o Brasil adquiridos pela:
EDITORA BERTRAND BRASIL LTDA.
Rua Argentina, 171 – 3º andar – São Cristóvão
20921-380 – Rio de Janeiro – RJ
Tel.: (21) 2585-2000
que se reserva a propriedade literária desta tradução.

Impresso no Brasil

Seja um leitor preferencial.
Cadastre-se no site www.record.com.br
e receba informações sobre nossos
lançamentos e nossas promoções.

Atendimento e venda direta ao leitor:
sac@record.com.br

Para os meus filhos

Ponto de Retorno Seguro

3 de janeiro de 1991

Não havia janelas pelas quais olhar. Nenhuma nuvem branca no céu azul que se assemelhasse à terra congelada que logo seria nosso destino final. Não a bordo do LC-130 Hércules da Força Aérea neozelandesa, um avião militar. Tampouco havia carpete, poltronas ou isolamento acústico. Apenas nós, ou seja, nossa equipe de filmagem composta de seis integrantes, sentados diante de uma fileira de cientistas e militares. Os assentos não passavam de tiras entrelaçadas que mantinham nosso traseiro longe dos parafusos, e eu não era o único cujo estômago me forçava a correr para o "balde" nos fundos do avião. Toda vez que alguém ia vomitar, uma espécie de reação em cadeia se iniciava.

— É melhor do que ir andando. — Ouvi um militar gritar para o sujeito ao lado dele.

— Não muito, mas é! — Foi a resposta.

De repente, fomos surpreendidos por mais turbulência — não exatamente o melhor momento para o piloto anunciar que havíamos chegado ao PRS. À minha esquerda, Bertrand gritou que "PRS" significava "Ponto de Retorno Seguro". Depois que passássemos dali, berrou ele, mesmo que as condições meteorológicas piorassem, só nos restaria pousar ou cair na Antártida, porque não teríamos combustível suficiente para voltar. Com uma empolgação infantil, acrescentou que, se fosse arriscado demais pousar em McMurdo, teríamos que voar na direção do polo sul na esperança de encontrar uma pista ou tentar um "pouso às cegas" em meio à neve. Com o cabelo ruivo domado sob um boné promocional do BeaverTails, uma barba que também precisava ser domesticada e o nariz vermelho por causa do frio e da bebida, Bertrand parecia mais um substituto de Papai Noel do que o cineasta talentoso que eu conhecia fazia tempo; e por um fenômeno da natureza, sua risada se assemelhava mais a um rugido, impressão à qual as sobrancelhas espessas só acrescentavam uma pitada de intensidade.

Apesar do barulho dos motores do turboélice, alguns dos homens tinham pegado no sono. Mas eu não conseguia dormir. Eram muitos "e se". E se alguma coisa acontecesse comigo antes de eu contar a verdade? Isso me fez pensar naquele voo fatal, o 901. Esses voos turísticos costumavam decolar e aterrissar de volta na Nova Zelândia no mesmo dia, sem pousar na Antártida. "Voos em looping para lugar nenhum", como eram conhecidos.

Aterrissamos na pista de gelo azul e, ao desembarcarmos, o assombro diante da profundidade e da imensidão do branco ininterrupto me fez perder o fôlego. Então, experimentei por um momento como deve ser a primeira respiração de um recém-nascido, o ar entrando dolorosamente até os pulmões e, também como um recém-nascido, levei um tapa nas costas para colocar para fora o grito de choque. Como eu suspeitava: Bertrand. Tive que me esforçar ao máximo para manter a expressão séria — ele estava usando um chapéu de pelo de guaxinim, o rabo listrado pendendo de um dos lados. Eu não fazia ideia de como aquela coisa morta e empoeirada tinha passado pela alfândega neozelandesa, mesmo em trânsito. Com aquela barba e as sobrancelhas espessas, e agora metade da cabeça taxidermizada, era como estar cara a cara com o Abominável Homem das Neves.

— Você não tem nada com que se preocupar aqui, Ethan. Nada de ursos-polares, lobos nem *alces* — disse ele, para me provocar. Alces eram uma velha piada entre nós.

— Ah, pode apostar que eu tenho. — Não consegui conter o impulso de puxar o rabo do chapéu. — Com esta coisa na cabeça, você parece o elo perdido!

— Larga isso. — Ele deu um tapa na minha mão.

Assim que todos estavam reunidos, Bertrand começou o discurso sobre "no que vocês se meteram".

— Tomem cuidado com as pontes de neve. Não se deixem enganar por superfícies lisas, elas podem ter apenas a espessura de um polegar. E embaixo — assobiou ele — uma queda de trinta metros. Então, quando eu disser estátua, é *estátua*!

— Vamos virar estátuas *de gelo* — brinquei, embora os quebequenses calejados ao meu redor não parecessem estar se importando muito.

Bertrand concluiu com calma o que tinha a dizer.

— Só vamos embora depois que fizermos jus ao roteiro do Ethan aqui. — Ele colocou o braço pesadamente sobre meus ombros. — E capturarmos o espírito deste lugar. E, quando isso acontecer, eu gostaria de dedicar o documentário a Aurélie, minha mulher, que já aguenta não apenas a mim como também meu hobby de filmar há trinta e quatro anos. Então tratem de não fazer nada estúpido, para eu não ser obrigado a dedicar o filme a vocês.

Bertrand e eu nos conhecemos faz tempo. Eu poderia escrever páginas e mais páginas sobre seu coração de ouro e seu hábito de defender os mais fracos, sua risada, mais alta que seu grito, sua forma de enxergar a situação como um todo e não dar a mínima para o resto. Mas até onde eu sei, ele ainda não está morto, então não preciso fazer um elogio fúnebre.

Pouco depois, embarcamos no ônibus *Ivan, o Terra* e fomos conduzidos até a Base Scott, onde nos indicaram nossos armários. Armários sem cadeado, devo especificar, pois era de se presumir que ninguém fosse pensar em mexer nas coisas de outra pessoa. Depois de um resumo sobre o funcionamento do local — gerador, segurança contra incêndio, remédios, xixi, lixo pesado, outros resíduos (para onde vão aqui, para onde vão depois [de volta a Christchurch]) e outras informações às vezes indesejadas —, fomos levados ao barracão Q. Na hora de escolhermos nossos beliches, eu sabia por experiência própria que era melhor ficar acima de Bertrand do que debaixo dele, se não quisesse que o colchão se curvasse até bater em meu rosto. Nossa primeira refeição foi uma variedade de alimentos quentes que comemos na sala de jantar, enquanto

Bertrand conversava com o cozinheiro, tentando fazer amizade, suspeito, para descobrir como assaltar a despensa no meio da noite.

Aqui eles desligam o aquecimento à noite. Estou em um dos espaços comuns, onde no momento a temperatura é de dois graus Celsius (e segue caindo), com uma pele de carneiro me cobrindo e com o notebook no colo me aquecendo de leve. Os outros já foram para a cama faz tempo; é tarde, mesmo que não pareça por causa do sol da meia-noite. Embora o objetivo deste diário seja contar o que estou fazendo aqui na longínqua Antártida, ele contém mais do que isso, já que este documentário foi uma ideia que tive durante minhas noites insones — para não enlouquecer, encontrei uma maneira de vir até aqui, em uma espécie de autoexílio. Resumindo: eu precisava muito de espaço, de uma tela em branco, de distância para poder confessar o que tenho a confessar, para ter certeza de que vou colocar a verdade no papel. Para isso, tenho que abrir a bolsa de couro que está ao meu lado no chão, cheia de antigos diários, cobrindo cerca de uma década de vida. Acho que finalmente cheguei ao PRS.

Nambassa

27-29 de janeiro de 1979

Quem não foi nunca vai entender a magia do Nambassa, assim como quem foi nunca vai conseguir descrevê-la sem transformar um tapete voador em um capacho. Pragmaticamente falando, era um festival de música, artesanato e estilos de vida alternativos que acontecia em uma fazenda no Golden Valley, os milhares e milhares de pessoas que surgiam, uma reminiscência de Woodstock; uma celebração da paz e do amor, o sonho hippie ao alcance de todos. O que ainda consigo ver dele é apenas a ponta do iceberg. Multidões erguendo isqueiros para a Little River Band e bandas cover tocando The Doors e Bob Dylan, uma floresta de pessoas, crianças correndo em meio a um emaranhado de membros, mulheres se refrescando em chuveiros portáteis, corpos nus expostos para quem quisesse ver. Uma sensação de liberdade, como se flutuássemos a um centímetro do chão. Tudo bem, não vou negar que dei umas tragadas em um baseado, a fumaça adocicada da multidão provavelmente contribuindo como uma aromaterapia difusa.

Eu pretendia ir com Olivia, minha namorada na época, mas não deu certo, porque ela odiava "meus shows e toda aquela multidão". Para ela, eu estava sempre aquém do ideal representado por Barry Manilow (o que diz muito sobre seu gosto musical). No festival, todo tipo de coisa era vendido ou trocado ao ar livre: massagens e reflexologia onde quer que houvesse espaço para uma maca; cholis, sáris e calças saruel em uma barraca; momos, samosas, naan em outra, um monte de estátuas de Buda... Se eu não soubesse onde estava, honestamente teria pensado mais em Goa do que em Godzone. Em meu segundo dia lá, em uma mesa cheia de "anéis de humor" cintilando ao sol, meu olhar foi atraído por uma mulher magra, de aparência frágil e com cabelos loiros até a cintura. Acho que foi porque ela parecia perturbada, as mãos trêmulas enquanto examinava um dos anéis. Estava vestida de maneira estranha, com uma calça branca justa e uma camisa antiquada também branca, suja e manchada de grama. Como se precisasse de alguém para testemunhar aquele momento, e esse alguém por acaso fosse eu, ela olhou para mim e disse:

— Sabe, os cristais líquidos reagem a você. Cada cor significa um estado de espírito diferente. É como se abrangessem um arco-íris, listra a listra.

Pensei que, se ela precisava de um objeto "mágico" para interpretar as próprias emoções, devia haver alguma coisa muito errada.

Com um sorriso irônico, ela colocou o anel no dedo e perguntou:

— Como eu estou hoje? *Com medo? Com raiva?*

— Confusa? — sugeri, embora achasse mais provável que ela estivesse apenas chapada.

Quando se afastou, alguma coisa nela me deixou ao mesmo tempo curioso e preocupado. A maneira como abraçava a si mesma, cambaleando de barraca em barraca, fazia com que parecesse sozinha e vulnerável naquele mar de gente... Então, em um movimento inesperado, ela atravessou a multidão em diagonal na direção de um campo, quase como se estivesse sendo levada por uma corrente marítima, e eu a segui a uma curta distância.

Ela se aproximou de dois cavalos de aparência abatida em um cercado ensolarado, e a maneira como acariciou os focinhos me deu a impressão de que lhe ofereciam algum apoio emocional.

— Vocês querem que essas moscas irritantes deixem vocês em paz, não é? — disse ela, afastando a nuvem escura de insetos enquanto puxava a cabeça de cada um dos animais para junto da dela com tanta ternura que quase me fez desejar ser um cavalo.

— Oi, olá. Eu sou o Ethan — apresentei-me parando ao lado dela. — Você está bem?

Mais de perto, percebi que ela provavelmente estava no fim da adolescência. Tinha uma beleza natural, olhos azul-claros, levemente oblíquos, cílios claros e o nariz queimado de sol, uma boca bonita e carnuda, uma aparência simples, próxima da natureza, quase escandinava.

— Vamos ver... — Ela estreitou os olhos para se proteger do sol enquanto examinava a pedra de seu novo anel. — Hum, eu poderia estar melhor.

Eu podia jurar que tinha ouvido a palavra "âmbar" quando ela estendeu a mão para me mostrar o anel.

Dei uma olhada na bijuteria.

— Está preto — falei, intrigado.

Ela franziu o nariz, parecendo tão confusa quanto eu.

— E não âmbar — apontei.

Ela concordou com a cabeça e acrescentou:

— Eu disse *Amber*. É meu nome.

Droga, ela tinha estendido a mão para nos cumprimentarmos.

— Ah, desculpa! Eu achei que você queria dizer que seus cristais líquidos estavam... você sabe, amarelados.

Nós dois rimos e ficamos parados por um momento, sem saber o que dizer.

— É... você veio a cavalo? — arrisquei.

Ela olhou para o traje de montaria e deu de ombros.

— Eu sei. Um trilhão de pessoas, e eu tinha que ser a mais esquisita. Eu tenho um irmão mais velho... ele me trouxe para cá, depois sumiu com uns caras. — Ela pareceu se lembrar desse fato e esfregou as têmporas, fazendo pequenos círculos. — Nós viemos de última hora para ver se encontrávamos um pouco de paz e segurança.

— Paz e segurança?

— Para ele não ser morto por causa de *piaffes* e *demi-voltes*!

Eu devo ter feito uma cara de quem não tinha entendido nada, porque ela fez um gesto como se segurasse rédeas.

— O Daniel faz adestramento, meu pai cria cavalos. Para o papai, adestramento é tão ruim quanto um *menino* querer fazer *balé*.

— Será que nós somos parentes por parte de pai? O meu acha que só garotas podem ter cabelo comprido.

Ao ouvir isso, ela mordeu o lábio.

— É que o cavalo quebrou a pata durante a coreografia. E teve que ser sacrificado.

Continuamos caminhando, um passo lento por vez, até uma área onde havia menos aglomeração. Por fim, a baía se abriu em um turquesa-claro sobre o qual ondulava uma malha de luzes, o cheiro de água do mar flutuando até nós, e acampamos ali. Pelo restante do dia, noite adentro e até tarde no dia seguinte, compartilhei com ela tudo o que tinha: *scones* de queijo, *scones* de passas, cerveja de gengibre, esteira de acampamento, um saco de dormir que abri quando a noite caiu para nos protegermos dos mosquitos; e ela compartilhou comigo tudo o que tinha: protetor labial, seu conhecimento sobre as constelações do zodíaco e suas grandes ambições de proteger a vida marinha, salvar animais e impedir que o mundo fosse destruído. Além de um mergulho matinal vestindo apenas nossa roupa íntima, a única coisa que fizemos foi conversar, conversar e conversar. Bem, no começo, ela falava, falava e falava, enquanto eu escutava, escutava e escutava.

— Cavalos são animais fortes e robustos, mas basta um passo em falso, e de repente parecem feitos de vidro — explicou-me. — Um como aquele custa o equivalente a uma casa, e meu pai não conseguiria nem dar a ele uma vida tranquila como reprodutor, porque o osso da perna de um cavalo se estilhaça em milhares de fragmentos, como vidro, e ele nunca ficaria curado. Se continuasse vivo, o pobrezinho iria sofrer demais. E meu pai adorava aquele cavalo. Quando ainda era um potro, ele pulava tanto que meu pai o batizou de Pipoca.

Ela me contou que o pai havia apontado o rifle para Pipoca e depois o abaixado, e em seguida ficado andando de um lado para outro, quebrando a cabeça em busca de outra solução... que, infelizmente, até ela sabia não existir. Então ela pegou o rifle, e os relinchos estridentes a fizeram se encolher tanto que foi o próprio estrondo que a fez perceber que um tiro havia sido disparado.

Acho que depois ela não se lembrava nem da metade do que havia me contado enquanto ainda estava sob o efeito do trauma, porque, nas semanas seguintes, toquei no assunto uma vez, e a cena mudou de maneira inexplicável. Dessa vez, o pai havia ordenado que ela voltasse para dentro de casa e atirado em Pipoca à queima-roupa, de modo que o sangue espirrara em Daniel. Será que Amber não queria que ninguém, nem ela mesma, soubesse que ela havia cometido um ato violento, ainda que necessário? Ou será que essa era a versão para "todo mundo", e não aquela reservada ao cara especial em sua vida?

As horas passavam e, conforme a luz ia mudando, eu distinguia leves deltas salgados em suas bochechas. As ondas quebravam de leve na praia, e a música soava ao longe, como um trovão distante depois que a tempestade passa. Uma tranquilidade se abateu sobre nós, e seus olhos, de um azul-piscina pálido, me lembraram da parte funda de uma piscina em um dia ensolarado, onde raios de luz brincam. O momento estava diante de nós. Eu podia tê-la beijado, *devia* tê-la beijado, principalmente porque seus olhos fitaram os meus, e senti que ela queria ser beijada. A razão por que me segurei é complicada. Acho que na época ela parecia muito perdida, emocionalmente confusa. Mas, acima de tudo, eu não queria que mais tarde ela descobrisse que eu ainda estava com outra pessoa e que isso a fizesse perder a confiança em mim. Eu queria ser o mais honesto possível e começar as coisas do jeito certo.

Alberton

30 de janeiro de 1979

Naquela época, os ônibus tinham caixas de coleta, e não posso deixar de me perguntar se elas não desapareceram porque, às vezes, quando não tinha a moeda certa, eu usava uma espécie de anel achatado tirado da caixa de ferramentas de meu pai, partindo do princípio de que no fim das contas estava contribuindo com algo do mesmo valor. O velho jipe militar não estava lá, o que significava que os pais de Olivia já haviam saído para o trabalho. Digamos apenas que as coisas não terminaram muito bem. Rompimentos são penosos e complicados, como tentar tirar chiclete da sola de um sapato.

Nas semanas seguintes, telefonei para Amber sempre que tive oportunidade. Nossa primeira conversa ao telefone foi surreal, porque tive certeza de ter ouvido um cavalo relinchar não muito longe. "Isso é um *cavalo? Relinchando?*", perguntei, e é difícil explicar por que, quando ela retrucou: "Isso é um *carro? Buzinando?*", isso nos fez rir bastante. Talvez fosse apenas a euforia por estarmos nos falando de novo. Essas ligações eram o ponto alto do meu dia e, às vezes, algo que ela falava me fazia rir por horas depois de termos desligado; como quando, na primeira semana depois que voltamos de Nambassa, ela me contou que naquela tarde estava empilhando lenha e viu duas testemunhas de Jeová se aproximando de sua casa — ela reconheceu o homem e a mulher porque os vira meses antes —, então se escondeu atrás da pilha de lenha, feliz por não ter sido vista... até que eles contornaram a pilha e deram de cara com ela agachada, e o homem segurou um pedaço de lenha e citou a Bíblia: "Não se esconda da presença de Deus, nosso Senhor, entre as árvores do jardim!" Na semana seguinte, fui eu quem a fez rir quando contei sobre uma tarefa que tinha que realizar para o Instituto Técnico de Auckland: gravar um vídeo em preto e branco do mar. Quando fui ver a filmagem, no entanto, uma rachadura irritante dançava por toda parte, pois o vento tinha soprado um fio de cabelo meu para a frente da lente! Passei raspando, argumentando com o avaliador que minha intenção era fazer uma alusão à textura da realidade e a como ela podia ser fraturada, assim como nossa vida frágil, a qualquer momento.

Nós tínhamos um telefone de parede embaixo de uma escada em nossa modesta sala, mas mesmo com a televisão ligada, exibindo o noticiário das seis, nenhuma notícia era tão interessante para minha mãe e meu pai quanto o que podiam ficar sabendo sobre mim e minha "nova namorada" enquanto escutavam tudo o que eu dizia, às vezes apenas coisas banais relacionadas à nossa compatibilidade, eu de Peixes, ela de Aquário, porque tinha nascido apenas três dias antes de mim. Bem, *três anos* depois, mas *três dias* antes, em 17 de fevereiro de 1961. Então, faltavam poucas semanas para Amber completar dezoito anos, era o que interessava a eles. Naquela época, qualquer pessoa na casa sabia para quem eu estava ligando, porque o código de área de lugares tão pequenos como a cidade onde ela morava era muito longo, 07127, e embora o número de telefone em si tivesse apenas quatro dígitos, por acaso terminava com o número 1 repetido duas vezes, o que lhe dava um ritmo reconhecível. Victoria, minha irmã mais nova, considerava seu dever monitorar essas ligações, escutando sorrateiramente na extensão da cozinha. Era como Watergate dentro de minha própria casa, e minha mãe deixava que ela ficasse impune — provavelmente porque a espiã passava todas as informações para ela!

Uma vez, perguntei a Amber se eu e meu melhor amigo, Ben, podíamos ir visitá-la em um domingo. Ben fora uma escolha cuidadosa, porque tinha um Suzuki Fronte 1969 em estado bom o suficiente para a viagem, mas não bom o bastante para me fazer parecer um fracassado por não ter o próprio carro. Além disso, Ben tinha uma covinha que fazia com que seu queixo parecesse o bumbum de um bebê prematuro, então, a menos que ela tivesse instintos maternais exacerbados, ele também não representava perigo algum no que dizia respeito à aparência. Mas Amber se desculpou, tinha que acompanhar o pai a uma feira em Feilding para mostrar alguns "garanhões" (que, eu aprendi, eram machos muito cobiçados para cruzarem com "éguas reprodutoras"). No fim de semana seguinte, ela "sentia muito, muito mesmo", mas era o aniversário de setenta anos da avó. Por mais que gostasse de meus telefonemas, tive a sensação de que ela não tinha permissão para que ninguém "ligasse para ela", já que nossas conversas costumavam terminar com um abrupto "Tenho que ir!" ou "Falo com você depois!", e ela batia o fone no gancho quando o pai se aproximava.

Algumas noites depois, fui até uma cabine telefônica vermelha para ter um pouco de privacidade e, ao primeiro toque, Amber atendeu e, com ar sonhador, eu disse algo sobre querer apenas ouvir a voz dela.

— Não, meu jovem — disse a voz. — Aqui é a mãe da Amber.

O equívoco me trouxe instantaneamente de volta à realidade.

—Ah, *desculpe*! — gaguejei. — Você deve ser a senhora... — Só então me dei conta de que não sabia o sobrenome de Amber. Para mim, ela era apenas "Amber", assim como... a Cher era apenas "Cher".

— Deering. — A mãe dela me ajudou.

— Sra. Deering. Será que eu poderia falar com a Amber, por favor?

— Ela foi levar água para os cavalos, deve voltar a qualquer momento.

Nos minutos seguintes, minha quantidade de moedas foi como uma vela pirotécnica queimando rápido demais. O único que surgia de vez em quando na linha era o vizinho intrometido (onde Amber morava, as linhas eram compartilhadas), mas eu tinha a sensação de que se encerrasse a ligação estaria desligando na cara da mãe dela. Podia ouvir o barulho metálico das moedas caindo, e em seguida o som do telefone público engolindo-as. Quando a última moeda se foi, junto com minhas esperanças, o telefone se encarregou de desligar por mim.

10 de março de 1979

Cheguei meia hora adiantado por medo de chegar meia hora atrasado, pois nunca sabia se o trânsito em Auckland estaria bom ou ruim. Meu pai fez a gentileza de me emprestar sua van de trabalho, mas optei por estacionar bem longe por causa do raio e da meia-verdade "Nenhum trabalho é grande ou pequeno demais!" (na verdade, alguns trabalhos eram grandes e perigosos demais para que ele realizasse sozinho, porém nenhum era pequeno demais para ser ignorado). Eu também não me sentia particularmente à vontade em sair de um veículo comercial usando um terno novo: meio que dava a impressão de que um tinha sido roubado, ou o outro, apreendido por causa de dívidas.

Quando mencionou o "evento beneficente" no número 100 da Mount Albert Road, Amber não especificou que seria na Alberton House, a mansão branca de dois andares com duas torres nas laterais. Até então, eu sempre havia imaginado que da próxima vez que a visse, seria no território dela, na fazenda de seus pais. (Também se chamava "fazenda" quando era um lugar onde se criavam reprodutores?) Eu não sabia quase nada sobre criação de cavalos, mas não foi difícil imaginar Amber, com os cabelos divididos em duas longas tranças, alimentando um monte deles com feno ou forragem. (Existe alguma diferença entre feno e forragem?) Claro que eu sabia que ia me sentir um peixe fora da água, mas tinha a sensação de que ainda assim seríamos de alguma forma iguais, como o rato da cidade e o rato do campo. Assim que pus os olhos naquele lugar, no entanto, toda a conversa de Amber sobre cavalos — "garanhões", "éguas", "adestramento" — foi me fazendo pensar: "Não estou à altura dela." Tentei afastar esse pensamento. Afinal, eu sabia que era um cara legal que iria tratá-la bem, além de estar trabalhando duro para chegar a algum lugar na vida e, afinal, quem ligava para esses esnobismos?

Meus novos sapatos de couro envernizado escorregavam e, conforme me aproximava do "local", ao ver outras pessoas todas arrumadas que seguiam na mesma direção que eu, comecei a me sentir deslocado. Estava apenas *garoando*, mas os guarda-chuvas já estavam abertos, alguns no extravagante formato de cúpulas de igrejas russas. Os únicos guarda-chuvas que minha família possuía se transformavam em tulipas à primeira rajada de vento. Subi as escadas, os degraus levemente inclinados, como peças de dominó caídas, em meio a lufadas conflitantes de diferentes perfumes. Lá dentro, uma espécie de chamada invertida: você dizia seu nome para que ele fosse riscado de uma lista. A próxima barreira era de senhoras que recolhiam objetos das pessoas, mas eu não tinha nada que pudesse entregar sem parecer que estava perdendo para elas no *strip poker*. Tudo isso acontecia enquanto Amber ficava de olho em mim para o caso de eu ter algum problema para entrar, e mesmo assim quase passei por ela sem reconhecê-la. Com o cabelo preso em um coque e vestindo sandálias plataforma, meu um metro e oitenta de repente não parecia bastar.

Ela olhou para mim fingindo estar chateada, os punhos nos quadris.

— Só dois meses, e você não se lembra mais de mim? E eu achando que tinha deixado uma *marca*!

— O que diabos aconteceu com seu olho? — perguntei. A maquiagem dos olhos, embora de um azul sombreado, mal camuflava um hematoma.

— Ah, então você vai colocar a culpa nisso! — Ela deu um tapinha na testa e riu. — Nós temos um garanhão vigoroso que se recusa a trotar e toda hora sai a meio galope. Eu estava tentando adestrá-lo com uma guia ontem e ele ficou agressivo, jogando a cabeça para tudo quanto era lado, desfazendo meu círculo. — Ela roeu a unha. — Ele é um espírito livre, só isso. O nome dele é Canção de Ninar.

— *Canção de Ninar*? — repeti, incrédulo.

Ela riu.

— No mundo dos cavalos, é com os que se chamam "Canção de Ninar", "Alteza Sereníssima" ou "Merino" que você precisa ter cuidado.

— Eu não sei se apostaria meu dinheiro em um cavalo com nome de marca de colchão — falei, me referindo ao último nome que ela citou.

— Você estaria cometendo um erro. — O sorriso dela se transformou no sorriso de alguém pronto para me provocar, e nós nos encaramos, um sentimento forte e constante nos envolvendo. Graças ao meu pai, eu sabia um pouco sobre correntes elétricas, e aquele era o tipo que ele teria chamado de "positiva".

— Estou vendo que você não mudou — disse ela. Mas então, reparando no meu terno, reprimiu uma risada e acrescentou: — *Muito*.

— Não, mas você mudou. — Eu a olhei de cima a baixo, não exatamente com aprovação.

— Vem, vamos pegar um drinque, eu me sinto nua sem um copo na mão. — Ela suspirou e caminhou até uma pirâmide de espumante já servido, enquanto eu peguei um Bloody Mary.

— Isso se chama gimnofobia, medo de se sentir nu. O Ben, já falei dele para você, estuda essas coisas em psicologia. Todo medo que você puder imaginar tem um nome, mesmo os mais loucos.

— Meu maior medo é de quedas. Sonho que estou caindo de uma escada, sem corrimão, sem nada em que me agarrar, e acordo com um sobressalto. Mas não tenho medo de cair de um cavalo, por exemplo, o que acontece o tempo todo. Em compensação, só de pensar em cair da asa de um avião ou do mastro de um navio, fico em pânico.

— É vertigem, nada de mais. Se for para falarmos de coisas esquisitas, tem gente que tem medo de barba, é sério. Talvez seja porque a barba pode fazer um homem parecer uma fera. O nome é pogonofobia.

— E você? — Seus olhos se estreitaram enquanto ela brindava, encostando o copo no meu. — Me conta, qual é o *seu* maior medo?

Havia algo além de suas palavras, algo que ela estava tentando alcançar em mim quando nossos olhos se encontraram.

Foi quando um homem alto (talvez um metro e noventa) e elegante, que presumi ser o pai dela, se aproximou. Para minha consternação, ele tinha barba! Era grisalha e bem aparada, mas mesmo assim, uma barba era uma barba — eu não sabia onde enfiar a cara! Ele olhou para mim mais por curiosidade do que por qualquer outro motivo, então deslizou o braço sobre os ombros nus de Amber de uma forma que parecia indicar controle ou posse; algo na maneira como ele o fez, porém, com um toque lento e deliberado demais, não me pareceu certo, e me dei conta de que aquele homem não era o pai dela, e sim um homem *com idade suficiente* para ser pai dela, talvez até *avô* dela. O tempo todo, o que devem ter sido apenas alguns segundos, na verdade, meu rosto devia estar exibindo um choque mal disfarçado... porque uma covinha surgiu em um dos cantos da boca de Amber, como se ela lamentasse minha desaprovação, mas não quisesse esconder nada de mim. Então por que tinha me convidado? Para ser testemunha do que ela estava fazendo consigo mesma? Para agir como um herói e salvá-la? Ou apenas como amigo?

— Stuart, Ethan. Ethan, Stuart — disse ela, apontando de um para o outro. — O Ethan é *escritor* — acrescentou, orgulhosa.

— Não exatamente — corrigi. — Eu escrevo para cinema, e estou começando, ainda sou estudante.

Stuart tomou minha mão entre as suas em um gesto caloroso e paternal, em seguida se virou para ela e disse baixinho:

— Estou preocupado. A Tanya já devia ter chegado. — Seu sotaque era distintamente britânico.

— Sua esposa? — perguntei.

Amber me lançou um olhar de "cale a boca" antes de dizer baixinho:

— A Tanya é filha do Stuart.

Tomei um gole de minha bebida, tentando entender a situação. Simplesmente não fazia sentido: nossa conexão, a maneira como conversávamos e ríamos juntos ao telefone, e agora ela ali com ele, um "velhote" que havia estudado em um colégio interno elegante. De acordo com meus cálculos rápidos, ele devia ter nascido em algum momento entre as duas guerras. E não me refiro à da Coreia e à do Vietnã, não, estou falando da Primeira e da Segunda Guerra Mundial!

Amber devia saber exatamente o que eu estava pensando, porque evitou meu olhar e de repente pareceu fraca e esgotada, como se sofresse de algo que guardava apenas para si. Foi o suficiente para me amolecer. Será que havia questões mal resolvidas entre ela e o pai? Àquela altura era impossível continuar ignorando que todos gravitavam em torno das mesas, sobre as quais havia guardanapos de pano dispostos em leque, como rabos de pavão. Mas meu estômago estava revirado por causa do que tinha acabado de presenciar, então o aroma de carne e legumes não teve efeito algum sobre mim. Quando me dei conta, estava preso em um jantar formal, tentando acompanhar a conversa fiada de meus companheiros de mesa, minha boca apenas reagindo ao tom da conversa com o que eu esperava que fossem monossílabos apropriados em termos de civilidade: "Sim." "Uau." "Não?" "Ah." Devo ter dado a impressão de ser um completo idiota.

Só conseguia pensar naqueles dois sentados do outro lado do salão e, de vez em quando, deixava meus olhos vagarem casualmente, como se estivesse olhando ao redor por acaso. Até aquele momento, eu não fazia ideia de que Stuart era Stuart Reeds, da Reeds & Anderson Investors, uma empresa que tinha outdoors espalhados por toda Auckland — dois nerds com gravatas contrastantes (de bolinhas versus listras, o equivalente fashion de King Kong encontra Godzilla) e uma mensagem sobre a importância da coordenação. Só juntei os pontos quando o mestre de cerimônias se levantou para agradecer aos doadores "novos para a causa", pela "extraordinária generosidade em ajudar a proteger o meio ambiente", e apontou para Stuart, que pareceu humilde, lidando com o momento da melhor maneira possível, provavelmente porque tinha sido Amber quem o arrastara até lá. Então, no meio da refeição, vi uma senhora vagando pelas mesas, sem saber onde se sentar, até que ele pegou uma cadeira para que ela se juntasse a eles. Isso me fez pensar que talvez eu tivesse entendido tudo errado. Talvez aquela mulher fosse a esposa de Stuart.

Ou talvez não. Porque na hora da sobremesa todos tinham que se servir no opulento bufê, e quando Stuart e Amber foram até lá, eu os vi dando as mãos por um momento por trás das costas dele, como se não devessem ser vistos. Pela maneira como ele passou um prato para ela e foi servindo colheradas do que ela pedia, parecia até que Amber era jovem demais para se servir sozinha. Enquanto voltavam para a mesa, gelatina e pavlova deslizando no prato, ela olhou para mim e acenou com a ponta dos dedos. Se estivesse tirando a condensação de um para-brisa, teria limpado o suficiente apenas para um olho. Forcei um sorriso de volta, em seguida olhei para a carne, as cenouras, as ervilhas e o purê de batatas que formavam uma bela natureza-morta em meu prato — mas não me sentia particularmente inclinado a comer nada.

O Gluepot

Meados de março de 1979

Por um bom tempo depois do evento na Alberton, pensei em Stuart dia e noite, me esforçando ao máximo para vê-lo através dos olhos apaixonados de Amber. O charme, a autoridade, o dinheiro, a generosidade e a absoluta humildade. Um homem de sucesso, com certeza, e eu não era tão imune quanto sempre havia imaginado à síndrome de aversão ao homem de sucesso. Ele também não estava nada mal para a idade. Da ponta do pé até o último fio de cabelo, tudo nele ostentava um gosto refinado, mas ao mesmo tempo discreto, o cavalheiro do *jet-set* que conhecia o melhor *Duty Free* de cada escala e conexão pelo mundo. O formato liso e afunilado dos sapatos, o brilho sutil do relógio, o paletó acinturado — tudo contribuía para dar a ele o ar imponente que vinha junto do alto preço nas etiquetas. Verdade seja dita, aquela cintura devia exigir algum esforço da parte dele. Não a do paletó, e sim sua cintura de verdade — limitar a ingestão de comida e álcool, usar a esteira com uma regularidade entediante... e suponho que exercitar também uma imensa força de vontade, considerando que ele poderia colocar praticamente tudo o que quisesse em seu carrinho de compras.

De início, ele dava a impressão de ser magnânimo, caridoso e dotado de todas as qualidades que eu costumava ter que circular no caça-palavras da escola católica. Havia algo de antiquado em seu rosto também, como o mais velho dos Reis Magos em uma Bíblia infantil ilustrada — em geral aquele que levava o ouro. Os olhos azul-acinzentados, bem próximos sob sobrancelhas grisalhas franzidas, as maçãs do rosto salientes, os lábios grossos e severos e o nariz proeminente com as narinas ligeiramente dilatadas pareciam indicar que ele tinha plena consciência do mundo ao seu redor, embora menos consciência, ou simplesmente menos preocupação, em relação a si mesmo; e ainda que fosse moderadamente bronzeado, como alguém que passa o tempo ao ar livre, seus dentes eram anormalmente brancos, o que também devia ser algum tipo de clareamento que o dinheiro podia comprar.

O problema era que se Amber tivesse me rejeitado por causa de alguém da minha idade, teria sido difícil, mas com o tempo eu conseguiria digerir; agora, preferir um ancião a mim? Do ponto de vista dos meus vinte e um anos, até mesmo um homem *da idade de meu pai* (que, em comparação a Stuart, tinha *apenas quarenta e sete anos*) teria parecido velho demais. Portanto, dá para imaginar como me senti em relação a alguém a apenas algumas bengaladas da aposentadoria. Honestamente, onde ela imaginava que estaria com ele em dez anos? Vivendo os melhores momentos de sua vida em uma *vila de idosos*? Passeando pelos campos de golfe com ele e seus amigos da terceira idade, calçando sapatos de duas cores com franja?

Essa linha de raciocínio muitas vezes culminava em fantasias grotescas de nós três nos encontrando para dar umas braçadas em uma piscina pública (e é fácil adivinhar qual de nós ficava na raia rápida, na média e na lenta). Bastaria um olhar para meu peitoral e meus bíceps protuberantes enquanto eu tirava a camiseta para fazê-la piscar algumas vezes enquanto lentamente caía em si, ainda que na realidade eu não fosse nenhum Hulk. Já que eu não tinha tentado nada quando ela estava praticamente me implorando por isso, decidi que tudo bem dar esse passo agora. Bem, a princípio "esse passo" consistia em pouco mais do que enfiar o dedo no discador e reunir coragem para girá-lo.

— Alô? — A voz dela soou fraca.

— Amber? — Eu tinha certeza de que era ela dessa vez, e não a mãe.

— Ethan! — Seu alívio era palpável, como se tivesse tido medo de eu nunca mais ligar, afinal, eu tinha saído sem me despedir no sábado à noite enquanto eles estavam dançando na pista. Stuart era uma verdadeira vítima das aulas de dança de salão, que definitivamente não funcionavam quando aplicadas à discoteca; ele parecia tão equivocado e anacrônico, agarrando-a com força demais, como se temesse deixá-la cair enquanto ela se jogava para trás, as fendas do vestido de Amber se abrindo demais como consequência, e os cabelos, tendo se soltado do coque, roçando o chão. Eu quase fui até lá e disse a ele para tirar as mãos dela enquanto tocava o sucesso estridente dos irmãos Gibb, que soavam mais como as irmãs Gibb, na minha opinião. "More Than a Woman", mais que uma mulher, até parece! Pouco mais que uma colegial!

— Pobrezinho, espero que você não tenha ficado entediado naquela noite.

— Não, foi legal — menti descaradamente.

— Espero que você tenha gostado do Stuart.

— É, ele é legal, pelo que pude ver, sem conhecê-lo de verdade... — Então, no tom mais indiferente possível, perguntei: — Como vocês se conheceram?

— Por meio da Tanya. O Stuart tem três filhos adultos, os dois mais velhos moram no Reino Unido. Tem a Fiona... o marido dela é um pro-dígio do Barings Bank. Eles têm uma filhinha e estão esperando um bebê que deve nascer em breve.

— Então ele já é *avô*. — Foi uma provocação, mas que só fez com que Amber soltasse um "eu sei!" animado, como se ela mesma mal pudesse acreditar. — O Charlie, o do meio, começou a trabalhar faz pouco tempo num escritório de advocacia de prestígio. E a Tanya tem a mesma idade que eu. Nós duas ficamos muito próximas quando ela perdeu a mãe. Você sabia que o Stuart é viúvo?

— Ah, não, eu não sabia. — Então ele não era tão ruim quanto eu pensava. — Sinto muito. Quando... isso aconteceu?

— Faz quase um ano. Ela estava dirigindo para algum lugar, tinha quatro caras no outro carro, bêbados, o motorista também morreu.

— Você... conhecia a esposa dele?

— A Tanya e o Stuart já me falaram tanto dela que é como se eu a tivesse conhecido — respondeu ela, realmente comovida. — Passei um tempo vendo fotos dela também. Você sabe, dá pra saber muito sobre uma pessoa só pelas fotos, os olhos falam. A Tanya sempre me convida pra dormir na casa deles, e todas as fotos dela ainda estão espalhadas por lá.

Eu podia vê-la saindo sorrateiramente da cama de solteiro no quarto ainda de menina de Tanya, passando por algumas bonecas que olhavam de forma doce para o nada, andando na ponta dos pés pelo longo corredor e se enfiando na cama *king-size* de Stuart até estar aninhada junto ao corpo quente e coberto de pelos grisalhos dele. A decoração náutica, a colcha, as cortinas, tudo em azul-marinho e branco imaculado... o piso de tábuas enceradas, muito largas, como as do convés de um navio. Talvez três nós de corda emoldurados, dispostos em diagonal em uma das paredes. Nós cujo nome e cujo propósito apenas ele conhecia, como provavelmente conhecia cada nó que existia no mundo.

A voz dela assumiu um tom mais leve.

— O engraçado é que a Tanya conheceu o Danny antes de me conhecer, em competições de adestramento.

— Danny?

— Meu irmão, idiota! A Tanya acha que ele é gay. Mas toda garota acha isso quando um cara não se apaixona perdidamente por ela, não é?

Será que ela estava me jogando uma indireta? Seria possível que ela achasse que eu era... *gay*?

— Eu tenho uma coisa importante pra te contar. — Ela ficou séria de repente. — Eu confio em você o suficiente pra... Eu sei que você não vai julgar.

Praticamente parei de respirar.

— Meu irmão é... ele realmente é... gay. É por isso que a situação é tão tensa em minha casa. Sabe, meu pai é um sujeito tradicional, cria cavalos, e para ele um macho acasala com uma fêmea. Ele diz que é assim que a natureza faz as coisas funcionarem, para produzir vida no fim. "A prova está no resultado." Ele acha que um cavalo tem apenas quatro marchas naturais, então o fato de o Danny fazer um cavalo "empinar e dançar" é emblemático de tudo de "anormal, amoral e indevido" a respeito dele.

Depois de dizer isso, ela assoou o nariz ao telefone, enquanto eu absorvia em silêncio todas aquelas informações.

— Não que minha mãe fique exatamente feliz, mas ele continua sendo o filho adorado dela, nada vai mudar isso. E eu, bem, eu amo o Danny, ele é meu irmão, e eu o aceito do jeito que é, sabe? Mas quando eu tento dizer que "ele não pode evitar ser do jeito que é", meu pai soca a parede e grita a plenos pulmões: "Que se dane, se ele consegue treinar um cavalo para agir de maneira antinatural, ele consegue treinar a si mesmo para agir de acordo com a natureza!" Às vezes eu só quero ir embora daqui.

— Seus pais não são os únicos. Os meus mandariam me exorcizar ou me deserdariam se eu fosse homossexual. Mas só pra constar, caso você esteja se perguntando, eu não sou.

Houve um silêncio carregado, então mudei de assunto, voltando o foco para ela.

— Quando foi que... as coisas entre você e o Stuart... — Eu não conseguia encontrar as palavras.

— Hum, nossa, é difícil dizer. Nós estávamos no *Santa Kathrina*, o barco que ele batizou com o nome da esposa, tem umas quatro semanas. — Amber parou por um momento, como se estivesse revivendo a cena em sua mente. — Era a vez de Tanya no comando quando uma onda nos atingiu, do nada. Ele me ajudou a manter o equilíbrio e depois não me soltou. Ele me encarou com os olhos marejados de lágrimas, e então eu soube. Ah, sim, eu *soube* na hora.

— E como a Tanya se sente em relação a tudo isso? — perguntei, esperando que aquela garota que eu nem conhecia estivesse ameaçando fazer algo drástico.

— No começo, foi estranho — respondeu ela, um pouco menos entusiasmada. — Era a Tanya que ficava me dizendo que o pai dela parecia gostar de mim, então, sem motivo algum, ela começou a me tratar com frieza. Mas agora voltamos a como era antes, fizemos uma promessa de nunca mais deixar que isso atrapalhe nossa amizade.

— Os outros filhos do Stuart sabem? — Não era possível que a irmã e o irmão mais velhos não fossem contra aquele absurdo.

— Ele foi *to-tal-men-te* honesto com os dois. Ele não faria nada pelas costas de ninguém, não é do feitio do Stuart. Não que ele tenha pedido "permissão". Eu sou maior de idade, nós não precisamos da "permissão"

28

de ninguém para vivermos nossa vida como bem entendermos. — Ela parecia estar recitando, como se estivesse repetindo algo que havia decorado. — O Charlie não aceitou — admitiu em um tom mais moderado. — Ele é só sete anos mais velho do que eu, mas disse que "me acha jovem demais até para ele". Mesmo sem me conhecer. Quando a Fiona ficou sabendo, ficou furiosa. Eu acho que, como eles acabaram de perder a mãe, vai levar um tempo, mas vão se acostumar, o Stuart está confiante.

— E seus pais? Eles estão numa boa com o fato de você estar namorando um homem da idade deles?

— Ah, ele é mais velho que meus pais. Minha mãe tem só quarenta e três anos, e meu amado e velho pai tem cinquenta e dois. E o Stuart vai fazer *cinquenta e oito* em breve! Dá pra acreditar? É que meu pai se esforça tanto *fisicamente*, que se o conhecesse, você acharia que era o contrário.

Nesse ponto, comecei a questioná-la se seria mesmo sensato estar com um sexagenário, um dos termos da psicologia do desenvolvimento de Ben. Tecnicamente, ele ainda era um quinquagenário, mas como faltavam apenas dois anos, arredondei. Em todo caso, ainda seria mais adequado se ele estivesse em um relacionamento com a mãe ou até com a avó de Amber do que com ela, não resisti em acrescentar para dar mais ênfase. Eu teria continuado, mas ouvi um tilintar conhecido de chaves, e minha mãe entrou apressada, ofegante, carregando uma sacola de supermercado, o que significava que havia muitas mais esperando por mim no porta-malas do carro. Quando dei por mim, estava empilhando furiosamente latas de milho-doce, creme de milho, milho-verde e minimilho nas prateleiras da despensa. Devia ser mais uma promoção da Wattie's inspirando minha mãe a reabastecer nosso "estoque para desastres naturais", que sempre acabávamos consumindo no fim do mês (não por causa de uma catástrofe natural, mas por necessidade financeira).

Como um homem podia se apaixonar pela amiga da própria filha? Quão *doentio* era isso? Pelo que Amber tinha dito, Stuart teria começado a demonstrar um interesse pervertido por ela seis meses depois da morte da esposa! *"Não é do feitio do Stuart."* Sei! E se envolver com a amiga da filha? Aos poucos, comecei a ficar com raiva de Amber também. O que ela estava tentando provar a si mesma? Que era muito inteligente e madura? Era no *corpo*, na *aparência*, na *juventude* dela que ele estava mais interessado, como ela podia não enxergar isso?

Eu me forcei a ser mais gentil com os ovos enquanto os encaixava nas cavidades arredondadas na porta da geladeira, nas quais sempre havia pensado como o corredor da morte. Em seguida, fui me sentar no vaso sanitário, fiquei apenas sentado lá, com a tampa abaixada, sem fazer nada. Como os ovos no corredor da morte. O único lugar em nossa casa de noventa metros quadrados onde era possível ter um pouco de paz e sossego, mesmo que não por muito tempo.

Durante sabe-se lá quantos minutos, fiquei olhando para o pôster afixado na porta ainda sem pintura. "A Cidade das Velas." Qual daqueles iates de luxo seria o de Stuart? Aquele com a área aberta no topo? Ou aquele com varas compridas espetadas na parte traseira? O que seriam aquelas coisas? Antenas? Varas de pescar? O *"Santa Kathrina... em homenagem à esposa"*... onde Stuart a havia salvado de uma onda e lhe dirigira um olhar que fizera com que ela *soubesse*. A marina de Westhaven, nada mais que um estacionamento de barcos pretensioso, eu diria. Se pudesse. Mas se eu dissesse a Amber tudo o que realmente pensava — que ela deveria esquecer os planos de salvar o planeta e, em vez disso, começar uma formação na área de cuidado de idosos e gerontologia, ou fazer um treinamento de primeiros socorros e ressuscitação para que pudesse salvá-lo um dia — perderia todas as minhas chances com ela, e seria impossível fazê-la *gostar* de mim de novo, que dirá me *amar*. O relacionamento com Stuart provavelmente não iria durar: era uma paixão passageira, não amor. Os sentimentos dela tinham surgido da necessidade de se sentir adulta; os dele, da necessidade de se sentir jovem novamente depois da morte da esposa. Logo as rachaduras começariam a aparecer. Ela iria querer fazer coisas que os jovens costumam fazer (dançar feito louca, falar até cansar sobre qualquer coisinha), e ele iria querer fazer coisas que os mais velhos costumam fazer (*não* dançar feito louco, *não* falar até cansar sobre qualquer coisinha). Sem mencionar a tensão porque dois dos três filhos dele não a aceitavam. Era isso. Eu dava cerca de um mês para o fim do relacionamento deles, talvez uma semana a mais, uma a menos.

Com a bunda dolorida por ter passado muito tempo sentado, levantei-me para me olhar no espelho, embaçado por vestígios de um limpador de vidro que fora aplicado, mas que não dera conta de garantir uma boa limpeza. Ben uma vez tinha se queixado do fato de as garotas flertarem comigo, e não com ele, supostamente porque eu não era tão feio assim: meus "cabelos pretos bagunçados, meus olhos azuis sonhadores e minha pele pálida" me davam uma aparência "artística" e "poética". O que será que ele quis dizer com isso? Que eu era um "menino bonito" como Mick Jagger no início da carreira, ou um sujeito de cara limpa? Tirei o elástico do rabo de cavalo e sem querer arranquei alguns fios de cabelo no processo. Se tentasse fazer o maxilar parecer maior, eu ficava parecendo um Cro-Magnon — e se meus ombros fossem mais largos, não pareceriam naturais. Eu não tinha secretária nem outdoors sobre mim ou meu negócio em expansão. Nenhum barco do qual me gabar. Eu não era ninguém "importante".

Precisava falar com Ben, então combinei de me encontrar com ele no Myers Park, onde ele e seus livros ocupavam um banco coberto de iniciais de amantes.

— Eu vou te dizer o que ela vê nele. Um *iate*. Ele a deixa usar quando quiser, ela e os amigos — falei, irritado. — Os amigos dela... todos verdes.

— De inveja? — Ele fechou o livro, porque a conversa obviamente estava começando a interessar-lhe.

— Não, verdes, você sabe... salvar a Terra, as baleias, abraçar árvores, essas coisas.

— Isso é muito generoso da parte dele. — Ben assentiu lentamente.

Dava para sentir a admiração dele; já era ruim o suficiente que *ela* o achasse o máximo.

— Como se ele desse a mínima para o meio ambiente!

— Como você sabe? — perguntou ele, franzindo a testa.

— Quantos homens da idade dele, que trabalham com finanças, você já viu em Nambassa? Ele só está tentando impressioná-la, agindo como se de fato se importasse.

Enfim, não adiantava falar com Ben, ele simplesmente não entendia as pessoas.

Abril e maio de 1979

A vida começou a parecer pouco mais do que uma longa fase de espera para mim. Uma espera que só se tornou mais difícil por causa do período letivo no Instituto Técnico de Auckland. Durante aqueles meses, me concentrei de maneira obsessiva na escuridão e na luz, pois aprendemos que, se manipulada da maneira certa, a iluminação podia literalmente lançar uma boa luz sobre o caráter de uma pessoa — bastavam alguns refletores no ângulo certo e uma leve superexposição. Da mesma forma, algumas sombras marcantes, como uma corrosão e um apodrecimento visíveis da alma, podiam tornar desprezível até mesmo a pessoa mais inofensiva. Um professor mostrou à nossa turma como a luz e as sombras tiveram consequências reais no primeiro debate presidencial americano televisionado, dezenove anos atrás, e nos alertou sobre sua influência em nosso subconsciente. Eu, no entanto, me vi fazendo isso conscientemente quando se tratava de Amber e Stuart: banhando-a em uma aura de pura luz branca que fazia com que parecesse um anjo, enquanto o bombardeava com sombras malignas até ele se transformar em uma espécie de monstro. Naquelas longas horas sombrias de insônia, Stuart perfazia seu ciclo de vida noturno, de lascivo a pervertido e em seguida a um velho desdentado e sanguessuga que tentava rejuvenescer se alimentando de sangue jovem.

A luz e as sombras deviam estar realmente me pregando peças, porque, quando vi Stuart novamente, fiquei surpreso ao me dar conta de que ele não era nem de longe tão ruim quanto a imagem que eu havia revelado na câmara escura de minha mente. Claro que ele não era um sujeito jovem (vou reiterar), mas, em contrapartida, não estava exatamente nos últimos estágios da velhice, tampouco excessivamente curvado, com os dedos longos retorcidos pela ganância. É verdade que os dentes eram brancos demais para alguém da idade dele, mas não eram os dentes branco-fluorescentes de vampiro que apareciam quando a pessoa cometia o erro de sorrir sob um globo de luz. Na verdade, ao vê-lo mais uma vez na vida real, não conseguia parar de pensar no quão *humano* ele era.

Naquelas mesmas horas entorpecidas, eu tinha passado a pensar em Amber como uma pré-adolescente que chupava dedo e enrolava o cabelo, o que fazia com que o interesse romântico dele por ela parecesse ainda mais proibido. Mais uma vez meus olhos me corrigiram rapidamente. Por mais tendencioso que eu fosse, não podia negar de boa-fé que ela era mais uma mulher do que uma garotinha agitando as pernas no ar para voar mais alto no balanço. Mesmo que às vezes agisse de maneira tola comigo, por lei ela era maior de idade. Uma adulta, para todos os efeitos. E embora ainda pudesse haver uma objeção moral, certamente não havia uma *legal*. Tive esse choque de realidade no Gluepot, a poucos metros de onde eu morava, em Ponsonby. Não tinha escolhido aquele bar apenas pela proximidade, e sim também porque havia algumas coisas que eu esperava que acontecessem lá. Primeira: rock ao vivo, fumaça de cigarro, pessoas vestindo roupas de couro preto e bebendo cerveja em canecas... e eis que a porta se abre, entra Stuart, de terno, maleta na mão, e um silêncio ensurdecedor se instaura, como quando um estranho entra em um *saloon* em filmes de faroeste. Segunda coisa: o verdadeiro obstáculo. A idade mínima para votar podia ter sido reduzida para dezoito anos, mas não a idade mínima para beber — que ainda era de vinte anos —, então eu esperava esfregar na cara deles o quanto eram inadequados um para o outro. Malicioso e mesquinho, eu sei, mas como diz o velho ditado: No amor e na guerra, vale tudo.

Realidade 1: A porta se abriu e se fechou incessantemente enquanto eu esperava, tentando fazer minha cerveja durar (para não parecer que estava esperando sozinho como um solitário). Realidade 2: Com quase meia hora de atraso, os pombinhos entraram de braços dados, rindo do fato de ela ter entrado sem problema algum porque as pessoas que trabalhavam lá pensaram que ela era filha de Stuart! (Os pais tinham permissão para levar os filhos a um bar, desde que eles não consumissem bebida *alcoólica*.) Realidade 3: Stuart estava vestido de maneira casual. (Eu achava que ele não tinha nada além de uma legião de ternos envoltos em sacolas de lavanderia, o equivalente no mundo das finanças a um exército de terracota.) Mas ainda assim obtive uma pequena vitória. Mesmo que parecesse elegantíssimo envergando um terno, Stuart simplesmente não ficava bem em roupas casuais. (Sim, nós, roqueiros, também somos esnobes à nossa maneira.) Primeiro, jeans era para ser usado na parte inferior, não na parte superior do corpo, e ele estava vestindo uma camisa jeans, com o botão de pressão superior fechado (menos um ponto). Segundo, a calça era de uma cor mostarda Dijon absurda (menos outro ponto). Para piorar, ele estava usando mocassins (inaceitáveis no reino das pessoas descoladas, mesmo que surrados o suficiente para servirem de chinelo)! Se não o conhecesse, eu teria achado que ele era um policial disfarçado. Mas, como o conhecia, havia realmente algo de arrogante em ser tão rico e, ainda assim, se vestir tão mal.

— Que bom ver você! — Ele meio que gritou por causa do barulho e apertou meu ombro com firmeza. (Onde é que estava a maleta que ele deveria estar segurando?) Seu sorriso era de uma simpatia quase contagiante e suas linhas de expressão o faziam parecer mais charmoso do que velho.

— Desculpe pelo atraso. — Amber olhou para mim com os olhos arregalados. — Ele preparou um jantar para mim e...

— Ela demorou um pouco para comer. — Stuart terminou a frase por ela enquanto pegava duas cervejas e um coquetel sem álcool de framboesa no bar.

— Então, o que vocês comeram? — perguntei enquanto nos sentávamos, ele e eu nos acomodando de maneira desajeitada em lados opostos da mesa.

— Ah, só uns *tentáculos* — respondeu ela. — Sim, senhor, *tentáculos*. Tinham pequenas ventosas de uma ponta à outra.

Stuart riu, bem-humorado.

— Uma iguaria, um fio de azeite, alho bem picado. Da próxima vez, vou deixar você experimentar os bebês com as perninhas abertas. Prometo que é dos deuses — disse ele, beijando a ponta dos dedos.

— Depois ele me fez experimentar ostra. Você já comeu ostra, Ethan?

Como não queria que Stuart me achasse um pobre ignorante, comecei a mentir, mas Amber, como se já soubesse que eu não tinha provado, se apressou em me interromper.

— É como no inverno, quando você tosse e tem que engolir o catarro!

Eu fiz uma careta enquanto Stuart cruzou os braços, dirigiu a ela um sorriso de esfinge e acrescentou:

— É como comer um pedaço do mar.

— Aí eu descobri que a pobre ostra estava viva. Viva! — Amber engoliu em seco. — Ele me fez engolir uma criatura viva. Inteira. Isso foi antes de me dar bolinhas cinzentas que pareciam munição de espingarda de ar comprimido. Quando as imprensei contra o céu da boca com a língua... eu me lembrei da colher de óleo de fígado de bacalhau que minha mãe costumava me dar todas as manhãs antes da escola.

— Caviar... — Stuart a corrigiu, visivelmente se divertindo. — Estou apenas proporcionando a ela uma educação gastronômica, com tudo que ela nunca experimentou antes.

— Então, no fim das contas, eu engoli todo um futuro cardume de peixes de uma só vez. — Amber me deu um tapinha no ombro para me fazer olhar para ela. — Você notou uma mudança em mim, Ethan?

Seu vestido, de um tecido grosseiro, parecia evidentemente feito à mão, assim como o xale assimétrico e disforme, mas segurei a língua.

— Você está diante de uma vegetariana. A partir deste exato momento. Daqui pra frente sou oficialmente vegetariana. Vamos, me dê um pouco disso, preciso clarear minha mente. — Ela tentou roubar um gole da minha cerveja, que empurrei para longe.

— Desculpe, mas ainda faltam uns dois anos para você poder provar isto, mocinha — falei, observando Stuart pelo canto do olho para ver como ele reagiria.

Com um movimento rápido, Amber se levantou da cadeira e conseguiu pegar a caneca, e, com as mãos sobre as minhas, levou-a à boca para tomar um longo gole. Enquanto ela fazia isso, Stuart parecia radiante, como se sentisse uma espécie de orgulho — era estranho, ele não parecia se importar que ela brincasse comigo, como se eu fosse um irmão. Aparentemente ele estava seguro de si, dos sentimentos de Amber, e dava para perceber que me considerava um rival de baixo risco — para não dizer risco zero. Se suspeitava que eu nutria algum sentimento por Amber, provavelmente achava que não passava de uma paixão infantil, um amor adolescente que não deveria ser levado a sério. Ele tampouco parecia se incomodar com o fato de ela querer me encontrar, como se compreendesse que Amber precisava da companhia de alguém de sua idade e estivesse disposto a doar seu tempo para isso, como um pai que levava uma filha para brincar na casa de um amiguinho por algumas horas. Agora, se Amber e eu estivéssemos juntos e ela tivesse feito o mesmo em relação a *ele*, teríamos uma longa conversa sobre o ocorrido depois. Eu não ia suportar vê-la de gracinha com ninguém. Tive que me perguntar se essa não seria uma das razões pelas quais Amber preferia um homem mais velho a mim — por causa da paciência? Da tolerância?

A sombra

Depois daquela noite, não havia mais ela sem ele. Sempre apareciam em par, como uma sombra escura grudada ao meu anjo de luz, sendo arrastada aonde quer que ela fosse. Às vezes eu me perguntava o que Amber teria dito a ele sobre mim, como havia "explicado" minha existência e o fato de eu ser "só um amigo". Que eu era um roteirista em início de carreira, um estudante de cinema pobre ou uma espécie de irmão para ela? Ou talvez que eu tinha uma doença rara e apenas mais um ano de vida? Porque, por alguma razão, Stuart parecia realmente gostar de mim e me tratava, pelo menos no começo, como seu protegido. A presunção de que ele era um cão de raça e eu um vira-lata era irritante ao extremo, e, para ser sincero, eu não estava disposto a me contentar com o triste papel de vira-lata, muito menos rolar e me fingir de morto assim que ele estalasse os dedos.

Mais de uma vez, Stuart pagou minha parte da conta, e eu realmente tive que bater o pé para que ele parasse. A verdade era que ele não fazia isso para se exibir ou me humilhar, tampouco para tentar me comprar a fim de que eu deixasse Amber em paz. Não. Ele agia como se fosse seu papel pagar, algo geracional, mas, mesmo assim, não permiti que ele me impedisse de pagar pela minha comida ou de pedir uma rodada de bebidas quando fosse minha vez de arcar com a conta. Assim, eu podia manter minha cabeça erguida e, no fim, esperava que Amber me estimasse em mais alto nível por causa disso. No entanto, a única coisa que eu conseguia, todas as vezes, era um olhar de quem sabia o que eu estava tentando fazer, mas preferia que eu poupasse meus trocados, que consistiam em um aviário formado por caudas-de-leque-cinzentos, carriças-da-nova-zelândia e tuis, mas nunca por notas de grande valor, ao contrário das *dele* — quem me dera botar as mãos em um kereru ou um takahē! Naquela época não se podia pagar, como hoje em dia, com um pequeno retângulo de plástico ou simplesmente ir a um caixa eletrônico. Quando queria dinheiro vivo — como as *notas de verdade* que tinha em mãos —, eu era obrigado a ir ao banco ou ao correio. Fazia e refazia contas em minha cabeça. Não queria gastar tudo de uma só vez, mas ao mesmo tempo não queria passar vergonha indo a um lugar sofisticado com os dois e tirar uma mísera nota de dez da carteira. E se por acaso o caixa fechasse antes de eu chegar lá, seria como voltar várias casas em um tabuleiro, indo direto para o começo do jogo.

Por duas vezes, preocupada com minha situação financeira, Amber arrastou Stuart e eu para um restaurante barato, onde o espaço *per capita* era mínimo, cada mesa tinha a própria garrafa engordurada de molho e as pessoas não tinham vergonha de comer como se estivessem com fome. Nesses ambientes muito simples, devo dizer que Stuart fazia um esforço genuíno. Sim, nesses estabelecimentos você tinha que pagar ANTES de comer, para não correr o risco de esquecer de pagar no fim. Ou simplesmente ir embora, numa atitude do tipo "pagar? nem pensar". Stuart segurava o sanduíche de bacon com a ponta dos dedos como se tivesse medo de que ele o mordesse de volta, e então o molho marrom escorria pela parte de baixo e pingava no prato. Os sanduíches *dele* eram atravessados por palitos gigantes — esse tipo de lambança não existia no mundo dele. Seu constrangimento com certeza poderia ter agido a meu favor, mas vê-lo tão bem-vestido e tão educado, se esforçando ao máximo para se adaptar, tinha o efeito contrário sobre mim. De certa forma, fazia com que ele parecesse educado e gentil, dizendo-nos em tom tranquilizador que para ele "tudo isso é divertido e novo: o fato de vocês, jovens, terem que agarrar a comida para ela não fugir!". Eu temia que meus esforços semelhantes para me adaptar aos protocolos de seus jantares luxuosos não tivessem o mesmo efeito positivo sobre Amber, e que a comida gordurosa e salgada demais a deixasse sem apetite e com sede pelo restante do dia — de alguma forma, simbolizando o padrão de vida que teria comigo. Até mesmo as gaivotas que voavam em círculos acima do mastro do iate de Stuart em mar aberto estavam a anos-luz de distância das gaivotas sem graça e malandras que ela veria comigo enquanto estivéssemos sentados no cais observando os barcos de luxo irem e virem. Seria o bando errado de gaivotas.

A novidade e o fascínio das experiências de um homem pobre, no entanto, se esgotaram depressa para Stuart. Nosso último almoço de baixo orçamento foi em um restaurante enfumaçado de onde todo mundo saía cheirando a cebola frita e ficava com o cheiro pelo restante do dia. Foi por esse motivo, suponho, que Stuart sugeriu que pedíssemos "um pouco de cada coisa, como se fôssemos comer tapas" e "levássemos conosco para a orla". Eu nunca tinha ouvido falar de "tapas", mas concordei como se soubesse do que ele estava falando — apesar do sorriso no rosto de Amber transparecer que *ela* sabia que eu estava fingindo. Assim que chegamos a Princes Wharf, Stuart pareceu mais incomodado do que irritado. Não havia lugar para se sentar a não ser nas tábuas do píer, então ele começou a andar de um lado para o outro, evitando os restos de almoço de outras pessoas; por exemplo, o miolo de uma maçã do qual primeiro ele desviou ostensivamente, mas que, em seguida, pensando melhor, pegou pelo caule e jogou com desdém em uma lixeira. Quanto a Amber e eu, nós éramos jovens e não nos importávamos muito com essas desvantagens da coletividade, de forma que nos acomodamos no primeiro lugar que encontramos. Estávamos longe de estar sozinhos. Havia algumas funcionárias de escritório por perto, as saias levantadas para pegarem sol, e homens também, as calças com a barra enrolada, exibindo uma amostra não exatamente atraente de meias e pelos.

"Tapas", basicamente, consistiu em fazermos o possível para dividir igualmente as batatas fritas e azeitonas recheadas — Amber ficou com o tofu frito, Stuart e eu dividimos as almôndegas e os mexilhões. De tempos em tempos, Stuart se agachava ao nosso lado para se servir, em seguida comia enquanto caminhava pela orla. Nesse ínterim, Amber, aproveitando ao máximo o momento, se deitou, levantando a própria saia para deixar as pernas à mostra também. Seus olhos estavam fechados para se proteger do sol enquanto ela explicava com verdadeira paixão como os potros — machos e fêmeas — crescem de maneira muito peculiar. Primeiro, a garupa fica mais alta que a cernelha, disse ela, então, algumas semanas depois, a cernelha fica mais alta que a garupa, e assim por diante, como uma gangorra maluca, até a maturidade chegar e as coisas se equilibrarem em uma elegante forma definitiva. Enquanto falava, sua mão se inclinava para um lado e para o outro, e meus olhos percorriam a curva do pulso e a graciosidade lânguida de sua mão, a textura macia e sedosa de suas pernas nuas. Era como se estivéssemos de volta ao ponto de partida, quando éramos apenas eu e ela, e não eu, ela e *ele*. Foi então que notei que Stuart finalmente havia se sentado, a apenas alguns metros de distância, nos degraus que levavam até a água.

Acho que àquela altura Stuart já havia entendido perfeitamente meus sentimentos por Amber, o que se passava em minha cabeça e meu coração, porque depois que ofereci a ele o recipiente de mexilhões fritos, usando o molusco para provocá-lo de maneira não muito sutil — "Dizem que moluscos são bons para quem precisa de mais músculos!" —, percebi que ele me observava com seus olhos azul-acinzentados inteligentes e curiosos. Em seguida, fingiu ter trabalho a fazer, olhando de maneira um tanto desinteressada um documento que tirara da pasta. Quando fazia um esforço para incluí-lo em nossa conversa, a única coisa que Amber conseguia era um evasivo "aham". Havia uma gaivota irritante que não parava de importuná-lo, apesar de ele ter tentado afugentá-la algumas vezes. Então a gaivota, provavelmente atraída pelo verde fluorescente da concha do mexilhão, deu um passo mais ousado à frente. Foi quando Stuart arremessou-o subitamente na direção da ave, berrando:

— Tome! *Aqui o que você tanto queria! Se é tão importante assim pra você!* — E nas últimas palavras, sua voz vacilou.

A explosão fez com que Amber se levantasse e se sentasse, atordoada, antes de se virar para encará-lo, a mandíbula se contraindo enquanto observava o semblante impassível de Stuart. Era como se estivesse vendo o lado mais implacável e intransigente dele, aquele que com toda certeza permitia que fosse bem-sucedido nos negócios, um lado que ele costumava não mostrar. Eu sabia muito bem que as palavras de Stuart eram na verdade para mim e não conseguia acreditar que tinha sido atacado tão abertamente. Bem, não tão *abertamente*, mas ainda assim ficou claro, aos meus olhos e ouvidos. E talvez eles também não conseguissem acreditar, porque viraram a cabeça em direções opostas e ficaram observando por um longo tempo a agitação e a espuma da água, enquanto eu o fulminava com o olhar. Os minutos seguintes foram extremamente pesados, sobretudo quando os restos de nossos "tapas", deixados indefesos sobre as tábuas do píer, foram atacados incessantemente por gaivotas ruidosas sem que qualquer um de nós fizesse algo a respeito.

Depois desse episódio, fiquei um tempo sem vê-los e, para ser sincero, me perguntei se não seria melhor pararmos de nos ver em definitivo, pois já estava cansado de ficar sobrando. Vários e vários dias se passaram sem que Amber me ligasse; ela devia estar pensando o mesmo que eu. Mas dessa vez a iniciativa teria que partir dela; eu me recusava a ligar, embora de tempos em tempos olhasse fixamente para o telefone bege, da cor exata de um maldito aparelho auditivo, desejando que ele tocasse. Até mesmo o tom de sinal indiferente parecia uma afronta quando eu tirava o fone do gancho para verificar se o aparelho idiota ainda estava funcionando.

Quase um mês depois, vi algo na caixa de correspondência. Não havia envelope nem selos ou carimbos, nenhuma das formalidades típicas do correio, apenas uma folha arrancada de um caderno espiral, nas quais os professores nunca aceitam os trabalhos da escola por causa da borda retalhada. (De que adianta dizerem para não julgarmos um livro pela capa se eles mesmos julgam uma *página* pela aparência e não pelo conteúdo?!) A princípio, achei que fosse para Vicky, de uma de suas amigas de cabelos em camadas e cabeça vazia, ou talvez até de um garoto, então dei uma espiada. Caligrafia pequena, tímida e caprichada, e para minha surpresa, era para *mim*. De Amber. Tentei me colocar no lugar dela e imaginei como teria sido ver pela primeira vez o lugar onde eu e minha família morávamos. Vivíamos em uma casa em estilo colonial, lindamente construída, um trabalho de verdadeiros artífices e blá-blá-blá — infelizmente tudo isso tinha sido lá em 1902, e já fazia um bom tempo que a casa tinha apenas "certo charme decadente". Em meados da década de 1960 já precisava do que um corretor de imóveis definiria como "um pouco de amor", depois se deteriorou ainda mais até se tornar um imóvel que qualquer um (exceto um corretor de imóveis) descreveria como "caindo aos pedaços". Então foi dividida verticalmente, e cada metade, alugada. Minha mãe e meu pai "ralavam muito", como meu pai dizia, para manter nossa metade razoavelmente respeitável e decente, mas às vezes sapatos novos e idas ao dentista tinham prioridade sobre um novo capacho e uma demão de tinta.

Além disso, havia o sr. Pitts, o inquilino da "Outra Metade", como minha mãe dizia. Desde que o conhecemos, o sr. Pitts mantinha a carcaça sem rodas de um Morris Oxford enferrujando no gramado compartilhado na frente da casa — na metade dele, mas que diferença fazia? Era um projeto de restauração no qual a natureza estava levando a melhor, transformando a carroceria em uma estufa com uma safra abundante de ervas daninhas colossais. O sr. Pitts também se recusava a se desfazer de uma pequena pilha de pneus usados que tinha a ousadia de chamar de sua "fazenda de minhocas" com toda a seriedade na cara de minha mãe. Quando criança, eu tinha fortes suspeitas de que, às vezes, quando seu banheiro entupia, ele recorria àquela estrutura alternativa na calada da noite, porque, verdade seja dita, aquele cheiro tinha que ser obra de algo maior e mais potente do que um bando de minhocas! De repente, todo o bairro parecia a parte pobre do Monopoly, um lugar entre o primeiro grande ponto de interrogação da Sorte e a lâmpada solitária de uma companhia elétrica que nunca dava dinheiro suficiente para salvar ninguém e de alguma forma parecia um símbolo flagrante de meu pai.

"Oi, Ethan, passei aqui, mas não tinha ninguém em casa. Podemos nos encontrar na segunda-feira, 4 de junho, às 19h, no ManNan, na K Road? Beijos, Amber." Ela havia se esquecido de anotar o número da K Road, que, por mais curta que pudesse parecer, era na verdade muito longa.

4 de junho de 1979

Era a primeira segunda-feira de junho, aniversário da rainha. Bem, não exatamente o aniversário da rainha, que dizem ser outro dia. O Canadá comemora o aniversário da rainha em maio, a Austrália, uma semana depois de nós, e assim por diante em toda a Commonwealth, porque, assim como o Chapeleiro Maluco, ela também nos faz comemorar todos os seus *desaniversários*. Não que Amber estivesse realmente "comemorando" alguma coisa, apenas calhava de ser um bom dia porque a maioria das pessoas estava de folga. Cheguei propositalmente atrasado e, tendo encontrado o ManNan, com suas portas duplas de vidro cobertas de fotos de pratos coreanos, entrei, passando por alguns sinos de vento. Lá dentro, fui recebido por uma lufada de ar quente com aroma de gengibre, alho e camarão, iluminação suave e uma multidão de comensais. Então os avistei, Amber e Stuart, sentados a uma mesa longa, quase majestosa, resultado da junção de várias outras mesas. Para minha decepção, já havia diversas pessoas sentadas com eles.

Ao me ver, Amber se levantou de um salto e, segurando-se na mesa para manter o equilíbrio, cantarolou com alegria desproporcional:

— *Eethaaan*! Que bom que você veio!

Então ela cambaleou até mim e se pendurou em meu pescoço, dizendo "obrigado" de uma forma que me deixou com a sensação de que ou eu estava ganhando terreno ou ela estava bêbada; mas como Stuart a estava observando, houve um momento em que a senti claramente recuar e adotar um modo mais sóbrio e contido ao me apresentar a alguns "amigos ativistas". De minha parte, ela poderia ter recitado todo o maldito alfabeto, que eu teria continuado a balançar a cabeça sem registrar um único nome ou rosto. A única coisa na qual conseguia pensar era que ela me amava, senti isso no momento em que ela me viu. Então, por que, por tudo que é mais sagrado, ela ainda estava com ele? O tour pela mesa terminou em Stuart; nós nos encaramos e apertamos as mãos, ele agora parecendo me levar mais a sério como rival. A seu pedido, as meninas do outro lado da mesa abriram espaço para mim.

— A Amber disse que você estuda cinema? — perguntou a Garota Um.

— Quer beber alguma coisa? — perguntou a Garota Dois, olhando furtivamente para as Garotas Um e Três.

E foi então que me dei conta: era um encontro arranjado. Quem teria tido aquela grande ideia? Amber? Stuart? Será que tinham bolado o plano juntos? Eu podia ouvir Stuart dizendo que "já era hora de o pobre Ethan arrumar uma namorada". *Me poupe!* Talvez eu deva registrar aqui que não era o caso de as garotas que Amber havia reunido não serem bonitas de rosto e de corpo. Na verdade, uma era absolutamente linda, embora, quando se tem uma irmã, você conheça todos os truques que mantêm o banheiro ocupado por horas. Eu não estava sendo exigente demais. Só que Amber conquistara um espaço em meu coração e ninguém mais poderia ocupar o lugar dela, assim como nenhuma das noventa e nove peças erradas de um quebra-cabeça pode ser enfiada no espaço onde apenas uma se encaixa.

— Acabei de começar um documentário de curta-metragem — falei, alto o suficiente para Amber ouvir. — Sobre o Vietnã.

— Uau! Posso tocar em você?

Risadinhas, algumas mãos em mim.

Do outro lado da mesa, percebi que Stuart estava me avaliando. Meus olhos se desviaram para Amber, que estava com a cabeça baixa, de maneira quase submissa, concentrada em colocar um grão de arroz na boca, os pauzinhos se cruzando de maneira desajeitada. Ela devia ter sentido que eu estava olhando para ela (talvez por isso não parasse de deixar o grão de arroz cair) e, para desencorajar meu interesse, revirou os olhos e mostrou a língua, em cuja ponta, por acaso, jazia o grão de arroz. Talvez ela esperasse me assustar, como uma gárgula afugentando espíritos malignos, mas sua personalidade louca e imprevisível só fazia com que eu gostasse ainda mais dela. E foi então que Stuart apertou a mão dela e se endireitou, ficando imóvel por um momento. Um silêncio se instaurou lentamente, e todas as atenções se voltaram para ele, o que me fez pensar que estava prestes a anunciar o noivado dos dois.

— Sim, é verdade, sem a Amber e seu amor e apoio inabaláveis, eu nunca teria conseguido estar aqui esta noite. — Ele sorriu para ela com adoração, fazendo-a sorrir também e baixar os olhos timidamente. Pensei que Stuart estivesse criando coragem para dizer algo sobre a falecida esposa, mas, em vez disso, ele disse apenas: — Já se passaram vinte e oito anos. — E parou.

Stuart parecia não ter pressa de continuar, olhando fixamente para um paliteiro de aço inoxidável do qual tirou um, dois e por fim três palitos.

— Eu era um rapaz de vinte e nove anos. Quando tinha vinte e poucos, como você, Ethan, trabalhei por alguns anos na indústria têxtil em Nottingham, como supervisor, e voltei para a faculdade em 1951, para estudar matemática e me tornar contador. Trabalhar para o governo, para uma empresa, eu não tinha certeza... e quando dei por mim, estava na Coreia. Lá, adição e subtração adquiriram um significado totalmente novo. Quantos de nós tínhamos ido para a guerra, quantos ainda estavam vivos, algo que precisava ser recalculado mentalmente a cada hora, às vezes a cada minuto, enquanto você via seus companheiros soldados estendidos nas trincheiras lamacentas, uma última expressão para sempre congelada no rosto. Também tive que aprender a lidar com frações. Três quartos de um homem. Um braço arrancado. Ambas as pernas destroçadas. Meio homem. Tente somar três quartos de um homem e metade de um homem, e prometo que jamais vão chegar a um homem inteiro de novo. Ninguém saiu de lá um número inteiro. Todos, todos nós, fomos reduzidos a frações de quem tínhamos sido um dia, de nosso altruísmo e nossa decência, do sentimento de humanidade ou do que quer que nos tornasse humanos. Nada nunca mais fez sentido ou se somou da maneira correta de novo.

Com alguns movimentos erráticos da mão, que podem ou não ter sido voluntários, ele despejou todos os palitos sobre a toalha de mesa.

— Ninguém vai se lembrar da Coreia — murmurou Stuart. — A Guerra Esquecida da Grã-Bretanha, sua "Guerra Ignorada". As pessoas só vão se lembrar do Vietnã.

Naquele momento, pareceu que ele estava evitando propositalmente o olhar de todos, até mesmo o de Amber, cujos olhos, não pude deixar de notar, estavam marejados de lágrimas, o queixo tremendo, e me dei conta da perigosa influência que ele exercia sobre ela. Tenho certeza de que todos estavam prestando tanta atenção quanto eu à sua respiração pesada enquanto ele alinhava os palitos lado a lado ao longo da mesa. Alguns ele deixou intactos, outros, quebrou sem parti-los por completo, de forma que eles ficaram sobre a mesa, como bonecos curvados em agonia. A fileira de vítimas foi ficando cada vez mais longa, e logo alguns desafortunados estavam caindo pela borda, mas nenhum de nós ousou fazer qualquer comentário ou piada.

— Como terminou? — perguntou por fim uma das moças e, sem se dar ao trabalho de identificar quem era, ele, no mesmo transe semi-insano, dobrou mais um palito em posição fetal e juntou-o a seus companheiros caídos. A essa altura, estávamos todos trocando olhares, mesmo com quem não conhecíamos.

— O velho general MacArthur estava ansioso para lançar uma bomba atômica, algo entre trinta e cinquenta delas, como um longo colar de pérolas no pescoço da Manchúria — palavras dele —, acreditando que era ele, e não o presidente Truman, quem deveria decidir o que tinha que ser usado em combate. Nós olhávamos para os cúmulos no céu, nos perguntando se a bomba havia sido lançada, e se alguém iria...

De repente, como se de um segundo para o outro tivesse ficado farto da guerra — e de si mesmo, ainda falando dela —, ele ergueu as mãos em um gesto de rendição e, sem pestanejar, fixou os olhos em uma das garotas, que pareceu ter escolhido ao acaso.

— No fim? Você perguntou, querida? — Sua voz, assim como seu comportamento, assumiu uma tranquilidade preocupante outra vez. — No fim, ambos os lados concordaram em deixar a fronteira onde estavam. Antes disso não dava para distinguir um torrão de terra sangrenta de um órgão coberto de terra, antes as trincheiras se tornaram valas comuns malcheirosas por onde você era obrigado a rastejar, antes confissões foram arrancadas de homens com varas de bambu pontiagudas e em brasa, pessoas morreram lentamente de fome, comendo apenas uma bola de arroz por dia, os vermes tirando proveito das feridas de ambos os lados. Passamos pelo inferno na terra, e nem mesmo um centímetro simbólico foi conquistado! De volta ao paralelo trinta e oito, com a precisão de uma régua. — Então, com um amplo movimento do braço, ele varreu cada palito, até o último, quebrado ou não, da mesa.

Depois de um momento de silêncio mortal, a jovem que estava sentada a duas cadeiras de Stuart, do outro lado da mesa, suspirou como se quisesse ser ouvida. Uma baixinha de cabelos castanhos, pálida, de rosto redondo, franja curta e grandes argolas nas orelhas.

— *Por favor, pai...* não vamos matar todo mundo de tédio com sua guerra. Nós não estamos na Grã-Bretanha, não há mais alistamento... O mundo mudou.

Foi então que percebi que ela devia ser a filha mais nova de Stuart, a "Tanya" em cuja casa Amber costumava dormir. Então as conversas começaram novamente, entrecruzando-se em todas as direções. Bomba atômica e bomba H, testes atmosféricos nos atóis, o verdadeiro inimigo representado pela União Soviética, o fato de estarmos seguros na Nova Zelândia, o fato de não estarmos mais seguros em lugar algum. Mas eu mal estava ouvindo àquela altura, muito ocupado em pensar no que Stuart tinha acabado de despejar sobre nós. Até aquele momento, eu achava que minha juventude era a única coisa que eu tinha a meu favor, a única coisa que me dava alguma vantagem sobre ele. Então, com um único movimento, foi como se a juventude dele tivesse acabado de receber publicamente o status de peso-pesado e a minha tivesse sido reduzida a peso-mosca, peso-pena ou algo totalmente insignificante. Agora, *aquilo*, *aquilo* iria ser difícil de enfrentar! Guerra, tortura, mutilação, fome! Meu documentário sobre a guerra comparado à sua guerra real. Senti que tinha acabado de sofrer uma grande derrota. Francamente, estava ficando muito difícil competir com ele, e acho que ele sabia disso.

O continente de cristal

O documentário que estamos filmando não teve um começo fácil e seu título um tanto grandioso, *O espírito da Antártida*, tem sido questionado, porque é quase como se o espírito da Antártida NÃO quisesse ser capturado. Mesmo protegido no interior da câmera, o filme 35mm congela, tornando-se quebradiço como uma lâmina de microscópio e partindo-se em dois. O frio também suga a vida das baterias, então temos que nos revezar, abrigando-as junto à pele da barriga. Para criar sombras, precisamos de grandes painéis pretos, mas assim que Rémy os tira das sacolas de transporte, a fúria do vento sopra sobre eles como se nenhuma sombra fosse desejada aqui, às vezes obrigando-o a lutar com alguns dos painéis no chão para conseguir controlá-los. Ironicamente, sombras indesejadas se introduzem de forma misteriosa no quadro, o sol em rápido movimento varrendo nossas sombras como se fossem folhas mortas. Os ventos catabáticos podem soprar por dias, uivando de forma convulsiva, vagando em todas as direções como um espectro, às vezes me enchendo de dúvidas.

— Veja o lado positivo — pregou Bertrand hoje mesmo. — Aqui ninguém fica dizendo que não podemos filmar seu rosto, não temos problemas com licenças de locação nem estacionamento — disse ele, dando um tapinha no trenó puxado por cães de 1915 ao qual nossas malas estavam amarradas. Raoul, nosso cinegrafista, havia assumido a direção do trenó, as abas de sua *ushanka* se agitando como as orelhas de um cão feliz, quando por acaso nos deparamos com nossos rastros do dia anterior. Nesse meio-tempo, a neve de ambos os lados fora atingida por uma centena de pedras pretas. Eu não conseguia imaginar de onde elas poderiam ter vindo. Era quase como se algo os tivesse irritado, quem quer que fossem esses "eles", como se alguma justiça superior estivesse tentando me apedrejar. Quando chegamos à base, um cientista me disse que deviam ser meteoritos, e nós dois voltamos ao local para coletá-los. Confesso que me apropriei sorrateiramente de um deles quando descobri que podiam estar vagando pelo espaço sideral havia 4,6 bilhões de anos. Guardei aquela pequena maravilha em minha bolsa, uma lembrança para levar para casa e colocar como uma espécie de lápide em um local bem específico que tenho em mente.

Split Apple Rock

Na noite seguinte ao ManNan, e por muitas outras noites depois disso, fiquei deitado na cama olhando para o teto, o qual eu conseguia enxergar graças à luz do poste que ficava bem em frente à minha única janela. Meus olhos podiam ficar horas grudados na rosácea rococó no centro do teto, com suas complexas formas intrincadas, nada mais a fazer a não ser *pensar. Nela.* Naquelas horas lúgubres e sombrias, eu não conseguia lidar com a ideia de que eles definitivamente já tinham feito de tudo um com o outro e ficava nauseado só de imaginá-la sendo tocada por aquelas mãos velhas, tão repulsivas para mim quanto duas tarântulas rastejando e se acomodando sobre seus seios.

Às vezes achava que ia acabar enlouquecendo de tanto pensar nos dois, até que a primeira luz da aurora surgia e me salvava de meu ciúme. Nas noites de tempestade, quando o vento açoitava nossas janelas, meus pensamentos por vezes se tornavam assassinos: eu fantasiava que estava com eles no *Santa Kathrina*. Um empurrão forte com meu ombro seria o suficiente para Stuart perder o equilíbrio no convés escorregadio e cair no mar, que o engoliria, levando-o para longe de minha vista e meus pensamentos. Também apelava aos Céus para que fizessem o trabalho sujo por mim e rezava para que Stuart simplesmente tombasse morto por causa de um ataque cardíaco ou um derrame, ou qualquer outra coisa que me livrasse dele bem rápido. Em resumo, eu pedia a Deus para ser meu cúmplice no crime e ao mesmo tempo me conceder uma espécie de imunidade diplomática.

Algum momento em meados de junho de 1979

A última vez que fui a algum lugar com Stuart e Amber foi em um encontro duplo no cinema, e a garota que eles levaram "para mim" era a amiga mais antiga de Amber — "mais antiga" no sentido de ex-colega de brincadeiras na caixa de areia e, como ela, sobrevivente do trepa-trepa do parquinho. Assim que pus os olhos na garota, parada timidamente ao lado de Amber & Cia na frente do cinema, senti meu corpo enrijecer. Não por causa dela; ver Amber em circunstâncias tão forçadas me irritou. Candice era magra e não tinha quadril. Seus olhos eram castanho--claros e tinha um sorriso cheio de dentes, o que a fazia parecer doce, mas ao mesmo tempo tola. Eu sair com ela? A garota tinha dentes de cavalo! Acho que o fato de ela estar estudando para ser enfermeira, como Olivia, fez Amber achar que a amiga tinha algo em comum com minha ex e, portanto, de acordo com alguma regra de subconjuntos, COMIGO. ("Você está estudando para ser enfermeira? Nossa, que coincidência, a ex-namorada dele também!")

Começamos com sorrisos forçados, em seguida nós quatro demos uma olhada no pôster do único filme em exibição, que eu havia escolhido estrategicamente: *Middle Age Spread*, um filme sobre adultério, que "fazia perguntas incômodas", como: "Era inevitável, o homem de meia--idade e a mulher jovem?", e outras sobre traição (eu tinha lido a crítica no jornal). Sim, a esposa de Stuart estava morta, então tecnicamente ele não a estava traindo, mas a verdade era que, depois da morte da sra. Reeds, ele não tinha ido atrás de uma mulher da idade dele, tinha? Se Amber viu algum paralelo, não deixou transparecer; e Stuart não pareceu entender aonde eu queria chegar — por que deveria, se não tinha uma "crise de meia-idade" com que se preocupar? Candice também não fez objeção alguma ao filme — ela era o tipo de garota que teria concordado em assistir a um documentário sobre motocicletas e suas peças de reposição. Por isso nunca me interessava por garotas passivas como ela, era um tiro no cérebro.

Comprei ingressos para Candice e para mim, e Stuart, para Amber e para ele, mas ainda era muito cedo para entrarmos, então, para matar o tempo, fomos dar uma volta em um shopping próximo, Candice e eu andando um pouco à frente. Curiosamente, depois que começamos a conversar, não conseguimos mais parar. O que Amber não sabia era que isso se devia ao fato de estarmos falando sobre *ela*, sobre sua infância, suas dificuldades na escola, seu cotidiano em casa. Eu prestava igual atenção ao que Candice dizia e ao que ela não dizia: suas hesitações, suas pausas, principalmente quando perguntei sobre o pai de Amber. Talvez ela tenha me achado indiscreto, ou talvez simplesmente tenha percebido que eu estava mais interessado em Amber do que nela. De tempos em tempos, eu me virava e via que Stuart e Amber estavam ficando cada vez mais para trás. Será que estavam discutindo? Digo isso porque parecia que Amber estava de mau humor.

Por fim, voltamos ao ponto de partida, e Candice e eu atravessamos o saguão para comprar pipoca. Enquanto estávamos na fila, ela me contou que uma vez Amber tinha se esquecido de levar algo para a escola, para colocar no saco secreto do Papai Noel. Desesperada, pegou uma banana da lancheira, com uma canetinha vermelha desenhou dois olhos, um nariz e uma barba espessa, embrulhou a banana em um pedaço de papel e a enfiou no fundo do saco sob a árvore. Alguma pobre criança ganhou um Papai Noel de banana, curvado pela extrema velhice, coberto de manchas marrons e, para a sorte de Amber, não foi obrigada a dizer de quem tinha vindo o presente. A maneira como Candice contou a história, com uma risada divertida e anasalada, me fez morrer de rir; e toda vez que eu dava uma espiada em Amber via que ela estava olhando para nós, como se o fato de estarmos nos dando tão bem a incomodasse.

Quando Candice e eu nos sentamos diante da tela, tentei chamar a atenção de Amber, mas ela estava claramente desanimada, cutucando uma cutícula. Então, alguns minutos depois, as luzes se apagaram, Stuart passou o braço em volta dos ombros dela, e Amber pareceu se sentir melhor, como se encontrasse conforto nele. Quando me dei conta, Candice estava se inclinando para perto de mim e tinha enfiado uma bala de menta na boca, provavelmente para causar uma boa impressão em termos de hálito, embora tivéssemos um balde de pipoca para comer, então de que adiantava? Não íamos ficar de pé e cantar "Deus Salve a Rainha", ninguém fazia mais isso, embora eu me lembrasse de ter que fazê-lo quando criança. "Deus salve a Amber", pensei. "E Deus salve a MIM."

No dia seguinte, Amber me ligou para perguntar "o que eu tinha achado de Candice" e se "ela não era a garota mais legal que eu já tinha conhecido", e eu fiquei entre a cruz e a espada. Não podia falar mal da moça, afinal, era a amiga mais antiga de Amber; tampouco podia elogiá-la muito, ou Amber entenderia tudo errado... Sem falar de Candice! Então eu disse que ela era uma garota muito legal, mas que simplesmente "não fazia meu tipo". Talvez eu gostasse de mulheres com um pouco mais de carne. Nada pessoal.

— Meu Deus. Não quero nem imaginar o que você diria sobre mim se alguém me apresentasse a você — retrucou Amber.

— Ficou maluca? Você é a garota mais perfeita do mundo. A mulher, na verdade. Não só por fora, por dentro também... — gaguejei, desesperado.

— A Candice vai ser enfermeira, sabia?

— Apenas ser você já é uma habilidade, um talento. — Eu não estava bajulando, realmente achava isso.

— Ethan, eu não quero ser uma loira estúpida que os homens abandonam quando chegam aos quarenta! Como no filme.

Droga. O filme deveria afastá-la *dele*, não *de mim*. No entanto, mais tarde, quando analisei o significado dessa fala cientificamente, palavra por palavra, descobri que o que ela tinha dito era interessante. Stuart já tinha *muito* mais de quarenta, então ela não poderia estar falando *dele*. Quer dizer, ela estava se referindo aos caras *da minha idade*. Portanto, *a mim*. Amber também deixou transparecer que tinha uma autoestima irracionalmente baixa. Não sabia como era atraente, como era interessante? Cabeças se viravam assim que ela chegava a qualquer lugar. Ou quando saía de qualquer lugar. Ou quando apenas ficava parada. Ou sentada. Lá. Em todos os lugares. Será que sua autoimagem deturpada tinha algo a ver com o pai? Ou será que era o irmão que a colocava para baixo, do mesmo jeito que eu fazia com Vicky, como irmãos quase sempre fazem? Será que ela achava que, como estava envolvido com cinema, isso significava que eu só podia ser um babaca que um dia iria substitui-la, como quem troca um carro velho por um novo? O fato de ela ter escolhido Stuart em vez de mim parecia ter a ver com todos esses medos e inseguranças, com quem de nós parecia confiável ou não aos olhos dela.

30 de junho de 1979

Pouco antes de ir para a cama e realmente ter uma boa noite de sono, arranquei junho, um péssimo mês para mim, do calendário na parede. Adeus ao monte Cook e às íngremes encostas congeladas. Olá, Split Apple Rock, na baía de Tasman! Como uma maçã cortada ao meio, o mês agora parecia promissor. Quem poderia saber o que julho reservava para mim?

1º de julho

Domingo, bem cedo. Estava me sentindo proativo e saí com Ben para procurar um carro usado para mim. Cheio de energia e esperanças que não duraram muito...

2 de julho

Segunda-feira, fim da manhã. Ele chegou em um envelope creme com cerca de metade do tamanho de um envelope normal, no selo, um peixe tropical azul que parecia grande demais para seu lago. Estava endereçado a mim, em uma caligrafia masculina, quase monástica, embora inicialmente, ao ver o "sr.", eu tenha presumido que era para meu pai e só quando olhei mais de perto vi "Ethan" e não "Anthony" antes de "Grieg". Rasguei de imediato o envelope e o conteúdo me tirou o ar. Não sei quanto tempo segurei aquele cartão chocante, cuja mensagem floreada dizia algo como: "*O sr. e a sra. Les Deering, de Cambridge, anunciam o noivado de sua filha, Amber Nicole Deering, com Stuart Henry Reeds, de Auckland, filho dos falecidos sr. e sra. Brian Reeds.*" Também dizia, com estas exatas palavras: "*O casamento deve acontecer no verão.*" Um ano depois de eu ter chegado tão perto de beijá-la ao sol, ela iria se casar com outro! Um cartão e um envelope tão elegantes, combinando, aquelas "formalidades" antiquadas, algo tão velho e ultrapassado para alguém da idade dela! Não era de admirar que tanto o cartão quanto o envelope fossem cobertos de pequenas rugas. Será que ela não enxergava a ironia da textura e como isso era simbólico? Se casar com um velho?

Então, no verso do cartão, ela havia escrito algo em sua caligrafia:

Querido Ethan,
    Não espero que entenda por que vou me casar com Stuart, mas, por favor, aceite. A verdade é que não sei o que teria feito sem você, que me ajudou mais do que imagina. Se não fosse por você, acho que eu nem estaria aqui.
Você é muito importante para mim.
Beijos,
Amber

Então eu era "muito importante" para ela. Isso significava que ela me amava? Como um irmão ou um pouco mais? Era como se o tiro de largada tivesse sido disparado, e a corrida tivesse começado: eu tinha que correr e de alguma forma tentar vencê-lo nos últimos cem metros ou quilômetros que faltavam para conquistar o coração dela, mas como?

3 de julho e o restante do mês

... perda de apetite, perda da noção de quem eu era e de para onde estava indo, discussões com minha mãe por causa de tênis desamarrados ou da tampa do vaso sanitário levantada. O ruído áspero da agulha tocando sempre o mesmo disco de vinil preto, sempre a mesma explosão de "Highway to Hell", do AC/DC, retumbando nos alto-falantes com defeito. Certa vez, no auge de minha depressão, peguei um panfleto de um grupo de Hare Krishnas que perambulava pela Queen Street. Com túnica cor de açafrão e cabeça raspada, era difícil dizer se eram homens ou mulheres; e não tive vontade de investigar se tinham peitos. Por um breve momento, realmente cheguei a cogitar se não valeria a pena adotar o celibato e o vegetarianismo, nem que fosse apenas para me salvar do desastre que era minha vida. Ainda faltavam vinte e dois dias para o fim do mês, e eu mal podia esperar para virar a página para as lamas fumegantes de Rotorua.

Podia imaginar que eles deviam ter anunciado a grande novidade em uma festa privada para a qual eu não havia sido convidado. Que Stuart devia ter ficado de pé depois de algumas tilintadas em uma taça de cristal com uma faca, uma colher ou o que quer que uma pessoa devesse usar em casos assim. Então, com seu jeito modesto de sempre, microfone na mão para se fazer ouvir, ele teria oficializado: *"Convidei todos vocês para estarem presentes aqui esta noite para compartilhar uma notícia muito especial. Amber e eu* [pausa emocionada] *vamos nos casar."* Em seguida, ele devia ter estendido o braço para Amber, que, inebriada de paixão, devia ter ido até ele, e então, diante de todos, eles deviam ter se beijado por repugnantes quinze segundos, até o momento de irromper uma explosão de "ohs" e "ahs" tão altos e extáticos quanto um orgasmo falso. Certamente todos deviam estar pensando: *"Eca!" "Que nojo!" "Que horror!" "Como ela consegue!" "Ela tem idade para ser neta dele!"* A menos que tivessem se deixado anuviar pelos milhões de dólares que choviam como confetes sobre sua cabeça de apenas dezoito anos.

Isso me incomodava também, toda a questão do dinheiro e da segurança, e considerei seriamente largar a faculdade e conseguir um emprego em tempo integral para que ela me visse como um homem. Mas o problema era que, para ganhar o suficiente para ter *dinheiro* para ela, eu teria que trabalhar tantas horas que não teria *tempo* para ela, e mesmo que lavasse pratos todos os dias e noites da semana, ainda assim não seria o bastante. Certamente, a cabine do barco de Stuart proporcionaria mais conforto a Amber do que qualquer lugar que eu pudesse alugar para nós em Auckland, e era provável que tivesse até uma TV em cores, enquanto em minha casa ainda tínhamos apenas uma em preto e branco, com um cabide de arame para aumentar o alcance da antena quebrada. Além do mais, não queria passar a vida atrás de produtos em promoção, nem andar por aí em um daqueles carros detonados cujas portas não combinavam com o restante da lataria.

Forcei meu cérebro tentando encontrar uma solução. A única coisa que eu conseguia imaginar era inventar algo superútil e, bingo!, meus problemas de dinheiro estariam resolvidos. Estimulando meu processo criativo com um pouco de maconha, criei um "traje flutuante", que seria inflado com hélio, permitindo que os soldados se mantivessem um centímetro vital acima das minas. Então, como já havia surgido a moda das pedras de estimação, por que não um seixo de estimação, seguido de um grão de areia de estimação? (Seguindo a lógica de que algumas pessoas gostam de cachorros grandes, outras, de cachorros pequenos, e outras ainda, de cachorros muito pequenos.) O problema era que eu não tinha ideia de como transformar um devaneio em uma indústria multimilionária. Como uma pessoa patenteava uma pedra? Ou um grão de areia? Eu até li alguns cartões na seção de "humor" da Woolworths e tinha certeza de que era capaz de escrever algo melhor do que aquelas péssimas tentativas de fazer as pessoas rirem — talvez pudesse ganhar algum dinheiro com isso também. Mas, de novo, como ser contratado pela Hallmark?

Havia dias em que eu pensava: "Não posso deixá-la fazer isso consigo mesma", e outros em que pensava: "Quando ela se arrepender de ter arruinado a própria vida, é melhor não voltar chorando para mim!" Embora fosse *exatamente* o que eu esperava que ela fizesse. Então chegou o momento em que passei a não pensar mais em mim mesmo nem em minha felicidade, apenas na convicção de que ela estava cometendo o maior erro de sua vida, tentando sair de casa, provar algo a si mesma, encontrar uma saída — como eu ia saber?, talvez mandar todo mundo para o inferno? Assim como uma pequena muda que um dia fica grande demais para o vaso, ela com certeza ia superá-lo, e, quando isso acontecesse, digamos que em cerca de dez anos, a diferença de idade iria deixá-la realmente deprimida. "Bom dia, meu amor, trouxe o café da manhã para você na cama." (A essa altura ele já estaria acamado, então para onde mais ela o levaria?) Um café da manhã composto praticamente de comprimidos para seus mil e um problemas de saúde, e ela não poderia se esquecer das fraldas — não para o bebê que teriam juntos, mas para a bexiga solta dele! Tamanho extragrande.

E este seria um bom momento para dizer que não acreditei nem por um segundo que ela estivesse atrás do dinheiro de Stuart, *per se*, ou que esperasse o dia em que ele morreria para poder ficar com sua parte da herança; conhecendo-a, Amber provavelmente usaria o dinheiro mais para suas "grandes causas" do que para si mesma. Qualquer um, até mesmo eu, podia ver que ela se sentia atraída pela boa aparência e pela elegância dele, que se deixara encantar por seu prestígio extraordinário. Rico como Creso, ou Larnach nos tempos áureos, mas ao mesmo tempo humilde como um cordeiro, Stuart tinha muitos encantos. Ele era o tipo de homem sobre o qual se faziam filmes. Em Berlim, não em Hollywood. Seu estilo era o suficiente para deixá-la completamente deslumbrada. Para Amber, ele devia representar uma fuga oportuna, um refúgio emocional, mas em algum momento do caminho à sua frente ela iria bater contra um muro, mesmo que estivesse no banco do passageiro de um Rolls Royce vintage com pneus brancos.

O haras

2 de agosto de 1979

Era meio da manhã, e eu estava a caminho do médico para tomar um reforço atrasado da vacina antitetânica. Não para evitar que um prego enferrujado me matasse, mas para me livrar da moléstia mais imediata de ter que cerrar os dentes sempre que minha mãe me infernizava por colocar minha saúde em risco. Estava garoando e ventando, e eu andava o mais rápido que podia para tomar de uma vez aquela injeção e acabar logo com aquilo. Passei rapidamente pela loja de conveniência Friendly Little Dairy, onde quando criança eu costumava comprar um fio de alcaçuz, uma enorme bala redonda e dura e um peixinho de chocolate, que fingia ter pescado antes de comê-lo inteiro, com anzol, linha e chumbada. Então, depois de passar pelo mercado de frutas Ron the Pom, fiquei preso atrás de um casal de idosos, cujos sobretudos bege combinando pareciam atestar muitos anos de parceria. Eles tinham uma aparência distinta, como um professor aposentado e sua esposa de muitas décadas. Por mais velho que fosse, ele fazia questão de segurar seu pequeno guarda-chuva, que esvoaçava como um morcego enlouquecido, sobre a cabeça dela. Apenas a dela, devo acrescentar. Ele não parecia se importar muito consigo mesmo. Não sei explicar por que, mas a cena me comoveu profundamente, a maneira como ele segurava o cabo de osso com força enquanto o vento tentava arrancá-lo de sua mão velha e enrugada — tanta força que os nós dos dedos e os tendões se projetavam, fazendo-o parecer totalmente esquelético, como se nem mesmo a morte pudesse impedi-lo de amá-la e protegê-la.

Acabei não tomando meu reforço naquela manhã — havia muitos pacientes na sala de espera do médico, ia demorar, mas talvez seja apenas o que imaginei que teria acontecido antes de ir embora. Em seguida, me lembro de estar ao lado do Prince Gloria de minha mãe, depois de descobrir por intermédio de Vicky que ela estava na festa do Tupperware na casa de uma vizinha. (Como mulheres adultas podiam dar uma festa por causa de algo tão banal como recipientes de plástico era algo que escapava à minha compreensão.) Disse a mim mesmo que mais tarde explicaria a ela que tinha precisado do carro, mas então vi o adesivo roxo como um hematoma no para-brisa e senti um aperto no peito. Por causa dos efeitos da crise do petróleo, o governo havia aprovado uma lei que obrigava as pessoas a NÃO usarem o carro em um dos dias da semana; podia ser qualquer dia, desde que fosse sempre o mesmo, por isso os diferentes adesivos — "segunda-feira" (verde), "terça-feira" (vermelho), "quarta-feira" (amarelo), "quinta-feira" (roxo) etc. (mais ou menos como as calcinhas de Vicky). O fato de pessoas como Stuart driblarem todo esse esquema dos adesivos por possuírem mais de um carro me irritava. Então, no dia em que um de seus reluzentes veículos não pudesse ser usado, ele simplesmente dirigia outro. Ou o Rolls Royce, antes reservado para passeios aos domingos (e não por causa de um adesivo). Mas para nós, da classe trabalhadora, que só tínhamos um carro (além da van de trabalho de meu pai), era um verdadeiro pé no saco! E para piorar as coisas, minha mãe não tinha usado o carro naquela semana em alguns dos dias em que *era* permitido.

Como era uma viagem de duas horas (possivelmente mais, já que o esquema também havia reduzido a velocidade máxima nas estradas a lentíssimos oitenta quilômetros por hora), eu tinha que levar em consideração a possibilidade de receber uma multa no caminho, talvez até mais de uma, terminando com uma coleção inteira. O horário de funcionamento dos postos de gasolina também fora reduzido pelo mesmo motivo, e eu nem precisava girar a chave na ignição para saber que o ponteiro ia pender, como sempre, para a esquerda; o carro rodava praticamente com vapores entre um abastecimento e outro, o que me dava a sensação de estar usando xarope para tosse para tratar uma dor de garganta. Chutei um dos pneus, frustrado. Que ridículo! O que eles esperavam que alguém da minha idade fizesse o dia todo? Algum hobby idiota como tirar o papel que cobria a tampa das garrafas de cerveja e colá-lo na parede do meu quarto, como uma coleção de preservativos nunca usados? As pessoas que tinham aprovado aquela lei deviam ser velhas senis que não sabiam nada sobre a inexistência de leis no amor!

Quando dei por mim, já era fim da manhã e eu estava em uma área rural chamada Fencourt, um lugar muito bonito nos arredores de Cambridge, virando à esquerda ao ver a placa "Haras"; em seguida, percorri um longo caminho de terra, passando por cavalos no pasto que levantavam a cabeça para me encarar, galinhas barulhentas correndo para todo lado e um border collie latindo sem parar, até chegar a uma casa branca bem conservada no meio do nada. Em seguida, lá estava eu, bem diante da porta do coração de Amber, sem campainha, sino, olho mágico ou qualquer coisa minimamente prática. Apenas uma ferradura pendurada na trave. Um capacho com uma margarida sintética. Um par de galochas. Bati, rezando para que não fosse a sra. Deering a atender a porta. Mas, é claro, foi exatamente ela quem apareceu. O assustador era que a sra. Deering se parecia muito com Amber, vinte anos mais velha. Não me entenda mal, ela ainda era uma mulher bonita, na casa dos quarenta. Os mesmos olhos azul-piscina, o mesmo nariz reto, o mesmo sorriso contido nos cantos da boca, como se seu senso de humor tivesse travas de segurança; obviamente, o tempo havia entalhado algumas vírgulas entre suas sobrancelhas, parênteses em torno da boca, além de um enchimento extra nos quadris.

A princípio, ela olhou para meu rosto, claramente aborrecida, como se eu fosse um vendedor ou quem sabe um missionário.

— Posso ajudar? — perguntou com um tom de "tenho mais o que fazer".

— Bom dia, sra. Deering. — Acordei. — Sou Ethan Grieg. Aquele que sempre liga. Será que posso falar com a Amber um minuto?

61

Quando a sra. Deering percebeu que eu tinha ido até lá para ver a filha dela, sua expressão deixou transparecer que ela sentia pena de mim. Então, em um tom mais gentil, ela disse:

— Ethan. Ah, sim, claro. Olá. Venha comigo.

Ela secou as mãos no vestido de lã crua, que parecia ter sido tricotado diretamente do dorso de uma ovelha, tirou as pantufas surradas e calçou as galochas. Então, com um passo firme e viril, me conduziu até os fundos da casa.

— Eles estão aqui fora — explicou, sem entusiasmo. *Eles*? Certamente não podia ser *Stuart*, que devia estar em seu escritório no centro financeiro de Auckland, fazendo o que quer que fizesse com aqueles gráficos financeiros que subiam e desciam como eletrocardiogramas, provavelmente colocando o coração das pessoas na mesma montanha-russa. Do lado de fora, o cheiro de esterco era mais forte, sem ser desagradável, e de fato havia muitos cavalos com a cabeça para fora de baias em torno de uma clareira de concreto, na qual havia uma pilha de feno fumegante. Seria o esterco fresco reagindo ao frio do outono ou os efeitos da compostagem? Eu estava me sentindo um tanto perdido e me virei para a sra. Deering, mas ela já estava se afastando, lançando um vago último olhar para mim. No caminho, se abaixou e colheu uma flor silvestre, chicoteando o ar com ela e arremessando-a para longe com força excessiva. Fiquei olhando para ela por um momento, me perguntando o que diabos teria sido aquilo.

Depois disso, não vi mais ninguém além de um homem de aparência mal-humorada na casa dos cinquenta anos, presumivelmente um funcionário da fazenda. Tinha cabelos brancos e espetados, rosácea nas bochechas e, embora não fosse alto, tinha a constituição sólida de um saco de pancadas (do tipo que você machucaria os punhos se o socasse, sem que ele sentisse nada). Talvez a má impressão fosse pelo fato de estar segurando um forcado, uma das mãos sob a parte pontiaguda, como se fosse estrangular alguém. O homem devia ter me visto, porque teve que passar bem ao meu lado, mas não estava prestando atenção em mais nada além do que estava fazendo. Com um estrondo, colocou o forcado de volta em um espaço semifechado onde havia um monte de objetos de couro e metal pendurados em ganchos na parede. Com alguns golpes decisivos do antebraço, dobrou um cobertor grosso e começou a se dirigir para outro lugar.

— Bom dia, senhor. — Dei passos largos para interceptá-lo e estendi a mão de maneira franca.

Em vez de apertá-la, no entanto, ele dobrou a mão e me estendeu a parte de trás do pulso. O que eu deveria fazer? Tocá-lo com o meu?

— A sra. Deering me disse que a filha dela, Amber, estava em algum lugar por aqui — comecei, e seu rosto parecia tão inexpressivo que falei mais devagar. — Am-ber. O senhor... a conhece?

— Acho que sim, sou o pai dela — respondeu ele sem emoção alguma, sem fazer rodeios, como se estivesse cansado desse fato.

Como eu poderia saber? Não havia nada dele em Amber, nem no rosto nem no corpo, nem em qualquer outro lugar, o que na verdade era bom, pensei.

— Ela está por ali. — Ele girou o braço quarenta e cinco graus, fechando um dos olhos, como se estivesse apontando um rifle naquela direção. — No cercado dos cavalos, brincando em vez de trabalhar.

Fiquei tentado a perguntar a ele onde exatamente, porque "cercado dos cavalos" parecia algo intrinsecamente grande para mim, como um terreno extenso demais para que eu cobrisse a pé, mas não queria soar como um idiota. Saí andando com dificuldade pela grama encharcada, cruzando algumas poças e passando por alguns "marcos" de esterco que indicavam que eu estava no caminho certo, mas ainda tive que percorrer um bom trecho antes de avistar um sujeito loiro, vestindo cartola e fraque como se fosse o noivo em um casamento. Ele estava montado em um cavalo cinza alto e malhado e puxava as rédeas, por assim dizer, para fazer com que o animal se movimentasse de maneira graciosa e coreografada — um cavalo de cerca de novecentos quilos, com musculatura saliente e crina trançada como os cabelos de Bo Derek na comédia romântica piegas *Mulher nota 10*.

A julgar pela semelhança com Amber, supus que devia ser Daniel. Ele manteve a postura ereta e altiva quando acenou para mim com elegância, ou melhor, com plena consciência da própria beleza.

— Ei, Amber! Acho que tem alguém aqui que veio ver você! — gritou ele, os olhos me avaliando cuidadosamente. Ela estava a apenas cinquenta metros de distância, fazendo anotações em uma prancheta sobre o desempenho dele ou talvez do cavalo.

— É um belo animal — disse a ele, que começou a sorrir, mas em seguida tocou o lábio com dor; parecia ter se machucado recentemente.

— Droga — murmurou ele.

— Ethie! — Amber correu até mim com absoluta simplicidade: macacão enrolado até os joelhos, camisa xadrez faltando alguns dos botões. Ao vê-la em seu habitat natural, eu soube mais do que nunca que queria acordar com ela todos os dias pelo resto de minha vida.

— Oi! O que você está fazendo aqui?

Era agora ou nunca.

— Eu preciso falar com você.

— Sobre o quê?

Puxei-a pelo braço para nos afastarmos do irmão dela, mas pude senti-la enrijecer, e foi difícil responder com ele trotando ao nosso lado, como um guarda-costas.

— Está tudo bem, Danny! — Ela bateu na garupa do cavalo com a prancheta e, com uma risada, ele saiu galopando como um jóquei.

— Por acaso eu acabei de conhecer o Canção de Ninar? — perguntei.

— *Canção de Ninar*? — Ela franziu o nariz, confusa.

— O terror impetuoso que se recusa a ser domado?

— Ah! Meu Deus, não! — Ela jogou a cabeça para trás e riu alegremente. — Não, aquele é o *Ônix*. Uns dias atrás, o Danny estava limpando os cascos dele e, pela maneira como ele reagiu parece até que sentiu cócegas. O Danny teve sorte de não ter perdido um dente... o lábio dele vai ficar bom. Você tem que entender que cavalos são temperamentais, sensíveis e um pouco insanos. Como nós. É por isso que os amamos tanto.

Concordei com a cabeça, olhando para o chão.

— Eu vim aqui para falar com você. Sobre o Stuart.

À simples menção do nome dele, ela gemeu.

— Por favor, eu já ouvi o suficiente da minha mãe e do meu pai. *E* meu irmão. Espero que não seja *sua* vez agora.

— As mulheres vivem mais. É quase matematicamente certo que você vai ficar viúva. Seus filhos não vão poder contar com um pai por muito tempo ao lado deles.

Por que diabos eu estava falando de filhos? De onde tinha saído isso? Cara, eu estava começando mal.

— Então você está querendo dizer que para termos um relacionamento satisfatório, o Stuart e eu precisamos morrer ao mesmo tempo?

— Não, não é isso que eu estou dizendo...

— Por acaso você tem uma bola de cristal? Até onde você sabe, eu posso morrer primeiro, ou ficar doente.

Deu para ver que fazê-la acordar exigiria mais do que três estalares de dedos, principalmente porque ela já parecia ter prática em discutir aquele assunto.

— Eu não preciso de uma bola de cristal. Você só precisa deixar seus olhos enxergarem o que está bem diante de seu nariz. Se chama realidade. Existem razões para jovens se relacionarem com jovens, e não com pessoas da geração anterior, ou da geração anterior à anterior. Faz sentido seu pai não ser mais novo que você, e os filhos das pessoas não serem mais velhos que elas.

Por um momento, ela enrolou o cabelo nos dedos, absorta.

— Eu sei que o Stuart e eu não vamos ter cem anos juntos. Mas em um ano com ele tenho a sensação de que já vivi cinco. É a qualidade que importa. Pra mim, o fato de ele não ter mais tanto tempo só torna esse tempo mais precioso.

— Não é só a idade. É tudo que isso implica.

— Como o quê? — Ela deu de ombros.

— Coisas básicas do dia a dia. O que os casais costumam ter em comum porque estão no mesmo ponto na linha do tempo do mundo. Pense em seu gosto musical e no dele. É bem capaz de você começar a frequentar o Naval & Family.

Eu estava me referindo a um clube abafado onde um punhado de veteranos de guerra ainda dançava as boas e velhas melodias de outrora, enquanto netos entediados testavam até onde conseguiam deslizar pelo chão com suas meias.

— Isso é tão... *patético*. Você acha que as pessoas se unem e formam um vínculo duradouro porque gostam da mesma música? — Ela balançou a cabeça, indignada.

Para provar meu ponto, comecei a saltitar e dançar, imitando um dos galãs preferidos de minha mãe, Gene Kelly, primeiro assobiando, depois realmente cantando o clássico "Singin' in the Rain". Dei uma exagerada, enquanto torcia para que o irmão dela não visse e contasse ao pai deles. A princípio, Amber manteve uma expressão impassível, como se quisesse deixar claro como eu estava sendo infantil, então, sentindo a pressão aumentar, girei em torno de uma árvore ainda jovem e consegui arrancar uma risadinha dela; abusando da sorte, bati meus calcanhares no ar e a fiz cobrir a boca para rir, incapaz de se conter. Infelizmente, não demorou muito para que o efeito passasse, e quando fiz uma reverência (com a mão na lombar, como um velho que não conseguia se endireitar), ela ficou parada, de braços cruzados, balançando a cabeça. Se tivesse falado de meu amor por ela naquele momento, em vez de continuar zombando de Stuart, talvez eu tivesse conseguido convencê-la.

— O Stuart tem o coração mais jovem e a mente mais aberta do que muitos rapazes que eu conheço, e é muito atraente também, não importa o que você diga. Ele é gentil, maravilhoso, doce, apesar de ter passado por momentos muito difíceis na vida. Ele me ama, eu o amo. Além do mais, estou feliz. — Eu a encarei, sem acreditar, e ela deu de ombros. — Muito feliz.

— Se você diz... Você não deveria estar pensando primeiro em, não sei, algo como estudos, formação, ou algo assim?

— Existem maneiras práticas de mudar o mundo. Na verdade, eu sou uma pessoa que gosta mais de agir, é por isso que sempre que vou a Auckland trabalho como voluntária para o Greenpeace. Vou poder fazer ainda mais, agora que o Stuart me empresta o barco dele e, só para você saber, eu o uso para coisas mais importantes do que apenas me bronzear.

Algo parecia incomodá-la, e ela deu alguns passos até um toco, os cabelos cobrindo metade do rosto quando se sentou pesadamente sobre ele. Então, antes que percebesse, perguntei, meio brincando:

— Por que você não se casa comigo em vez de se casar com ele?

Ela riu e desviou o olhar.

— Você e eu iríamos brigar... muito.

— E daí? É com você que eu quero brigar. E rir. Nenhuma briga me faria te amar menos.

Ela pareceu tocada por minhas palavras.

— Vou ser sincera. Eu gosto de você. Está bem, confesso: eu adoro você, Ethie, de verdade. Você me faz chorar de rir, você deixa as coisas mais leves, e se não formos por esse caminho, vamos sempre ser muito próximos. Como meu irmão e eu sempre seremos próximos.

— Me dê um ano, dois, no máximo, só tempo suficiente para eu me formar e conseguir um emprego.

Ela me dispensou.

— Eu não quero te amar desse jeito.

— Mas você me ama? *Desse jeito?*

— Se eu amo ou não, sim, não, me ama, não me ama, todo esse mal--me-quer-bem-me-quer não tem importância. Minha mãe e meu pai já se amaram um dia. A vida desgasta as pessoas, ninguém sabe como elas vão mudar com o tempo.

— Então é só se casar com alguém velho demais para que isso aconteça?

Ela não se dignou a responder, sua expressão desdenhosa disse tudo.

— Como você pode ser tão cética? Tão, sei lá, desiludida? — perguntei.

— Você não sabe tudo sobre mim, as pessoas despertam coisas diferentes umas nas outras. O Stuart desperta o que precisa ser despertado, o que eu quero que seja despertado. O que não deve... fica trancado a sete chaves. — Ao dizer isso, ela se levantou como se fosse mais sensato parar por aí.

O fato de ela não querer mais falar me fez pensar se ela já havia sido abusada. Eu não queria pressioná-la, mas o assunto era importante demais para que eu deixasse passar, então fui atrás dela, dizendo:

— Não preciso ser velho para entender. Quaisquer que sejam as dificuldades ou os problemas com os quais você esteja lidando, o que quer que tenha acontecido.

Foi então que avistei Danny-e-cavalo, em uma colina a distância. Ele estava de olho em nós dois — principalmente em mim e em cada um de meus movimentos —, e me ressenti do fato de que ele parecia pronto para socorrê-la, se necessário. Pelo amor de Deus, eu não era um animal.

Eu sabia que deveria dizer alguma coisa, mesmo que fosse sobre o tempo, para quebrar o silêncio pesado entre nós. Logo estávamos perto do pai dela, que segurava um machado bem acima da cabeça, com o rosto vermelho devido ao esforço. Depois de um breve aceno de cabeça para mim, ele golpeou um pedaço de madeira, partindo-o brutalmente ao meio. Concluí que isso seria o máximo de despedida que eu iria conseguir. Talvez não tivesse nem sido um adeus, mais um "já vai tarde", como se eu fosse um repórter intrometido metendo o bedelho onde não devia.

Para chegar ao local onde havia deixado o carro de minha mãe, com as rodas dianteiras viradas bruscamente para o lado, não tive outra escolha a não ser passar pela mãe de Amber, agachada em uma horta perto de onde estávamos, quase como se a tivesse plantado ali intencionalmente. Ela olhou para cima e, ao perceber minha decepção, ficou desapontada.

— Você encontrou a Amber? — Ela protegeu os olhos com uma das mãos, a luva de jardinagem tão gasta que a ponta dos dedos ficava exposta.

— Sim — respondi, então por algum motivo me senti à vontade para acrescentar: — e não.

Acho que ela entendeu o que eu quis dizer e continuou capinando para poder pensar um pouco.

— Você viu o Daniel?

— Vi, parece que ele levou uma bela surra.

Ela pareceu surpresa ao ouvir isso, como se o medo a tivesse dominado por um segundo.

— Eu sempre digo para ele ficar com o rosto virado quando cavalga, para o caso de o cavalo jogar a cabeça para trás ou algo assim!

Aturdida, ela arrancou todos os trevos que conseguiu encontrar. Fiquei confuso: aquela era outra versão do que tinha acontecido ou ela estava se referindo a outra coisa?

— Bem, pelo menos você tentou — disse ela cerca de um minuto depois. — A Amber tem motivos que os outros nem sempre conseguem entender. — Ela inspirou fundo e em seguida expirou.

Havia uma mancha de terra em sua bochecha quando ela olhou para mim novamente, dessa vez de forma mais amigável. Só depois de alguns segundos percebi que ela estava estendendo algumas cenouras para mim, as raízes pendendo, sujas de terra.

Coloquei-as no painel e dei ré com o carro, feliz por ter que virar a cabeça para trás e não ver ninguém me observando ir embora, se é que havia alguém de fato me observando.

Judges Bay

Depois disso, o único sinal de vida que recebi de Amber foi um cartão-postal da baía das Ilhas, ou talvez fosse da baía de Plenty, pouco importa. Tinha sido um esforço conjunto: "Esperamos que você esteja bem, com a chegada da primavera e dias mais amenos pela frente..." Se ela realmente me amasse, teria esperado me encontrar à beira do suicídio. A prova: nada de "com amor", apenas "beijos". Em seguida, o golpe fatal: Amber & Stuart. Um maldito "&", como um clipe de papel torto que os unia de uma maneira moderna que simplesmente não colava. Não para eles. Sonny & Cher. John & Yoko. Mick & Jerry. Sim. Amber & *Stuart*? Não. Depois, nada. O telefone que nunca tocava. Para mim. A caixa de correio sempre vazia, a não ser pelas contas necessárias para manter uma casa e pelos panfletos de propaganda. Não era que estivéssemos com raiva um do outro ou não estivéssemos nos falando, ou algo assim. Era mais como se ela estivesse me mantendo afastado para meu bem, para que eu passasse por um período de abstinência e, assim, a esquecesse, preservando nossa amizade; pelo menos era assim que eu achava que Amber via as coisas. Embora também pudesse ser sua maneira de atenuar meu possível constrangimento. Tive raiva de mim mesmo por não ter ficado de boca fechada! Por que, por que eu não tinha simplesmente continuado na minha? O pessimista que inventou o ditado "Longe dos olhos, longe da mente" nunca deve ter experimentado o amor verdadeiro. "Longe dos olhos, perdendo a sanidade" descrevia melhor meu estado.

Levei até o fim de setembro/início de outubro para realmente superar o constrangimento e o entorpecimento doloroso e fazer uma ligação de cortesia, apenas para saber como *eles* estavam. Ao fazer isso, senti que estava aceitando novos termos e condições, que obviamente nunca precisaram ser ditos. Um rebaixamento, sem dúvida, em relação ao que eu esperava, mas cheguei à conclusão de que sermos "apenas amigos" era melhor do que nada — certamente melhor do que nunca mais vê-la. Ironicamente, era o próprio limite de amizade/amor fraterno que ela estabelecera que permitia que chegássemos o mais próximo possível dele sem medo de cruzá-lo de fato. Na verdade, graças a essa demarcação clara, não demorou muito para que passássemos de "apenas amigos" para "amigos muito próximos", e tudo que podíamos fazer para mostrar que nos importávamos um com o outro dessa forma, nós fazíamos sem pensar duas vezes.

Ocasionalmente, eu conseguia para ela algo de que precisava quando viajava de Cambridge para Auckland de ônibus, algo que ela não queria que Stuart soubesse para não estragar o romance. Uma meia-calça nova porque a dela tinha rasgado. Ou um esmalte transparente, quando o fio puxado ficava escondido na sola do pé. Uma vez, até absorventes para fluxo intenso, porque ela estava menstruada. Como isso foi *difícil* para mim no caixa! Pareceu que estávamos fazendo contrabando quando ela me entregou o dinheiro e eu passei a mercadoria para ela por baixo da mesa de um café. Às vezes, eu a acompanhava enquanto ela comprava itens que também não queria que ele visse, pelo menos não até que ela os usasse. O papel dela era experimentar um monte de coisas, e o meu era ser tão direto quanto o irmão dela ao dar minha opinião a respeito. E na maioria das vezes minha opinião era: "Isso não tem nada a ver com você." No entanto, essas palavras apenas faziam com que ela estreitasse os olhos para si mesma diante do espelho e em seguida, cerrando a mandíbula com teimosia, comprasse a roupa mesmo assim, como se estivesse decidida a não olhar para trás.

Um dia, ela me levou a uma butique para noivas, e, de início, vê-la surgir com aqueles longos vestidos brancos me deixava sem palavras por alguns segundos, mas depois eu sempre conseguia achar algum defeito em todos eles. Uma vez não resisti a fazer um comentário sobre os pneuzinhos que ela havia ganhado por ir a "muitos restaurantes chiques com ele". Cruel, eu sei, porque mesmo que estivesse embrulhada em filme plástico, papel-alumínio ou papel higiênico, ela ficaria deslumbrante e eu a teria feito minha em um piscar de olhos. Mas Amber realmente não precisava, nem queria, ouvir isso. E acho que o fato de eu às vezes ser duro com ela naqueles momentos era o que lhe convinha — era como se aceitar minhas pequenas ofensas verbais fosse o preço a pagar por continuar sendo minha amiga, ao mesmo tempo em que me mantinha em meu devido lugar.

Chegou um momento em que ela confiava tanto em mim — como se eu fosse um eunuco — que não se dava ao trabalho de ter mais cuidado quando estava no provador. Eu me lembro da primeira vez que vislumbrei seus seios pequenos, mas bonitos, por uma pequena fresta na cortina. Ela não estava me provocando, apenas confiava em mim tanto quanto confiava no próprio irmão. E sua ingenuidade e confiança às vezes faziam com que eu me sentisse mal em relação a mim mesmo quando à noite, sozinho, me masturbava pensando nela de seios desnudos no trocador, depois deixando a calcinha deslizar até os tornozelos, expondo uma faixa grossa ou um triângulo cuidadosamente desenhado ou um arbusto de pelos pubianos (loiros? escuros? isso também mudava de noite para noite), e com um sorriso lascivo abria um pouco mais a cortina para me deixar entrar. Depois era uma tortura, pois eu me sentia sujo e depravado. Porque a verdade é que eu a respeitava. Eu realmente a respeitava.

Amber também se esforçava para me ajudar, ou melhor, se *deslocava*. Na época, tinha um trabalho nas horas vagas que consistia em distribuir avisos públicos sobre eventos cujo barulho excessivo poderia incomodar algum troglodita, e quando descobriu, Amber decidiu me acompanhar. Lá íamos nós, ela e eu, em lados opostos da mesma rua, ela correndo para colocar sua cota de avisos nas caixas de correio pares antes que eu conseguisse colocar as minhas nas ímpares. Terminávamos curvados, ofegantes, bufando, gargalhando, principalmente quando ela conseguia me vencer graças às casas geminadas (por exemplo, de 112A a 112G), que sempre pareciam estar "do lado dela"! Mas Amber nunca aceitava um centavo de meu pagamento, dizendo que era "exercício grátis", então com seu sorriso atrevido, acrescentava:

— Pra me livrar daqueles pneuzinhos que você mencionou.

Ela era ótima em fazer eu me sentir culpado.

Nas férias do meio do semestre, ela me ajudava a montar bicicletas de três marchas no quintal de casa e, nossa, como era rápida em encontrar a coisa certa para encaixar em outra coisa enquanto eu ficava coçando a cabeça sem saber o que fazer. Quando disputávamos para ver quem conseguia montar uma bicicleta inteira primeiro, ela sempre vencia. Como de costume, fazia metade do trabalho e me deixava ficar com *todo* o pagamento. Insistia que era eu quem precisava do dinheiro, que ficava feliz por poder me ajudar a ter mais tempo livre para me dedicar aos estudos. Eram os estudos, ela dizia, que um dia iriam me permitir fazer o que eu realmente queria.

O mais hilário de meus trabalhos temporários foi quando tive que fazer ligações de telemarketing de casa. Como nas ocasiões em que eu estava ao telefone, explicando a alguém como as lareiras de alvenaria eram mais perigosas do que as de ferro que eu vendia, e ela pegava nosso fole e caminhava pela sala fingindo atiçar o fogo forte com baforadas altas em todas as direções. Meu rosto se contorcia na tentativa de conter o riso, e se eu conseguisse manter a voz firme, ela usava o fole para produzir sons grosseiros perto de meu traseiro, como se estivessem vindo de mim, até que eu não conseguia mais falar de tanto rir, o que fazia com que meu interlocutor pensasse que se tratava de um trote e desligasse! Quando eu demonstrava preocupação com a "perda de uma venda certa", Amber tirava o telefone de mim com um sorriso confiante e, sem titubear, depois de algumas ligações, garantia minha escassa comissão.

16 de novembro de 1979

O convite oficial para o casamento deles chegou. É… Ela realmente levaria aquilo até o fim. Realmente iria se casar com ele. Um capricorniano, um signo de terra, que trabalhava em finanças, o mais quadrado dos quadrados. Tirei o convite fino e elegante do envelope fino e elegante e, dessa vez, havia um bilhete junto:

Só não chamei você para ser minha dama de honra porque achei que não iria gostar de ser chamado de "dama", e "damo de honra" soaria muito estranho. Mas você é meu melhor amigo; por favor, venha e fique feliz por mim.
Eu te amo de todo o meu coração!
Amber

Se ela realmente me amava "de todo o coração", então por que, por que, por que se casaria com ele? Eu não queria bancar o mau perdedor, realmente queria ser elegante e comparecer. No entanto, não conseguia ficar "feliz por ela" quando não estava convencido de que ela seria feliz, nem em curto nem em longo prazo. A cerimônia aconteceria em menos de um mês, no dia 8 de dezembro de 1979, nem mesmo um ano desde que tínhamos nos conhecido. *Droga!*

Cerca de duas semanas depois, eu estava em meu quarto certa noite, girando o botão de uma estação AM para outra, já que não estava no clima de qualquer alegria de Natal antecipada, quando ouvi palavras que me deixaram petrificado: algo sobre falta de contato com o voo 901 da Air New Zealand que tinha partido com destino à Antártida. O voo de volta para Auckland estava atrasado e não havia contato por rádio com eles desde o meio-dia. Na manhã seguinte, informaram que "os destroços no local do acidente foram levados pelo vento", que o "avião caiu no monte Erebus" e que "aparentemente ninguém sobreviveu". Duzentas e cinquenta e sete pessoas mortas. Foi o suficiente para me tirar do estado depressivo de autopiedade, posso garantir. Tive a sensação de que um balde de água gelada havia sido despejado sobre minha cabeça. Em comparação a outras pessoas, que importância tinham meus sentimentos? Tudo bem, Amber não era minha, mas pelo menos ainda estava viva. Eu ainda tinha minha família, não tinha? Até mesmo minha irmã pirralha de repente não parecia tão ruim assim, e fui muito legal com ela nos dias seguintes.

No fim das contas, o casamento foi uma cerimônia simples e sem intercorrências. Eles se casaram na capela de St. Stephen, em Judges Bay, Parnell. Uma linda igrejinha de madeira branca com uma bela torre. Com vista para sepulturas antigas e tranquilas. Um lindo roseiral e um terreno bonito e bem cuidado. Um sino que soou lindamente. Muito doce e pitoresco. Ele e ela, o casal ideal, saídos direto de um bolo de casamento de três andares, se você não se aproximasse muito para notar algo errado. Ambas as famílias, um pequeno grupo de amigos e conhecidos.

Ah, a propósito, eu não fui. Só sei alguns desses detalhes porque mais de um ano depois, enquanto caminhava pela nova Praça Aotea, esbarrei em Candice, a amiga mais antiga, e em meio ao blá-blá-blá... ela me contou que Amber parecia um anjo que descera à Terra; que ela havia usado um vestido branco simples na altura dos tornozelos, uma tiara de margaridas no cabelo, que depois tirou os sapatos brancos e ficou descalça; que os convidados sopraram bolhas de sabão em vez de jogar arroz... e assim por diante, até que tudo parecesse um esfuziante mundo de fantasia para mim. Muitos anos depois, eu seria levado de volta àquela mesma igreja nas circunstâncias mais inusitadas e, como um fumante passivo, mais daquele dia penetraria de forma indesejada em mim.

Veja bem, eu tinha intenção de ir ao casamento. Na verdade, estive por perto, pelo menos por alguns momentos, circulando obstinadamente por Parnell, tentando encontrar um lugar para estacionar em uma movimentada manhã de sábado. Eu estava indo, de verdade, mas com uma sensação de pavor crescente conforme o relógio se aproximava do tan tan tan tan... *tan tan tan tan*... Dizem que quando alguém próximo de nós morre, temos que ver a pessoa morta para realmente aceitar. Talvez esse tenha sido meu erro. Porque no último minuto simplesmente não tive coragem de ir até lá, de fazer aquilo comigo mesmo. Então continuei dirigindo até a baía, chegando o mais perto que pude da água sem deixar que os pneus penetrassem muito na faixa de areia molhada. Afundei no banco do motorista, óculos modelo aviador — do tipo que encara a realidade. E assim esperei a hora passar, como se fosse uma execução.

Do outro lado do mundo

Depois de cumprir os requisitos para obter meu diploma, não fiquei para a formatura: senti que precisava ir embora. Em casa, tudo me incomodava. Minha mãe. Meu pai. Vicky. A tabuleta dos Dez Mandamentos no corredor, terminando com "Não cobiçarás a casa do teu próximo. Não cobiçarás a mulher do teu próximo..." Tudo bem, tudo bem, mas Stuart era realmente meu *próximo*, se morava em Mount Eden, uma área residencial arborizada onde o tronco das árvores era tão largo que não dava para abraçá-lo e as casas tinham *nome*? O recorte plastificado com a inscrição de 1 Coríntios 13:4-7 na geladeira: "O amor é paciente, o amor é bondoso..." e todas aquelas pseudodefinições que soavam mais adequadas para bodas de diamante, para os sentimentos e hormônios apaziguados de alguém da idade de Stuart. Porque o amor jovem, do tipo que eu sentia, era impaciente, insaciável, ciumento, um vulcão *em erupção*, incandescente, borbulhando nas profundezas do ser. Até mesmo a frase em ponto-cruz "Jesus te ama" emoldurada na sala parecia enfatizar o fato de que *só Ele* me amava, ao passo que *Ela* não me amava, e em termos de decepção amorosa, sinto dizer, o fato de Jesus me amar me oferecia zero consolo.

Tive que adaptar meu currículo para diferentes áreas de trabalho de uma forma que deixaria até mesmo Darwin orgulhoso. Na verdade, se o mesmo empregador em potencial tivesse visto versões diferentes de minha carta de apresentação, teria sido um momento no estilo "Preparar teletransporte, Scotty". ("Tenho muito interesse por arte." "Tenho muito interesse por jovens problemáticos e questões sociais." "Tenho muito interesse por água limpa.") No fim das contas, tive a oportunidade de ir para a França como segundo assistente de Jean-Claude Lebournier, um diretor de cinema francês. Bem, não cinema *de verdade*, ele não havia dirigido qualquer longa, nem mesmo um curta — apenas comerciais de TV com orçamentos gigantescos, equipe e maquinário completos (câmeras 35mm, gruas, nada de improvisos com carrinhos de supermercado). Todos os que haviam se formado estavam liberados para se candidatar e, dos que se candidataram, eu fui o que fiquei em segundo lugar. (Uma posição que, infelizmente, parecia estar se tornando um padrão em minha vida.) Então, a pessoa que ficou em primeiro lugar decidiu que comerciais de TV eram uma glamourização de tudo que havia de errado com a sociedade e foi para a Austrália fazer um documentário sobre os aborígines.

No dia 23 de dezembro, desembarquei no aeroporto Charles de Gaulle, peguei o RER e, depois que a mudança de linha em Châtelet provou ser uma caminhada mais longa pelos corredores do metrô do que se eu tivesse saído da estação e terminado o trajeto a pé, desci em Saint-Lazare. Mochila militar nas costas, mapa de Paris aberto bem diante do rosto, só faltava uma placa com "Turista" escrito pendurada no pescoço. Ao longo do Boulevard Haussmann, as luzes de Natal caíam como flocos de neve sobre os compradores de última hora em uma ordem mecânica, como uma nevasca domada pelo frio do consumismo. Na Place Madeleine, as colunas coríntias me fizeram pensar que La Madeleine era um antigo templo romano, quando na verdade era uma igreja católica construída no período napoleônico. Vai entender. Havia um frontão com Maria Madalena de joelhos e seminua, mas os arcanjos Miguel e Gabriel me pareciam muito mais nus, e ninguém parecia julgá-los. Não pude deixar de imaginar Amber naquela posição diante de mim e de Stuart no fim de nossa vida, quando nos reencontrássemos no Céu, implorando perdão a nós dois por ter se casado com ele em vez de se casar com quem ela realmente amava: eu.

Para onde quer que eu olhasse, as vitrines estavam decoradas com o objetivo de impressionar: bolas douradas em abundância, guirlandas grandes o suficiente para que tigres saltassem através delas, cascatas de enfeites prateados brilhando por toda parte. Uma cabeça de cavalo semelhante às que sinalizavam as guildas chamou minha atenção e estremeci ao me dar conta de que o açougue abaixo dela era especializado em carne de cavalo! Eu me perguntei o que Amber teria feito se estivesse comigo. Os showrooms de carros na Champs-Elysées eram espetacularmente chamativos, com fitas de veludo suficientes para transformar os novos modelos em presentes pré-embalados que apenas os ricos, como alguém--em-quem-eu-não-queria-pensar, poderiam comprar. Senti uma pontada involuntária de ciúme e acelerei o passo.

Deixando o brilho e a agitação para trás, cheguei à Place de l'Étoile, onde o Arco do Triunfo se erguia, imenso e imponente. Foi um alívio para meus olhos, e fiquei admirando a chama ao lado do túmulo do soldado desconhecido da Primeira Guerra Mundial, uma homenagem a todos os que tinham dado a vida por La Patrie. Acesa em 1923, nunca se apagou, nem mesmo durante a ocupação alemã na Segunda Guerra Mundial. Sim, eu me identificava com aquela chama que nunca se apagara. Finalmente encontrei a Avenue Hoche, uma rua arborizada no 8º *arrondissement*, em seguida um prédio de pedra calcária cujas janelas tinham caixilhos que pareciam cruzes brancas altas. A porteira, uma mulher de meia-idade, com coque apertado e dentes manchados de nicotina, sorriu para mim como se achasse algo divertido em minha tentativa de falar francês. O nome dela, se me lembro bem, era madame Clautier.

— *Suivez-moi, monsieur* [Siga-me, senhor].

Ela me levou até um pequeno elevador e empurrou a porta pantográfica para o lado. Mal havia espaço para duas pessoas, parecia algo mais adequado para se descer em um poço de mina.

— *Par ici* [Por aqui].

Madame Clautier girou a chave com força e acenou para que eu entrasse, fazendo comentários nos momentos em que eu devia parecer muito perplexo. Uma sala que mais parecia uma jaula de zoológico. Uma única lâmpada nua pendendo do teto alto, presa a um fio tão longo que daria para se enforcar nele. Fixado em uma das quatro paredes nuas, um aquecedor elétrico do tamanho de uma torradeira, que provavelmente esquentava tanto quanto uma se você ficasse de pé sobre ele. Uma janela alta — assim que a abri, percebi que a grade de ferro ficava na altura de minhas canelas e não seria suficiente para me salvar da queda, caso ficasse bêbado e escorregasse.

Eu havia trocado o verão no hemisfério sul pelo inverno ali, e mesmo com o aquecedor no máximo dava para ver minha respiração (sem que eu estivesse fumando um cigarro). Fiquei um longo tempo parado diante da única grande janela, admirando a imensidão dos telhados e antenas de Paris. Nada da Torre Eiffel, porque a janela dava para outro lado. Aos poucos, o céu foi ficando rosa-alaranjado, e os pombos começaram a arrulhar e bater as asas nos telhados enquanto se recolhiam para a noite. Isso e o céu escurecendo de repente me pegaram de surpresa e me fizeram lembrar de alguém em quem não queria pensar. Eu sabia que tinha de sair e ir a algum lugar, então depois de tomar banho como um contorcionista na menor banheira do mundo, fui ver a Chama Eterna ser renovada, como acontecia todas as noites, ao som de um tambor militar solitário, meia dúzia de bandeiras francesas e um grupo de veteranos curvados em reconhecimento ao passado, aos camaradas perdidos e ao próprio número cada vez menor.

Meu jet lag foi intenso e passei o dia seguinte dormindo, acordando apenas no meio da noite. Quando a escuridão finalmente se dissipou, era Natal. A cidade ainda estava cheia de vida, e entrei na catedral de Notre--Dame com um grupo de turistas japoneses. Apenas para me dar conta de maneira um tanto estúpida, ao mesmo tempo que eles, que estávamos em uma igreja católica ativa onde a missa de Natal estava sendo celebrada. Minha mãe não teria gostado de me ver sair sorrateiramente. O Quartier Latin era um labirinto de ruas antigas e estreitas e, em um cruzamento, uma banca de jornal chamou minha atenção — quer dizer, a fila de um quilômetro e meio de pessoas esperando no frio. Ao me aproximar, fui repreendido por uma senhora que achou que eu estava tentando furar a fila (descobri que, em outro idioma, a repreensão perde um pouco a força), quando na verdade eu estava apenas lendo as manchetes: *L'Invasion soviétique en Afghanistan.* Porra, não dava para acreditar, na véspera de Natal? Que bela maneira de desejar paz e felicidade ao mundo! Mas, pensando bem, na União Soviética as pessoas não tinham permissão para acreditar em Deus, então o Papai Noel provavelmente também não estava sendo esperado.

O *Réveillon* de 1980 chegou e passou, e depois disso, como a maioria das pessoas no planeta, até mesmo em Paris, fui atirado na eterna espiral de *métro, boulot, dodo* (metrô, trabalho, sono). O Studio JCL ficava perto da estação Stalingrad. Para chegar lá, o metrô subia o viaduto e acelerava em meio aos telhados; às vezes eu ia até o fim da linha e voltava, apenas para ver o canal Saint Martin e a Sacré Coeur, que parecia o tipo de bolo de casamento que aqueles dois deviam ter tido. Apesar do nome soviético, Stalingrad lembrava mais a África, a multidão andando em uma profusão de cores, os cortes soltos e a marcha lenta. Era animada, tomada pelo burburinho das conversas, mas nos olhos de alguns homens muitas vezes eu via a realidade do concreto desmoronando sobre os sonhos.

Então deixava aquele continente dentro de um *arrondissement* para trás e subia a escada até o estúdio — um loft cujo teto inclinado todo de vidro permitia que o lado de dentro fosse tão claro quanto o lado de fora — e para aumentar ainda mais a luminosidade, todo o restante era pintado de branco. Como uma peça de xadrez alta e importante, Jean-Claude Lebournier, "Le Realisateur", deslizava pelo local todo vestido de preto — o equivalente a um uniforme de trabalho no meio artístico que o situava na esquerda caviar. Basta dizer que quando Jean-Claude falava de si mesmo, era como se estivesse em pé de igualdade com Michelangelo, Rafael ou Klimt. Ficávamos perpetuamente imersos nos sons esotéricos de Jean-Michel Jarre, então tudo tinha que ficar no mais absoluto silêncio quando J-C berrava *"Silence!"* [SI-LONCE], gritado para nós através de um megafone, embora fosse desnecessário naquele espaço *fechado.* Meu papel nisso tudo? Bem, se a fumaça não parecesse densa o suficiente quando ele dizia *"Action!"* [AC-SION], então eu tinha que sair para o "mundo real", comprar um pouco de farinha branca e soprá-la com uma máquina de vento, enquanto Jean-Claude me xingava sem parar. *"Putain! Et merde!"*

Devo dizer que Paris não me ofereceu exatamente a vida pitoresca de boina e baguete retratada no filme *Um americano em Paris*, que minha mãe tanto amava; as crianças francesas tampouco me cercavam pelas ruas e começavam a cantar como tinham feito com Gene Kelly. As únicas crianças que me cercaram, uma vez, perto de Les Halles, faziam parte de uma gangue de mendigos ciganos, e garanto que segurei minha carteira com força. No metrô, perto de lojas de departamentos e prédios do governo, havia policiais ou gendarmes fazendo a ronda, metralhadora trespassada sobre o peito, às vezes militares de farda cáqui, com metralhadoras empunhadas (semiengatilhadas, suponho — mas engatilhadas o suficiente, essa era a sensação). Tendo em mente que na Nova Zelândia a polícia andava desarmada, às vezes eu me perguntava se havia algo acontecendo que eu deveria saber. As pessoas tinham os documentos verificados de maneira aleatória, bem, não exatamente *de maneira aleatória*: homens com pele mais escura eram abordados mais do que, digamos, japoneses carregando pastas. Então, no fim de janeiro, uma bomba explodiu na embaixada da Síria, no 16º *arrondissement*, uma área quase entediantemente burguesa. Oito feridos, incluindo uma grávida, e um morto. Mais tarde durante minha estada, uma sinagoga na rue Copernic sofreu um atentado à bomba, mais mortes, muitos mais feridos.

Então, imagine como ficava me sentindo quando recebia um dos "aerogramas" de minha mãe (uma única folha de papel leve e ordinário, que se dobrava para formar o próprio envelope, ainda mais ordinário, que eu tinha que rasgar para transformar de volta em uma carta) lembrando-me de lavar as mãos antes de comer, não pegar gripe (quando ela deveria estar mais preocupada que eu pegasse uma doença venérea em Pigalle) e manter meu passaporte guardado em segurança debaixo do colchão (quando eu tinha que ter meu passaporte sempre comigo para o caso de vir a ser "*contrôlé*"; sem falar no fato de que eu ainda estava dormindo em meu saco de dormir). Coassinado "Com amor, papai", embora algo me dissesse que ele não tinha sequer se dado ao trabalho de ler o que minha mãe havia escrito.

Algumas semanas depois, um desses aerogramas de minha mãe continha um bilhete clandestino de Amber. Breve e afetuoso, expressava seus "sinceros agradecimentos"; Amber o havia mandado para minha mãe porque não sabia para onde mais enviá-lo. É que, depois de faltar ao casamento, acabei ficando com o presente que havia comprado para eles: um vaso de cristal, para que ela pensasse em mim sempre que Stuart lhe desse flores. Tinha medo de que se quebrasse se fosse enviado pelo correio, mas também tinha medo de que algo em mim se quebrasse se eu fosse até a *casa dele*, que agora era a *casa deles*, para entregá-lo pessoalmente. Avancemos rapidamente para a noite anterior à minha partida para a França, quando Ben e eu fomos furtivamente até a casa deles e o deixamos junto à porta da frente. Tínhamos bebido algumas cervejas no QF para dizer *"sayonara"* a qualquer esperança amorosa que eu ainda tivesse, e ele me ajudou a escrever um bilhete. Quase caímos das banquetas de tanto rir com as possibilidades. Desejar-lhes "prosperidade" parecia redundante, "vida longa juntos", absurdo. No fim das contas, escrevi apenas uma frase cafona desejando-lhes "felicidade".

Então, naquele fim de semana (na França, quero dizer), escrevi uma longa carta para Amber. Eu tinha muito a dizer e ninguém com quem conversar, e às vezes me pegava falando com ela em minha mente de qualquer maneira. Então coloquei no papel o que eu achava de alguns dos intelectuais e escritores, artistas e escultores franceses, da beleza da arte e da arquitetura, do fato de a diferença de classes ser mais marcada lá do que na Nova Zelândia, de os franceses sorrirem menos; e com isso eu queria dizer com menos frequência, mas também de maneira mais contida. Talvez eu não fosse tão engraçado em francês, *ha ha*. Escrevi até tarde da noite, passando páginas inteiras a limpo quando meus rabiscos ficavam impossíveis de ler. No fundo, queria mostrar a ela que tinha seguido em frente, que tinha conhecido novos-lugares-e-novas-pessoas, mas também que não a havia esquecido e que ainda a considerava uma amiga — apenas uma amiga —, como deixei claro com meu "Querida amiga por correspondência" e "Seu velho amigo, Ethan" e "P.S.: Diga oi a Stuart por mim".

Então, para tentar esquecê-la, agora que não havia mais jeito, saí com algumas mulheres. A primeira foi uma mulher mais velha (trinta e poucos anos?) que morava em um apartamento grande três andares abaixo do meu e usava um monte de casacos de pele — não todos de uma só vez, mas um diferente a cada dia, e pelo menos dois eram de vison. O nome dela era Odile. Foi apenas quando ela mencionou *"mon mari"* que me ocorreu que o sujeito de meia-idade, *baraqué*, de sobretudo grande, poluindo a escada com seu grosso charuto, era o marido dela, o que pôs fim às coisas rapidamente.

Depois, houve uma modelo, de cabelos loiros-avermelhados e salpicada de sardas — um "visual" sobre o qual detinha um monopólio lucrativo no mundo das publicações impressas. Ela tinha vindo de Nova York e, quando soube que eu era da Nova Zelândia, começou a me seguir pelo estúdio, falando sobre o que poderia fazer depois. "Depois", no mundo da modelagem, significa "depois que você fica velho demais para modelar"; e "velho" significa que você deixou o ensino médio há dois anos, depois de ter se formado ou abandonado os estudos. No composite, Holly aparecia junto de suas medidas de ampulheta e tamanho de sapato, grande (não que alguém ainda gostasse de pés pequenos de Cinderela, a única coisa que importava naquela época eram o rosto e o corpo). Depois da filmagem, saímos para comer alguma coisa (alguma coisa, no caso das modelos, é praticamente nada). Combinamos de manter contato, mas não havia ímpeto para um relacionamento a distância.

Uma vez, enquanto gravávamos o comercial de um sorvete que derretia na velocidade da luz — refletores podem esquentar tanto quanto lâmpadas de bronzeamento artificial —, Jean-Claude me mandou preparar um purê de batatas, pois ninguém ia perceber a diferença depois que estivesse coberto de calda de chocolate (ninguém além da modelo de Berlim Ocidental, que teve que sorrir enquanto comia, claro). Tudo tinha que ser meticulosamente branco: a mesa, a tigela, o fundo. Naquela noite, sonhei que estava no iate também meticulosamente branco de Stuart. Eu estava usando o chapéu branco de capitão dele e mergulhava com Amber no mar, onde dávamos um beijo salgado, até que de repente ela se afastava, ofegante: eu tinha pulado sem antes prender a escada na lateral do casco. Como voltaríamos para o barco, meu Deus? O que diabos o sonho estava tentando me dizer? Que ela estava melhor casada com Stuart? Ou seria um símbolo de dinheiro? Como em: comigo, ela literalmente "nunca voltaria" àquele padrão de vida. Não tinha sido uma boa ideia ler os livros de Freud e Jung sobre o significado dos sonhos que Ben havia me emprestado. Sério. Às vezes, pular de um grande barco sem pensar em como voltar podia ser sobre o medo de pular de um grande barco sem pensar em como voltar.

Cerca de um mês depois, encontrei uma carta dela em minha caixa de correio e, mesmo sem querer, meu coração disparou. Era um envelope grosso, como se houvesse muitas páginas dobradas dentro. Será que Amber tinha se separado de Stuart? Eram incríveis doze páginas, mas não continham nada que eu ousasse esperar. Ela começou me contando que tinha passado dez dias na casa dos pais porque Danny tinha fugido depois de mais uma briga com o pai deles, mas o pai estava bem, então ela já tinha voltado para casa (para Stuart, basicamente). Passou semanas sem saber onde o irmão estava, morrendo de medo de que ele fizesse algo estúpido. Quando apareceu na porta dela, parecendo um sem-teto, ele chorou em seus braços, dizendo que não queria "ser um estraga-prazeres agora que ela estava tão feliz". Isso "partiu seu coração", então ela decidiu ajudá-lo a "conseguir um lugar para morar e colocar a vida em ordem". Ela me disse que o irmão tinha uma boa chance em competições equestres, então a decisão da Nova Zelândia de boicotar as Olimpíadas de Moscou foi outro golpe para ele, e me provocou ao comentar que a "minha França" (desde quando era *minha*?) iria competir, e que ela e os amigos usariam o barco de Stuart para protestar contra os testes nucleares realizados pelos franceses no Pacífico, enquanto eu estava lá curtindo todo o "u-lá-lá!". Então, como se quisesse estabelecer um contraste entre seu ativismo e meu hedonismo, ela anexou uma polaroide de si mesma em uma "Marcha dos Mutantes", como se tivesse perdido os cabelos por causa da "radiação" — dava para ver que eles estavam escondidos sob uma touca de natação bege, o que fazia com que ela parecesse um dos alienígenas do filme *Cônicos & Cômicos*, o que imagino que fosse o objetivo. Um dos globos oculares parecia estar derretido por meio de algum truque com cera. Era simplesmente horrível demais para guardar.

Ela também disse que tinha "pensado em mim" enquanto aprendia a preparar pratos da culinária francesa; seu primeiro suflê foi um fracasso, mas a quiche e a musse de chocolate não ficaram tão ruins para uma iniciante. Para corroborar essa afirmação, uma flecha indicando três manchas marrons e as palavras "raspe e cheire"! Não consegui conter o riso, embora me abstivesse de raspar e cheirar. Stuart estava bem, tinha muito trabalho, mas arranjava tempo para ela nos fins de semana e estava lhe dando aulas de tênis — ela estava atirando bolas amarelas felpudas no céu, e no dia anterior (o carimbo do correio era de quinze dias antes), ele havia atualizado o sistema de navegação para que eles pudessem ir tão longe quanto quisessem em paz. Isso foi tudo o que ela disse sobre Stuart, mas a carta praticamente terminava com ele. Droga.

Nos meses seguintes, recebi mais notícias dela, embora em cartas cada vez mais curtas e apressadas, com um intervalo cada vez maior entre uma e outra. A última mencionava Danny, que agora estava em Londres, mas também passava temporadas em Newmarket, no condado de Suffolk — cidade muito popular no mundo das corridas de cavalos — com um jóquei; e Stuart, que estava trabalhando demais (seu sócio estava planejando se aposentar, o que só aumentava a carga de trabalho). Algo sobre as aulas de tênis terem sido suspensas: Stuart não estava muito bem, precisava fazer alguns exames, mas nada que um pouco de sol não resolvesse. Eu suspeitava de que ela tivesse extenuado o coitado do velho. Depois não chegou mais carta alguma, e foi isso.

Nos confins da existência

Há dias estamos confinados, o vento uivando sem parar e tanta neve caindo que me pergunto se não vamos acabar soterrados, e todos os nossos vestígios, apagados. Sério, chega uma hora em que até homens adultos se cansam de jogar dardos (e as poucas mulheres aqui não parecem se interessar nem um pouco). Se as coisas continuarem assim, vai ser questão de tempo para começarmos a atirar dardos uns nos outros! Mesmo quando o tempo está bom, a sensação de isolamento na Antártida é diferente de tudo que já vivi. Observar o espetáculo de Vênus brilhando em um céu azul sem estrelas, em vez de uma noite escura normal, faz com que pareça nosso Sol, como se ele de alguma forma estivesse muito mais distante, ou como se eu o estivesse observando de um planeta gelado longínquo. Às vezes, estar aqui ou nos confins do Sistema Solar parece a mesma coisa... e ainda assim, ironicamente, a distância apenas desperta uma sensação de proximidade daqueles que mais importam para nós, tornando-os mais reais e tangíveis na mente, enquanto todo o resto desaparece.

Onehunga

5 de dezembro de 1980

Assim que pus os pés no aeroporto de Auckland, foi como se estivesse pisando no território dela novamente, mas desde quando Auckland tinha se tornado o *território dela*, e não meu? Antes mesmo de chegar ao desembarque e ser recebido de braços abertos por minha mãe, tudo voltou em uma onda, como se eu nunca tivesse partido. No caminho para casa, minha mãe precisava resolver algumas coisas e, como "um presente especial", parou na Farmers, na Rua Hobson, onde, como sempre naquela época do ano, havia um Papai Noel gigante, com dezoito metros de altura, dez vezes o meu tamanho. Quando criança, eu o achava assustador e imaginava que, se não me comportasse bem, ele me agarraria como o King Kong. Era muito estranho estar ali outra vez na minha idade. Ainda mais porque comecei a perceber coisas que nunca havia notado antes, como o olho que piscava e o cinto fora do lugar enquanto ele acenava com o dedo, convidando os transeuntes a se aproximar. Com olhos de adulto, concluí que ele seria motivo suficiente para atravessar a rua, mesmo que fosse de tamanho normal. Compartilhei essa impressão com minha mãe, achando que ela ia me repreender por ter uma mente suja, mas, para minha surpresa, ela riu.

No início, quase tudo em Auckland me lembrava Amber: o cenário urbano, a paisagem em torno do cenário urbano, a paisagem marítima que margeava a paisagem em torno do cenário urbano. Todos os lugares aonde tínhamos ido, ou aonde fiz planos de irmos um dia. Acho que foram os cheiros que me fizeram ter uma recaída involuntária. Uma lufada de patchouli me transportou, contra minha vontade, de volta ao verão de 1979, à euforia intempestiva de quando a conheci, como o cheiro do mar soprando da costa recortada às vezes fazia. Naquele Natal com minha família, Amber foi como a convidada que ninguém além de mim conseguia ver. Enquanto minha irmã desembrulhava o vestido novo de verão, sentada sob a árvore, Amber aparecia do nada para me mostrar como o vestido teria ficado nela. Ou surgia para desaprovar a gravata de truta que minha mãe tinha me dado. E não me refiro a uma gravata com estampa de pequenas trutas nadando, quero dizer que a gravata inteira era uma grande truta: a cabeça melancólica para baixo, levando ao momento eureca — eu tinha uma truta pendurada no pescoço. *Obrigado, mãe!* Não pude deixar de me perguntar se Amber teria sido feliz com uma família como a minha, se não tivesse conhecido Stuart. Mas quando meu pai começou com suas piadas — *Dei uma perna de madeira para minha esposa no Natal, mas não foi o presente principal, foi só para colocar dentro da meia!* —, na verdade fiquei aliviado por ela não estar nem perto de nós.

Ano-Novo de 1981

Passei a noite de Ano-Novo com Ben e outro amigo, Kahu, que estavam alugando uma antiga casa de dois quartos cuja sala poderia facilmente servir como um terceiro quarto. Ben estava fazendo doutorado, o que iria levar uma eternidade, e Kahu tinha um emprego na processadora de carnes Westfield Freezing Works, perto do porto de Manukau. Não foi uma decisão consciente ir morar com eles, foi mais algo "inconsciente", considerando que costumávamos sair para beber juntos e, quando eu bebia até apagar, lá era o melhor lugar para ficar... então, aos poucos, isso foi se tornando um hábito. De vez em quando, eu passava em casa para pegar roupas limpas, mas não dormia lá se pudesse evitar, porque meu antigo quarto estava começando a parecer um museu dedicado à minha infância, com troféu de Melhor Jogador de Futebol, distintivos dos escoteiros, minha coleção de livros da série *Os cinco* e outras recordações das quais minha mãe tinha se tornado a curadora.

Morar com eles tinha lá suas vantagens, como a liberdade de fazer — e não fazer — muitas coisas, mas também desvantagens, como o ralo do chuveiro constantemente entupido por causa do lodo preto, o sabonete coberto de pelos pubianos e o fato de três estômagos assaltando uma geladeira não deixar que nada permanecesse lá por muito tempo. Ainda me lembro da fome à noite e de que não era suficiente o pão que nós comprávamos, o mais barato de todos, que era oitenta por cento ar, com buracos tão grandes que dava para respirar através de uma fatia, talvez até mesmo duas ou três. Nós tínhamos certeza disso porque uma vez, quando estávamos bêbados, tentamos e sobrevivemos para contar. Naquela época, os supermercados só ficavam abertos até tarde nas noites de sexta-feira, quando os que viviam mais à margem da sociedade iam às compras, ou mesmo, suponho, pessoas como nós, que outros compradores provavelmente achavam igualmente duvidosas.

Era uma vida louca e decadente; Ben, Kahu e eu nos divertíamos muito sempre que encontrávamos tempo e vontade para comprar caixas de cerveja suficientes para fazer os pneus do carro arriarem de leve. Às vezes, nosso cérebro ficava tão entorpecido que fazíamos coisas extremamente estúpidas. Uma vez, nosso gás acabou, então colocamos a panela com água na lareira. Levou uma hora inteira para ferver, depois outra para começarmos a sentir (com um garfo, devo especificar) que o espaguete estava cozido. Eu me lembro de Kahu segurando os pés do escorredor sobre a pia com uma das mãos, enquanto esvaziava a panela com a outra. De dentro da panela deslizou um bolo viscoso e compacto, enquanto a água fervente escorria pelo fundo cheio de furos, direto na mão de Kahu. Merda. *Isso* foi uma idiotice! E, para piorar, nós o colocamos no carro de Ben (o mesmo de 1979, apenas dois anos mais velho) e, completamente bêbados (tanto que se acendêssemos um isqueiro, nossa respiração se transformaria em um lança-chamas), o levamos às pressas, enquanto ele gritava a plenos pulmões no banco de trás, para o pronto-socorro a sabe-se lá que velocidade e a que horas (nós definitivamente não sabíamos). Ele teve queimaduras de segundo grau e ficou três semanas sem poder usar a mão. Quando voltou para o frigorífico, Tamati, seu colega de trabalho, um homem grande que era como um irmão para ele, tinha sido mandado de volta para Samoa, assim como acontecera com seu primo alguns anos antes, durante uma das batidas que a imigração fazia de manhã bem cedo. Kahu dizia que sempre que estava cansado demais para colocar uma carcaça de boi esquartejada no gancho, Tamati esperava até que o supervisor não estivesse olhando e a erguia para ele, praticamente usando apenas dois dedos. (Ele não tinha muitos sobrando, pois ao longo dos anos havia perdido alguns usando a serra para cortar carne e osso.)

Às vezes, quando nos deitávamos, meio embriagados, simplesmente não conseguíamos entender como um colchão podia girar tão rápido até que um de nós acordava em uma poça formada pela última refeição diluída — um desperdício de comida em maior escala do que qualquer coisa que já tivesse acontecido em minha casa, onde não comer uma casca de pão era considerado pecado. Mas naquele período de nossa vida não tínhamos que lidar com pai e mãe, apenas com um leiteiro chamado Bill, um sujeito de quarenta e poucos anos, em forma e de boa índole, que usava um avental por cima do short. Sempre nos esquecíamos de colocar as garrafas do lado de fora, e Bill batia na porta até alguém abrir e dar de cara com a luz do sol, forte e agressiva. Havia algo de saudável em Bill que contrastava de maneira negativa com nosso rosto com a barba por fazer, com as garrafas de cerveja e caixas de vinho barato vazias por toda parte, com as moscas se banqueteando nas latas das quais tínhamos comido, uma verdadeira representação de "onde este mundo vai parar". De qualquer forma, ele não aprovava que nós, jovens, nos arruinássemos daquela forma, e acho que era por isso que insistia em nos levar o conteúdo nutritivo natural de seu leite.

Durante todo esse tempo, tentei manter Amber longe de meus pensamentos, embora ela às vezes ainda aparecesse, em algum canto remoto de minha existência espacial, como uma deusa a cuja saúde eu bebia, sem pensar muito no que estava fazendo com a minha. Sem dúvida, o fato de eu ter muito tempo livre estava se tornando um problema, uma vez que os trabalhos em Auckland não eram tão regulares quanto em Paris. É claro que comerciais de TV também eram filmados lá, mas a quantidade não chegava nem perto, e nem todos me escolhiam como assistente. Uma vez, eu estava dirigindo por Parnell, indo apresentar um roteiro que tinha uma chance em cem de ser aprovado pela produtora, quando avistei uma garota magra de longos cabelos loiros caminhando pela rua. Depois me arrependi de ter olhado para ver se era ela, e no fim das contas não era. Em outra ocasião, enquanto dirigia pela rodovia, fui ultrapassado por uma moto. Na garupa, atrás de um sujeito corpulento, havia uma garota de longos cabelos loiros que escapavam do capacete, esvoaçando. Jeans rasgado e sandálias de couro, a cem quilômetros por hora. Rápido demais para saber se era Amber, improvável, a julgar pelo ar criminoso do sujeito; e por que eu deveria me importar de qualquer maneira?

Eu queria esquecê-la, mesmo que uma parte de mim sentisse falta dela, de nossa amizade, de nossas conversas. No entanto, não havia parte alguma de mim que fosse capaz de suportar a ideia de ver os dois pombinhos juntos. Só de pensar nisso, meu estômago se revirava. Quando ficava deprimido, minha frustração só aumentava. Quanto mais eu sentia que o acesso a Amber me era negado, mais eu me via desejando mal a Stuart, como se ele fosse o único culpado por tudo de errado em minha vida. Em alguns desses momentos, pensava que se ele me fizesse o favor de sofrer um acidente de carro ou ter um derrame, ou algo assim, e morrer, todos os meus problemas estariam resolvidos. Ou se eles se divorciassem de uma vez. E assim eu oscilava. Morte. Divórcio. Morte. Divórcio.

Um dia, por pura curiosidade, quando por acaso me vi a apenas uma rua de distância, virei na Wynyard Road com a intenção de passar diante da casa deles, apenas para ver se ainda estava lá. A última (e única) vez que eu tinha estado lá tinha sido com Ben, na noite anterior à minha partida para a França. A casa ainda estava no mesmo lugar. O mesmo portão imponente. As mesmas árvores centenárias. A mesma construção moderna, as mesmas trepadeiras floridas. Apenas uma coisa nova. Uma roupa de mergulho pendurada em um gancho de ferro forjado para secar, um dos muitos na cobertura de estuque que protegia os degraus da entrada. Eu soube instantaneamente que a roupa de mergulho era dela: longa, estreita, com pequenas protuberâncias de feminilidade nos lugares certos. E no gramado da frente, também secando, um caiaque individual.

Amber estava indo para o mar sozinha? Sozinha para pensar? Bem, como ela estava realmente não era de minha conta. Eu tinha coisas mais importantes em que pensar! Olhando para a frente, pisei no acelerador, feliz por ir embora dali.

Durante todas aquelas semanas, acho que meus companheiros nunca perceberam como eu estava confuso e esgotado; as rejeições de trabalho de alguma forma traziam de volta toda a rejeição pessoal e me faziam duvidar de mim mesmo. O problema era que eu não podia me abrir com Kahu sobre o que estava acontecendo comigo, porque alguém como ele não entenderia. Ele teria achado que eu estava louco por gastar tanto tempo com algo que não podia mudar. Na verdade, Ben também teria achado que eu estava louco, mas em seguida iria se divertir tentando desvendar meu cérebro. Era o que fazia com qualquer um que se abrisse com ele em um momento de fraqueza. Examinava rigorosamente o consciente, o subconsciente e até mesmo o *pré-consciente*, até que restasse apenas a *autoconsciência*.

16 de abril de 1981

Finalmente eu a vi, ou melhor, *os* vi saindo juntos do Museu Memorial da Guerra, em Auckland. Da parte de baixo da elevação no gramado, olhando para cima, eu a vi primeiro, não havia dúvida de que era ela. Fiquei sem fôlego: sua figura esbelta em um vestido branco solto, moldando suas pernas enquanto ondulava ao vento, os longos cabelos loiros caindo sobre o rosto. Então, os grandes tênis brancos estragaram um pouco a visão e, de qualquer maneira, nesse momento avistei Stuart e por um instante ou dois simplesmente não consegui acreditar no que via. Não podia ser ele, podia? Em uma *cadeira de rodas*?

Uma mudança instantânea se operou em mim, como se duas ou três marchas tivessem sido engatadas dentro de segundos, e sem pensar duas vezes subi a ladeira correndo e dei um abraço nela, longo e apertado; Amber com um leve cheiro de suor. Então, em uma onda de euforia, me inclinei espontaneamente para dar um abraço de urso em Stuart, o que se mostrou bastante estranho com as costas dele apoiadas na cadeira. Quando me virei para ela, notei que seus olhos estavam turvos de sono e que ela parecia não ter tomado banho. Pareceu desconfortável, como se não soubesse como dar a má notícia a um estranho.

— O Stuart poderia ter saído sem a cadeira de rodas hoje, mas é menos cansativo para ele, sabe, usar uma — disse ela, endireitando os ombros com uma expressão corajosa.

— Minhas articulações pareciam octógonos aparafusados em círculos hoje de manhã, é isso que a artrite reumatoide faz com as pessoas. — Stuart demonstrou girando os pulsos, o que só fez com que Amber olhasse para ele de uma maneira que deixou claro que ela preferia que ele não tivesse dito isso.

Acho que eu devia estar encarando Stuart em um certo estado de choque, porque Amber deu uma risadinha defensiva.

— Não é tão ruim quanto ele faz parecer — disse, apressando-se em mudar de assunto e comentando como tinha sido legal de minha parte voltar da França para ver minha família na Páscoa. Meus pais deviam estar felizes. Tive vergonha de admitir que já estava de volta havia mais de três meses, mas não tinha me dado ao trabalho de entrar em contato.

— Está indo para o museu? — perguntou Stuart quando ela começou a virar a cadeira.

— Estou — respondi, tentando sorrir.

— A exposição "Cicatrizes no Coração" — acrescentou ele, esticando o pescoço. — Você não pode perder.

— Já é quase domingo de Páscoa, segunda-feira de Páscoa. Não vamos a lugar algum. Dê uma passada lá em casa, se estiver livre. Nós adoraríamos ver você. — O sorriso dela parecia nervoso, e seus olhos se turvaram enquanto ela o levava embora.

Eles não tinham ido muito longe quando Stuart virou a cabeça para trás, mas não o suficiente para me ver, e gritou:

— Não é o tipo de veículo de duas rodas com que sempre sonhei! Cuidado com o que você deseja na vida, Ethan!

A verdade era que eu estava a caminho do museu para me candidatar a um emprego de meio período ajudando com as coleções de fotografia, confrontado com a realidade de que não havia feito muita coisa desde que tinha voltado: apenas dois documentários em uma câmera Super 8. Bem, isso provavelmente é um certo exagero: um foi um vídeo para a Faculdade de Pedagogia de Dunedin (crianças fazendo pintura a dedo) e o outro, uma demonstração para uma empresa madeireira de Northland que tinha um público potencial de trinta pessoas se fosse realmente exibido em um evento da Câmara de Comércio. Eu tinha planejado, depois, percorrer todos os andares — Primeira Guerra Mundial, Segunda Guerra Mundial, artefatos maori —, caso eu conseguisse uma entrevista, então não era totalmente mentira.

No caminho de volta, corri para a biblioteca pública. Não demorei muito para encontrar a *Enciclopédia Médica Ilustrada* e corri meu dedo pelo índice o mais rápido que pude, depois a abri na página certa. AR. Pronto. Artrite reumatoide. "Uma doença crônica *progressiva*." O que isso significava, *progressiva*? Continuei lendo e fui tomado por uma sensação nauseante. Era uma "doença autoimune", o que basicamente significava que ele estava sendo atacado por *si mesmo*, o próprio sistema imunológico repentina e inexplicavelmente se voltando contra ele. Dizia que o distúrbio "resulta" (não "*pode resultar*", ou "*existe a possibilidade de resultar*", não havia incerteza na redação) em "deformidades e imobilidades dolorosas". E embora "afete principalmente articulações, ossos e cartilagens", também pode causar "uma diminuição acentuada dos glóbulos vermelhos e inflamação ao redor dos pulmões e do coração". Concluía afirmando que os "sintomas surgem gradualmente ao longo de semanas, muitas vezes meses". Devia ser a isso que Amber estava se referindo em suas cartas, quando disse que Stuart não estava se sentindo bem e precisava fazer alguns exames. Então suas cartas tinham parado abruptamente, talvez depois que ele foi diagnosticado? É claro que eu não tinha poderes sobrenaturais e, mesmo desejando mal a Stuart, como fazia, às vezes do fundo do coração, não poderia ter causado aquilo. Mas ainda assim, minha educação católica não me deixava esquecer que se você pensa algo, é como se em seu coração já o tivesse feito. Esse tipo de culpa não desaparece com facilidade.

Droga! Fechei o livro, principalmente para não ver as fotos do pé cujos dedos estavam tão tortos que parecia que tinham trocado de lugar, uma mão igualmente deformada, uma coluna tão disforme que parecia que conchas de ostra haviam sido enfiadas de maneira aleatória sob a pele das costas do paciente. Decidi na mesma hora que iria até a casa deles na Páscoa e perguntaria como poderia ajudá-los. Ou melhor, nem mesmo perguntaria, apenas iria declarar solenemente: "Me digam o que eu posso fazer." Provaria que era uma pessoa decente e solidária que iria apoiá-los naquele momento. Quanto aos meus sentimentos por ela, era como se tivesse acabado de tomar um banho de água fria. Não havia a remota possibilidade de pensar nela daquela forma outra vez. Ah, eu ainda a amava, não me entenda mal, mas naquele momento tudo se resumia a cuidar, apenas cuidar, e de repente isso se aplicava tanto a ela quanto a ele.

Segunda-feira de Páscoa de 1981

Por alguma razão, eu havia imaginado que seria uma tarde tranquila na casa deles, apenas nós três, eu entretendo-os com anedotas sobre minhas experiências na França, alegrando as coisas como só uma terceira pessoa era capaz de fazer. Mas quando cheguei, fiquei surpreso ao me deparar com "algo" acontecendo lá dentro: muita conversa, risadas, até mesmo jazz, um saxofone tocando notas longas até o tremor final. Não era exatamente a atmosfera sombria e melancólica que eu esperava. A porta era mantida entreaberta por um pé de pato de mergulho enfiado por baixo — eu sabia que aquilo só podia ser obra de Amber. Apertei a campainha plana e cromada e esperei, me perguntando se deveria colocar as mãos na frente ou atrás do corpo, considerando que estava segurando um buquê de lírios e tentava não parecer um pretendente; mas o som se perdeu em meio ao jazz, então entrei, deixando que meus ouvidos me guiassem pelos degraus flutuantes, torcendo para que eles não tivessem um rottweiler que chegasse até mim pelo faro. O último degrau se estendia para um patamar que levava a um salão com janelas que excediam muitas vezes minha altura e minha largura (se você me virasse na horizontal, quero dizer) e estavam tão imaculadamente limpas que proporcionavam uma visão panorâmica da cidade até o porto e além.

A segunda coisa que me impressionou, depois da quase ausência de paredes, foi o despojamento. Surpreendente, na verdade, sobretudo para alguém tão rico. Não havia mesa de canto, de centro nem de lugar algum, nem estante, nem televisão. Nem mesmo um único abajur, a iluminação resumindo-se a uma luminária minimalista pendendo do teto. Será que Stuart tinha se livrado de absolutamente tudo de seu primeiro casamento? A esterilidade era acentuada por uma única grande escultura de mármore preto, o espectro escuro de uma presença macabra, quase como se a primeira esposa tivesse deixado para trás uma essência de si mesma, de sua tragédia, não muito diferente das sombras eternas de Hiroshima e Nagasaki gravadas nas calçadas, sombras que a chuva nunca vai lavar. Pelo menos havia lugares para se sentar, um conjunto de poltronas de design com braços hipertróficos. Stuart estava entronizado em uma delas, cercado por três pessoas que falavam com ele como súditos diante de um rei: Tanya, sua filha, que eu havia conhecido no restaurante coreano; um nerd alto e uma mulher quase tão alta quanto ele, ambos com mais de um metro e oitenta.

— Ethan, meu amigo, entre! Que bom ver você! — Stuart me chamou e, embora permanecesse sentado, apertou minha mão como se estivesse *realmente* feliz em me ver. — Você se lembra de minha linda filha, Tanya?

Ela sorriu, com covinhas profundas, e pegou as flores.

— E estes são minha filha mais velha, Fiona, e Charlie, meu filho, que vieram de Londres.

— Olá!

— Olá.

Apertamos as mãos, as minhas fazendo todo o esforço enquanto as deles apenas acompanhavam, como os pedais traseiros de uma bicicleta para dois. Concluí que Fiona era a mãe da criança tímida e do bebê que engatinhava com uma faixa na cabeça.

Nem sinal de Amber; ao procurar por ela, minha atenção foi atraída por um nicho que abrigava uma espécie de escultura formada por seixos equilibrados uns sobre os outros e, acima, uma foto da antiga sra. Reeds, sorrindo com pés de galinha e um brilho nos olhos que fez eu me sentir mal por como as coisas haviam terminado para ela. Estava tão absorto em meus pensamentos que quando Amber entrou apressada eu quase disse "droga" em voz alta. Com os cabelos presos em um "coque" volumoso e uma bandeja de prata na mão, burguesa além da conta, era como se ela tivesse trocado de pele e agora vivesse de acordo com algum ideal britânico esnobe. De alguma forma, me lembrou de Vicky, quando ainda não tinha dez anos, andando com os saltos altos de nossa mãe, os tornozelos parecendo de borracha enquanto ela desfilava. Para ser justo, nada estava além do alcance de Amber: o terninho pastel lhe caía como uma luva, mas parecia errado e imoral fingir ser outra pessoa quando não estávamos em um reino de fantasia; eu realmente não tinha ido até lá para criticar ou julgar — era apenas uma sensação que não conseguia conter. Acho que, aos olhos de qualquer pessoa, haveria algo que simplesmente destoava da ordem natural das coisas ao testemunharem como dois de seus "enteados" eram um palmo mais altos que ela e pareciam ter o dobro de sua idade.

No momento em que me viu, Amber sorriu, pousou a bandeja e tirou um ovo sarapintado do bolso da saia. Notei que seus dedos estavam manchados de tinta em tons pastel: pêssego, amarelo e azul.

— Não é um Fabergé, é só um ovo que eu mesma fiz.

Virei-o lentamente em minha mão, admirando-o.

— É bonito demais. Não vou conseguir comer.

— Eu entendo. — Ela riu. — Por dentro é só um ovo cozido simples. Mas olhando de fora não dá nem para dizer, dá para imaginar que um pássaro exótico poderia rachar a casca e sair voando com suas longas e lindas asas!

Fiona e Charles se aproximaram, e quando Amber começou a contar a eles sobre seu irmão, que estava morando em Londres também, mas treinava regularmente em Newmarket, eu a ouvi dizer "cross-country". Logo fiquei feliz por não ter feito o comentário idiota que estava prestes a fazer: *"Eu não sabia que o Danny fazia cross-country"*, porque, ao ouvir um pouco mais, percebi que era o *cavalo* que fazia cross-country, não *ele*; e que o pai estava administrando o haras sozinho. Então ela se apressou em acrescentar:

— É claro que meu pai está em boa forma para a idade dele. — E: — Ele não para, do amanhecer ao anoitecer. — E: — Além disso, é uma oportunidade incrível para o Daniel.

Por que ela estava se esforçando tanto para tentar conquistá-los? Era uma batalha perdida, nada do que ela dissesse seria capaz de apagar o desprezo que eles claramente sentiam por seu pai, um homem do campo, seus estábulos enlameados, seu irmão vaidoso ou qualquer coisa que tivesse a ver com ela. Até eu conseguia ver isso. Talvez, como alguém de fora, fosse mais fácil.

Pouco depois, o marido de Fiona — um auditor-geral, não preciso dizer mais nada — aproximou-se de Amber e sussurrou algo para ela que a fez sair correndo da sala e me fez ter vontade de esfregar o enroladinho de ameixa e bacon que ele estava comendo em seus óculos fundo de garrafa. Depois de uma longa espera, ela voltou, trazendo uma mamadeira e parecendo afobada enquanto tentava esguichar um pouco de leite na parte interna do pulso. Só então me dei conta de que ela não era apenas madrasta, mas também, que loucura, *vó*-drasta! Mas a "vovó" não tinha prática, e a princípio a mamadeira não funcionou, depois funcionou um pouco bem demais: um jato longo e fino desenhou uma linha branca no chão e na ponta dos sapatos pretos do sr. Auditor-Geral — o que a pegou tão desprevenida que ela instintivamente olhou para mim e mordeu o lábio. Nem ele nem os outros perceberam, só nós dois, e ela tentou com todas as forças resistir à vontade de rir, tentou muito, mas foi inútil, porque não havia como conter o riso espontâneo, do tipo que até parece uma crise de soluço — com lágrimas, espasmos e tudo.

Por alguma razão, Fiona *me* lançou um olhar frio e em seguida praticamente arrancou a mamadeira de Amber para verificar a temperatura. E mesmo uma hora depois, ela continuava nos observando, Amber e eu, como se uma série de suspeitas estivessem passando por sua mente. Eu podia vê-la pensando: Éramos ex-namorados? Ou pior, *ainda* éramos namorados e estávamos fazendo isso pelas costas de todos enquanto planejávamos ficar com o dinheiro de Stuart para que ela e eu pudéssemos gastá-lo assim que *ele* tivesse seu fim trágico?

A partida

Fim de abril de 1981

"Mon pays n'est pas un pays, c'est l'hiver..." é um verso do poeta canadense Gilles Vigneault, que significa: "Meu país não é um país, é o inverno." E mal sabia eu que logo compreenderia o verdadeiro significado dessas palavras, ao deixar o hemisfério sul para participar de um documentário sobre a natureza no extremo norte de Québec. Foi lá que conheci Bertrand, dez anos atrás, e também Rémy e Raoul. Ainda consigo ver Bertrand esperando por mim no aeroporto da cidade de Québec: a barba grande e densa como uma esponja de cobre que você usaria para limpar sua churrasqueira, nariz vermelho, sobrancelhas espessas e ferozes, um gorro com um pompom vermelho no topo. Ele estava segurando um quadro com meu nome escrito a giz, e meu primeiro instinto foi continuar andando, como se tivesse encontrado um psicopata na floresta. As coisas ficaram ainda mais preocupantes quando ele abriu a boca. Seus colegas o haviam desafiado a encostar a língua em um mastro congelado? Eu nunca tinha ouvido o francês canadense, e nunca tinha me ocorrido que todos os quebequenses falavam daquela maneira lenta e vibrante e, para piorar as coisas, ele usava palavras arcaicas como *"chariot"* (sim, carruagem para se referir a um *veículo motorizado do século XX*). Por sorte, havia dois jipes nos esperando no estacionamento com dois caras de aparência normal dentro. Caixas de equipamento e latas de filme tiveram que ser rearrumadas para abrir espaço para mim, em seguida partimos por algumas das estradas mais longas e desertas que

eu já tinha visto. Entre elas estavam "caminhos de gelo" e "pontes de gelo" — longas veredas translúcidas que atravessavam extensões de água congelada cobertas de neve e pareciam o rastro perpétuo de um navio fantasma, indelével e sinistro.

No quinto dia de filmagem, estávamos no extremo norte, em meio a uma floresta perene que, para sermos mais precisos, deveríamos chamar de floresta branca, completamente coberta de gelo e neve, sem um único ponto exposto. Naquele lugar belo e remoto, esperávamos, com a respiração suspensa, que alguma criatura peluda passasse (havia algumas migalhas de pão espalhadas aqui e ali como incentivo). Aliás, a respiração suspensa tinha menos a ver com o suspense insuportável do que com o frio intenso, que fazia com que respirar fosse dolorido. A câmera apontava para uma área de neve intocada que a densa população de árvores parecia proteger de qualquer sinal do homem. O problema era que nada vinha até nós, nem mesmo uma folha de bordo morta flutuando ao vento para nos dar um momento de falsa esperança.

Depois de um tempo, pingentes de gelo pendiam de nosso nariz e começamos a falar sobre mudar de local, quando percebemos uma respiração pesada à nossa esquerda, fora de vista, junto com esforços ruidosos e desajeitados de se mover pela neve, que em determinados pontos podia chegar na altura dos quadris. Era irritante pensar que algum esquiador cross-country estava prestes a arruinar justamente o local que queríamos filmar. Mas quando o intruso adentrou a clareira, para espanto de todos, descobrimos se tratar de *um alce*! Um alce grande e marrom com uma galhada maciça, pelagem áspera e barba desgrenhada, flancos e ombros recortados devido aos grandes ossos salientes que pressionavam penosamente a pele. Jamais vou esquecer o desespero em seus olhos, tão humano, como se soubesse que naquele mundo branco e estéril a morte estava à espreita e, para sobreviver, teria que aguentar até a chegada da primavera.

Então, apesar de Bertrand ter nos avisado para ficarmos de prontidão para filmar, acontecesse o que acontecesse, fomos pegos de tanta surpresa com aquele animal enorme que de alguma forma ele passou trotando por nós em uma marcha solta e desarticulada antes que qualquer um pudesse reagir. Só nos restava filmar uma tomada desajeitada de seu traseiro ossudo, então, para obrigá-lo a virar a cabeça majestosa, Raoul fez rapidamente uma bola de neve, que explodiu contra seu flanco. Nesse momento, algo muito louco aconteceu. Com três manobras, o alce se voltou para nós. Sem olhar para ninguém em particular (ainda), deu uma patada na neve com o casco e então investiu contra nós, tropeçando como se por causa do peso dos próprios chifres.

Meio entretidos, meio alarmados, saímos do caminho, escondendo--nos atrás das saias largas das árvores, como crianças se escondem atrás da saia da mãe para se protegerem do pai. Mas, só Deus sabe por que, Bertrand não saiu do lugar, como se ainda estivesse no controle de tudo "no set" e com uma voz de autoridade gritou:

— *Eh! Du calme! Mais ça suffit!* [Ei! Acalme-se! Já chega!]

Só que Bertrand não era um São Francisco de Assis capaz de falar com animais e sua recusa em se acovardar deve ter irritado muito o alce. As últimas coisas que vi permanecem em minha memória nesta ordem, como uma história em quadrinhos: a) a expressão de "ah, merda" no rosto de Bertrand quando o alce gigante se lançou sobre ele; b) Bertrand sendo derrubado no chão, rígido e se agitando de leve como um tronco de abeto; c) o alce fazendo uma dancinha vingativa em cima dele como se fosse apagar um incêndio, esmagando seu corpo flácido sob as patas (os cascos?) enquanto ele soltava gritos tão estridentes quanto os de uma mulher.

— Ei! Pare! — Eu corri, agitando furiosamente os braços acima da cabeça. — *Xô! Xô!*

Isso fez com que o alce levantasse a cabeça alongada e me avaliasse, seus olhos semicerrados opacos e indiferentes, e comecei a achar que ia morrer ali mesmo, naquele exato momento. E de fato o alce avançou para cima de mim, mas por sorte parou subitamente, como se quisesse apenas deixar claro quem mandava por aquelas bandas; pelo canto do olho, vi Bertrand aproveitando a distração para tentar escapar se apoiando nos cotovelos e arrastando as pernas, como se estivesse semiparalisado. Então todos nós começamos a atirar tudo o que encontramos no animal: gelo, neve, latas de filme que fizeram um barulho infernal ao se chocar com os flancos dele, tão magros que suas costelas podiam ser contadas facilmente, como as de uma carcaça. De cabeça erguida, ele finalmente se afastou.

Contei essa história tantas vezes na última década que o uso excessivo afetou a própria lembrança, como se, para resistir à deterioração, meu cérebro tivesse que renová-la, remodelá-la e reenergizá-la com o passar do tempo; portanto, perdoe-me se a essa altura o alce cresceu até ter o tamanho de um cavalo de tração belga e seus chifres assumiram proporções tão épicas quanto as de uma árvore Matusalém. Bertrand, que havia apenas gritado coisas sem sentido, há muito ergueu os punhos para o céu e fez um pacto com Deus para ser salvo. Sua única costela quebrada e seus hematomas administráveis foram atualizados para uma miríade de ossos quebrados e quase paralisia, mas, assim como nos filmes americanos, por puro milagre, no fim de tudo ele se levantou e está bem até hoje. Talvez por causa disso a lembrança tenha adquirido uma qualidade surreal, a ponto de quase me perguntar se aquilo de fato aconteceu. Mas aconteceu, e criou um vínculo entre nós, Bertrand e eu, que é sólido, verdadeiro e inabalável, como se fôssemos irmãos de armas.

Naquela noite, na cabana de madeira, nosso grande confronto com o alce foi a única coisa de que falamos, celebrando a nós mesmos como heróis, revivendo cada momento por meio de encenações do drama que no fim se transformou em comédia pastelão. Então Bertrand e eu colocamos um pouco mais de *glögg* em nossa caneca e saímos. Ele estava mancando, e eu lhe dei o braço para se equilibrar, mas o orgulho o impediu de usá-lo (orgulho de estar mancando, isso sim, algo que ele exibia como uma condecoração). Por fim, ele tomou um gole do vinho quente, enxugou a barba e começou a falar sobre onde teríamos que nos esconder na noite seguinte para nos aproximarmos dos lobos, o que nos levou a falar sobre como eles acasalam para a vida toda, e antes que eu me desse conta, estava falando sobre Amber como nunca tinha feito com Ben e Kahu, meus amigos mais próximos. No meio daquele imenso deserto branco, senti que podia. Expliquei que tinha a sensação de que a conhecia melhor do que qualquer outra pessoa, que antes de perdê-la para Stuart, éramos como unha e carne, simplesmente feitos um para o outro. Ele entendeu perfeitamente. Bertrand era do tipo que acreditava no amor verdadeiro, tinha se casado com a namorada do colégio, e o que eu disse fez todo o sentido para ele. Por fora, Bertrand podia parecer durão, mas não há coração nem mente melhores que os dele.

Nos meses seguintes ao meu retorno a Auckland, fiz visitas ocasionais a Stuart e Amber, geralmente para um chá da tarde ou um lanche. Às vezes eu confundia um com o outro e chegava na hora errada, mas eles não pareciam se importar. Se sua condição estava piorando, Stuart não demonstrava, ou pelo menos eu não percebia. Ele nunca reclamava, e dava para ver que gostava de minhas visitas: àquela altura, me considerava uma espécie de amigo da família. Quase sempre tinha alguma coisa gentil para me dizer, um incentivo ou conselho sobre como avançar na indústria do cinema, já que eu não escondia que às vezes ainda enfrentava dificuldades. Ele nem sempre sabia do que estava falando, mas tinha boas intenções, até eu percebia isso.

No fim de julho, Stuart teve uma piora repentina e precisou passar uma semana no Mercy Hospital, um sofisticado hospital particular em Epsom. Pelo que Amber explicou freneticamente enquanto, angustiada, desviava de carrinhos de comida carregados com pratos de uma sopa verde pálida, tinha sido por pouco. Cerca de dez dias antes, Stuart sentira fortes dores no peito e, sabendo que a artrite reumatoide o tornava duas vezes mais suscetível a um ataque cardíaco, procurou seu clínico geral. Mas como os sintomas de problemas cardíacos são os mesmos da artrite reumatoide — falta de ar, cansaço intenso, incapacidade de ficar deitado, tornozelos inchados —, o clínico geral prescreveu anti-inflamatórios, a pior coisa possível para um coração cansado. O cardiologista disse que se Amber não estivesse lá quando Stuart teve o ataque cardíaco, ele não teria sobrevivido.

Então certa noite, em algum momento de agosto, não muito depois de Stuart ter voltado do hospital, fui até a casa deles por volta das 20h30 para ver se estavam precisando de alguma coisa. Havia apenas uma luz fraca acesa em uma das janelas superiores — era difícil dizer em qual andar, porque era uma daquelas casas contemporâneas com diversos pavimentos, mezaninos e outros cômodos escondidos, mas basta dizer que ficava muito perto do telhado. A janela de um quarto, com certeza.

Quando olhei para cima, pude facilmente imaginar Amber aconchegada a Stuart, os pés frios sob as pernas dele, a cabeça apoiada em seu peito, ouvindo atentamente as batidas do coração. E me perguntei como devia ser amar alguém assim, cujo corpo estava definhando continuamente, cujo coração podia parar a qualquer momento. E então a luz se apagou. Tão cedo, àquela hora da noite. E deixando tudo escuro e quieto e fazendo com que eu recuasse, com a sensação de que havia invadido sem querer um momento íntimo.

Início de setembro de 1981

Não era uma partida de rúgbi qualquer. Todos estavam falando dela, dividia famílias, amigos, colegas de trabalho, fazia as pessoas ficarem raivosas em casa e no emprego. Era um assunto a ser evitado a todo custo, como religião, só que ninguém o evitava. Minha família, inclusive, não estava isenta de furar os tímpanos uns dos outros, meu pai e eu de um lado, minha mãe e Vicky do outro, uma verdadeira colisão frontal na qual ninguém estava disposto a ceder um centímetro que fosse. Para se ter uma ideia de como os ânimos estavam acirrados, o primeiro-ministro da Austrália, Malcolm Fraser, não permitiu que o avião dos Springboks, a seleção sul-africana de rúgbi, reabastecesse em seu país a caminho da Nova Zelândia! Digamos apenas que algumas pessoas não queriam que jogássemos contra a seleção da África do Sul se, para cumprir as leis do *apartheid* deles, nossa seleção, os All Blacks, tivesse que ser "exclusivamente branca", enquanto outros queriam expressar sua indignação fazendo picadinho deles, e era desse lado que eu e meu pai estávamos. Queríamos ver a cabeça dura deles esmagada, e o rosto, sangrando, enlameado e derrotado. (É engraçado, eu me considero um pacifista, mas os racistas realmente despertam a violência em mim!)

Foi assim que consegui ingressos grátis: meu pai não pensou duas vezes antes de comprar quatro, mas isso deixou minha mãe e Vicky furiosas. Então ele disse que elas tinham acabado com a diversão dele e que não queria mais ir. Nada comparado a algumas famílias, como a de Ben, que ficaram sem se falar por anos, mas mesmo assim... Além disso, eu tinha mais dois ingressos, o primeiro de um amigo de um amigo, porque o amigo do amigo não iria mais e queria dar o ingresso para o amigo dele (e também meu), mas então o amigo do amigo começou a achar que era uma vergonha que o amigo dele (e também meu) fosse simplesmente pegar o ingresso e assistir à partida. Então, na verdade, não tinha vindo de um "amigo de um amigo", mas de um "amigo que não é mais amigo de um amigo". E o próprio amigo, que por sua vez não era mais amigo (meu sim, mas não dele, do outro cara), decidiu não ir mais e acabou me dando os dois ingressos. Acabei dando ambos a Kahu, que, pelas minhas costas, os trocou com colegas de trabalho por ingressos para assistir a *Mad Max 2*. Valeu, cara! Diante de toda a comoção, fiquei surpreso com a rapidez com que Amber concordou em ir comigo. Nem precisei oferecer a ela uma explicação filosófica por trás de minha decisão de assistir à partida. No entanto, ela achou que talvez fosse "um pouco demais para Stuart", então disse que o deixaria com "a enfermeira". Foi a primeira vez que ouvi falar de uma enfermeira.

12 de setembro de 1981

É claro que eu sabia que provavelmente haveria algum burburinho no Eden Park, assim como garrafas quebradas e palavrões e xingamentos em altos decibéis na periferia das coisas, mas honestamente não achei que seria nada pior do que isso. Afinal, era a última partida, pelo amor de Deus, e a segurança deveria estar no nível máximo. Além disso, estava convencido de que ver nossa equipe mostrar à África do Sul o que achava deles e de seu maldito racismo iria ser uma maneira de deixar bem claro qual era nosso sentimento.

Agora, o fato de Amber ter ficado presa a um inválido por todo aquele tempo devia ter custado muito caro, porque ela estava absolutamente FURIOSA! Assim que chegamos do lado de fora do estádio, ela se juntou aos manifestantes mais radicais, atirando PEDRAS e FODA-SES na POLÍCIA! E então eu entendi: era aquilo que Amber tinha em mente quando a convidei para ir comigo.

Não foi uma visão agradável, algumas pessoas estavam apanhando de verdade: golpes na têmpora, no topo da cabeça, no supercílio, sangue escorrendo pelo rosto em deltas vermelhos. Bem, eu não podia deixar que Amber se machucasse, ela era *minha* responsabilidade agora. Tentar mantê-la segura atrás de mim, no entanto, era outra história, e não demorou muito para eu mesmo levar um golpe de cacetete. Posso atestar: dói. Então, para meu desalento, eu a perdi de vista no meio da confusão. Era inútil tentar chegar a qualquer lugar em meio a uma multidão tão furiosa e compacta. Imagine os manifestantes de um lado e a tropa de choque do outro, eu sendo empurrado para trás, para a frente e para trás naquele combate gigantesco, e em seguida hordas de pessoas se juntando, todas tentando fazer a polícia recuar (e ela recuou). Aquilo estava se tornando uma guerra civil sangrenta! Tive que me esforçar para sair do meio da multidão e entrar no estádio, preocupado com o que teria acontecido com Amber, mas certo de que era melhor eu ficar onde estava para que ela soubesse onde me encontrar.

Então, no meio de tudo isso, uma aeronave Cessna surgiu voando baixo e lançando bombas de farinha, o que envolveu tudo em uma fumaça muito mais espessa do que fumaça normal — exatamente como no estúdio de Paris. Sinalizadores também eram lançados, independentemente do que estivesse acontecendo em campo: um *tackle*, um alinhamento ou um chute. A certa altura, uma bomba de farinha caiu e atingiu um jogador do All Blacks, nocauteando-o. Merda! Aposto que ele não estava esperando por isso! A grama parecia cada vez mais coberta de neve, uma neve que havia caído levemente em alguns lugares e deixado manchas brancas e espessas em outros... E conforme o rosto dos jogadores foi ficando branco, eles começaram a representar, ainda que de maneira não intencional, uma grande zombaria involuntária da glorificação da branquitude na África do Sul. No meio de toda aquela confusão, houve uma penalidade por falta, mas a agressão pareceu bem pequena perto de algumas das que eu tinha visto do lado de fora. Eu me lembro de pensar que seria um milagre se ninguém morresse antes de o apito final soar, e não me refiro a um policial. O placar final, 25 a 22, ficou gravado em minha memória, mas os detalhes de quem bloqueou ou marcou o quê e como eu realmente não me lembro. A única coisa que importou, para mim, foi que vencemos.

Depois que a partida terminou, e a multidão começou a se dissipar, eu estava abrindo caminho em meio ao caos na Cricket Avenue quando finalmente avistei Amber na calçada, o olho roxo como uma ameixa e tão inchado que tinha sido reduzido a uma fenda. E para piorar as coisas, apesar de seus protestos inflamados, dois policiais a estavam escoltando até uma van da polícia estacionada a alguns passos de distância, quer ela quisesse, quer não.

— Ei! — gritei alto enquanto tentava alcançá-los. — Ela é minha mulher. Eu cuido dela.

Os dois pararam e olharam para mim com ceticismo, como se eu fosse um completo estranho tentando livrar a cara de uma criminosa, que por acaso era loira e linda.

— Olha, ela foi ferida, precisa de um médico — tentei argumentar, a despeito da multidão que, mais adiante na rua, gritava "porcos" e atirava garrafas neles, a mira nada confiável. Os dois policiais se entreolharam e em seguida se voltaram para qualquer outra pessoa em quem pudessem colocar as mãos, e nesse momento achei que ela fosse se atirar em meus braços como se eu fosse um herói que acabara de salvá-la da forca. Mas evidentemente tinha alguma coisa que eu não estava percebendo, porque, em vez disso, levei um tapa, rápido e inesperado, na bochecha esquerda.

— Eu NÃO sou sua mulher! NÃO sou, você entendeu? Eu sou e sempre vou ser a mulher de Stuart Henry Reeds. — Ela parecia muito ofendida, como se eu tivesse cruzado uma linha sagrada.

— Eu só estava salvando você. *Caramba!* — Levei a mão à bochecha, que estava vermelha e ardendo por causa do tapa, mas ainda mais por ter sido colocado em meu lugar de maneira tão brusca.

— Eu não preciso que *você* "me salve"! Não é a primeira vez que eu me machuco! Eu dou conta! — Havia uma selvageria em seus olhos que eu nunca tinha visto antes e que, para ser sincero, me assustou.

— *Desculpa.* Sério, eu só estava tentando ajudar. O que aconteceu com você? *Meu Deus.*

— Aquilo foi inacreditavelmente humilhante! — exclamou ela, descarregando a raiva em mim, os punhos cerrados.

— *Humilhante*? Acho que ir para a cadeia seria uma humilhação pior!

— Não se isso significasse defender as coisas em que acredito. Não estou nem aí se eles me levarem para a porra da cadeia!

E continuamos discutindo assim, no meio da rua, sem dar a mínima para quem estivesse ouvindo, ironicamente, como se fôssemos namorados de verdade. Então, ofendidos e furiosos, fomos cada um para um lado. É claro que tudo que dissemos foi apenas superficial, mas o que realmente queríamos dizer, nossas emoções, eram mais profundas, e nós dois sabíamos muito bem disso. Amber tinha percebido o que havia por trás de meu heroico "ela é minha mulher", e isso a ofendera profundamente. Acho que tanto por Stuart, que estava morrendo em casa, quanto por ela mesma e pelo tipo de mulher que ela achava que eu achava que ela era para sequer imaginar, mesmo que por um segundo, que ela concordaria com algo assim. Acho que vê-la ferida deixou meus sentimentos um pouco óbvios demais.

Depois disso, não a vi mais por um bom tempo. Também não liguei para ela, nem ela me ligou. Bem, na verdade liguei... só uma vez, na semana seguinte. Eu havia aprendido com Ben um modo de fazer ligações gratuitas de telefones públicos em todo o país. Você subtraía o número que desejasse discar de dez e dava a mesma quantidade de batidinhas no suporte do auscultador. O zero podia ser discado da maneira normal, "normal" considerando que o disco de discagem era em ordem decrescente, com nove sendo o número de discagem mais curta. Ao que parece, alguém no governo tinha feito um bom negócio graças a essa falha. O "truque do telefone" funcionava praticamente todas as vezes, se você fizesse as contas certo. Foi com esse método que fiz o telefone de Stuart e Amber tocar. Tocou por um longo tempo, até que uma inglesa não identificada atendeu. Muito provavelmente a enfermeira que ela havia mencionado, suponho, mas na hora pensei que tinha ligado para o número errado e desliguei, concluindo que não era para ser.

Bellevue

Depois do jogo, 1982

Não consigo ser mais preciso sobre a data, pois não escrevia muito na época, mas foi definitivamente por volta dessa data que um cara com quem Vicky estava saindo havia mais ou menos um ano pediu a mão dela em casamento. Um russo ortodoxo não praticante que concordou em se converter ao catolicismo para se livrar de minha mãe e poder transar com minha irmã em paz. Nik caiu nas graças de meu pai por levar leitura, escrita e aritmética menos a sério do que as atividades que ele realmente valorizava: rúgbi, remo e rafting. E como era professor de educação física e treinador de qualquer coisa que envolvesse saltar, rolar e se contundir, conseguiu a bênção de meu pai para transformar minha pobre irmã em "Vicky Zimnyakov", um verdadeiro trava-língua, na minha opinião. Foi nessa mesma época que, como não estava mais na mesma sintonia que meus colegas de apartamento, senti que era hora de me mudar. As escolas deveriam ter diagramas do Gênero Colega de Apartamento nas paredes das salas de aulas, em vez de diagramas do Reino Animal e todas as suas formas de vida com as quais as crianças nunca terão que lidar, para prepará-las melhor para o futuro. Mais uma sugestão para o Ministério da Educação: as características comuns a todos os organismos vivos — Movimento, Respiração, Sensibilidade, Crescimento, Reprodução, Excreção e Nutrição — precisam ser revistas quando se trata do Gênero Colega de Apartamento, pois minha experiência prova que essa subespécie não compartilha das características Sensibilidade e Crescimento.

De maneira geral, rapazes saudáveis de nossa idade tendem a ter o tesão de um cão no cio, e às vezes isso causava problemas reais no que dizia respeito à privacidade e à higiene. Basta dizer que a gota de água foi quando Kahu começou a levar uma garota para casa, e eles transavam no chuveiro, nosso *único* chuveiro, por cerca de *uma hora*. A água tinha que ser dividida por três (não a conta — naquela época não havia medidor; estou me referindo à quantidade *limitada* de *água quente*). Então, era de se esperar que ele fechasse a torneira em algum momento, certo? Quando tomava banho depois deles, entrava no chuveiro de chinelos, me perguntando se poderia pegar AIDS inalando os vapores fumegantes. Ninguém sabia muito sobre a AIDS naquela época, era uma doença nova e assustadora, que tinha surgido do nada e sobre a qual havia muitos rumores: "A CIA contratou cientistas para criá-la porque Ronald Reagan queria livrar o mundo de gays e drogados." "Se você pode se infectar por meio de seringas, também pode se infectar por meio de mosquitos."

Achei que talvez fosse o momento de comprar um lugar só meu, certo de que poderia pagar por um estúdio grande o suficiente para caber uma cama. Em vez de jogar dinheiro fora com aluguel, eu pagaria aos poucos uma hipoteca, depois, digamos, dali a alguns anos, poderia comprar algo maior. Assim, na segunda pela manhã, cheguei ao banco às dez em ponto, e saí de lá por volta das 10h05. Foi o suficiente: não para *conseguir* o empréstimo, mas para *não conseguir*. Só para me candidatar (estamos falando apenas de me *candidatar*, preencher um formulário em letra de forma) eu já teria que ter uma poupança há pelo menos três anos! E não era um empréstimo sem juros, ou qualquer coisa remotamente parecida com uma esmola, mas sim um empréstimo com incríveis dezoito por cento de juros! De qualquer forma, descartei a ideia e aluguei um pequeno apartamento em Herne Bay, em um daqueles prédios dos anos 1980 que as pessoas reclamavam que projetavam uma sombra fria sobre tudo, divididos em tantos apartamentos quantos fossem possíveis. Lá se ia o sonho de um dia ter uma casa de três ou quatro quartos. Mas morar no Bellevue Apartments tinha uma grande vantagem: uma vez lá dentro, eu não precisava ver o prédio. O mesmo não poderia ser dito de quem vivia nas Marine Villas, que embora tivessem os próprios cais para barco, tinham que conviver com a visão de nossa excrescência titânica e amaldiçoar para sempre quem havia assinado a licença de construção.

Livrei-me de minhas roupas velhas. Livrei-me dos móveis e de outras coisas (destruídos, de qualquer maneira, pelo Gênero Colega de Apartamento). Livrei-me de meus antigos cassetes, que meu toca-fitas embolava com frequência, cansado de enroscar metros de fita com o dedo e remendá-las com a destreza fina de um neurocirurgião. Livrei-me do cabelo comprido. Para me diferenciar dos tipos de colarinho branco do mundo, fiz o corte certo, não exatamente um clássico. Um pouco de gel todos os dias dava o acabamento. Depois de me olhar ao passar pela vitrine de uma loja, descobri que o novo eu era "boa-pinta". Exceto pelo fato de que não devia mais dizer "boa-pinta" ou ficaria marcado como alguém dos "anos 1970" para sempre.

Em 3 de março de 1982, de acordo com minha agenda de trabalho, consegui meu "primeiro trabalho de verdade como cineasta", dirigindo um comercial de TV para um sabão em pó. Não um daqueles com donas de casa reclamando de uma mancha de chocolate que não sai de jeito nenhum, depois estupefatas, contemplando em êxtase a brancura resplandecente da mancha removida. Não, o comercial era uma franca romantização da tarefa semanal, lençóis floridos flutuando ao vento enquanto uma jovem mãe os tirava do varal e sua linda filhinha de cinco anos lhe entregava um buquê de íris recém-colhidos. ("Pense na *Irises* de Van Gogh" foi a referência da agência de publicidade.) Admito que considerei pedir a Amber que interpretasse a mãe, como uma forma de consertar as coisas entre nós, mas em seguida mudei de ideia, pois sabia muito bem que ela iria perceber minhas verdadeiras intenções.

16 de fevereiro de 1983

No ano anterior, tive algumas namoradas, mas, por um motivo ou outro, as coisas não davam certo (o ex-namorado de Scarlet voltou, Maia viajou para uma experiência no exterior, Abby queria muitas coisas, rápido demais). Nas últimas semanas, eu estava sozinho, passava as noites em claro escrevendo o roteiro de um documentário sobre a vida selvagem da Ilha Sul, que iria apresentar na sexta-feira seguinte. Às onze da manhã, ainda estava com a barba por fazer, de calça de moletom velha e uma camiseta larga e surrada quando alguém bateu na porta. Achei que fosse o encanador que a imobiliária finalmente tinha conseguido enviar, então estava totalmente despreparado para abrir a porta e dar de cara com Amber. Uau! Ela também havia mudado. O cabelo comprido, praticamente sua marca registrada, havia sido cortado na altura dos ombros e, embora não chegasse a estar curto, era curto para ela. Amber também parecia mais musculosa, usando um terninho sem mangas.

— Oi! — Amber sorriu, nervosa.

— Oi.

Ela olhou por cima de meu ombro, preocupada, como se quisesse ver se havia mais alguém do lado de dentro, e então perguntou:

— Posso falar com você?

—Ah, claro. — Consegui soar casual, embora o meu coração estivesse batendo forte, ainda mais quando me virei de lado e ela passou por mim com seu perfume.

Amber olhou em volta com curiosidade, elogiou meu apartamento, não muito bagunçado para um homem que vivia sozinho, alguns móveis retrô legais, onde eu tinha encontrado?

— Comprei de segunda mão na Loja do Pai, não o *meu* pai, esse é o nome da loja na Queen Street.

— Ah. — Uma risada. — Liguei para seu antigo número para saber como você estava. — Com cuidado, ela contornou as páginas de um *storyboard* que eu tinha espalhado pelo chão. — O cara que atendeu me deu seu novo endereço.

— Deve ter sido o Ben. Ou o Kahu.

— Ele mandou dizer que você ainda deve cem dólares a ele.

— Kahu. Fica à vontade. — Apontei para o sofá de dois lugares. Ela se sentou no meio, sem deixar espaço suficiente para mim de nenhum dos lados, e tirou os sapatos de camurça escura, não tão escuros quanto as pernas dela. Vi que ela havia cortado a canela ao se raspar (era a época da navalha de lâmina única) e que havia um curativo no dedo mindinho.

— Parece que você tem ido à academia.

— Não, por quê?

— Você parece mais forte. Do que antes, quero dizer. Não forte do tipo, você sabe, musculosa, fisiculturista, só mais forte. — Percebi que estava metendo os pés pelas mãos.

— É de tanto empurrar o Stuart para cima e para baixo, só colocar a cadeira de rodas dele pra dentro e pra fora do carro já é como um minitreino.

Peguei uma das cadeiras da cozinha e me sentei, não muito longe, mas ao mesmo tempo não muito perto.

— Como você tá?

— Sinceramente? A vida não poderia estar pior. — Ela riu com tristeza, mastigando o cabelo. — A filha do Stuart me trata como uma cuidadora que não está trabalhando direito. Por que ela não ajuda, então? É o pai dela também!

— "O pai dela também"? — Eu fiz uma careta.

— Eu quero dizer que ele não é só *meu* marido — explicou ela, constrangida. — Ela me trata como uma vadia, e ele não tem forças pra dizer mais nada. Não quer estragar as coisas entre eles, o pouco tempo que passa com ela. Eu entendo, mas mesmo assim...

Amber ficou olhando para o chão por um tempo, uma das pernas balançando, ansiosa.

— Eu sinto falta do meu irmão. Sinto falta dos momentos divertidos que costumava passar com você. Antes.

Fiquei em silêncio, esperando que ela continuasse, sem saber onde aquilo iria dar.

— Você se lembra do dia em que nos conhecemos? Eu estava com roupas de montaria imundas. — Ela cruzou os braços com força sobre o peito, recostou-se e mordeu o lábio por um longo momento. — Eu nunca te contei o que realmente aconteceu. Quando o Pipoca quebrou a pata, eu vi tudo. O Danny estava alongando o trote, nada mais, quando o Pipoca tropeçou. Poderia ter acontecido com qualquer um. — Ela engoliu em seco. — Meu pai veio correndo com o rifle, gritando feito um louco. "Seu maldito imprestável! Eu já disse que um cavalo não foi feito para dançar desse jeito! Maldito veadinho!" E o Danny explodiu: "Você pode bater em um cavalo para obrigá-lo a fazer o que você quiser, mas não em mim! Vai em frente, me mata, eu não vou deixar você matar quem eu sou!" Eu gritei para ele parar, para os dois pararem, mas meu pai jogou o rifle no chão e disse: "Se você consegue ensinar um cavalo de setecentos quilos a se comportar de maneira não natural, também pode aprender a se comportar como a maldita natureza queria que você se comportasse! Se não fizer isso, eu vou fazer!" E começou a socá-lo. Eu não aguentava mais, o cavalo relinchando, o som das pancadas do meu pai, ele estava matando o Danny. Foi por isso que atirei no pobre do cavalo, um tiro e tudo congelou. Meu pai, com o punho fechado, Danny, com o rosto ensanguentado, os olhos arregalados. E então foi como se as coisas estivessem em câmera lenta, eu apontei a arma para o meu pai…

Ela me encarou, intensamente.

— Eu… não queria errar. Eu queria acertar. Atirar no meu pai. — Então ela parou por um momento e limpou o nariz com o antebraço. — Foi a única vez que o vi chorar. Depois disso, ele foi para o celeiro. Não tinha cavalo algum chamado *Canção de Ninar*, como eu te disse uma vez, cavalo indomável algum que me deixou do jeito que eu apareci no Alberton, com um hematoma que nenhuma sombra poderia cobrir. Uma vez, meu pai deixou uma marca na parede, batendo minha cabeça contra ela. Quando minha mãe tentou impedi-lo, ele a jogou contra a outra parede. Mas o que ele fez com minha mãe e comigo nem se compara ao que ele fez com o Danny, e o Danny nunca revidou.

Eu provavelmente estava boquiaberto, em estado de choque.

— O Stuart sabe? — Foi a primeira coisa que pensei em perguntar, que me pareceu importante saber.

— Uma versão atenuada. Só o Danny sabe, e a minha mãe. Não é algo que você sai por aí dizendo. Se eu não conto para ninguém, fica parecendo menos real. Se eu não digo a mim mesma, isso deixa de existir. A maior parte do tempo.

— Foi por isso que você... se casou com o Stuart? Para fugir? — perguntei baixinho.

— Eu me sinto suja perto de quem tem uma família normal. O Stuart é uma pessoa atormentada, perdeu a esposa, ele sabe o que é sofrimento. Acho que eu precisava de uma figura paterna... Eu sei que é difícil de entender. — Ela franziu a testa em vincos profundos.

— Você não tem motivo algum para se sentir suja. Meu Deus, Amber, você não fez nada errado.

— A gente pode saber uma coisa e sentir outra. — Ela desviou o olhar. — Ver o Stuart sofrendo, tudo ficando mais difícil para ele: comer, ir ao banheiro... Eu não aguento nem mais um minuto.

Ela abaixou a cabeça e começou a soluçar, o rosto enterrado na palma da mão aberta. Só Deus sabe como foi difícil não abraçá-la, mas achei melhor não fazer isso, para que ela não me interpretasse mal. Em vez disso, entreguei uma caixa de lenços de papel, que ela foi pegando, um atrás do outro, enquanto me contava, às vezes em detalhes, como a saúde de Stuart estava se deteriorando em todos os aspectos.

— Eu sinto muito por despejar tudo isso em você...

— Não. Por favor. É para isso que servem os amigos.

Eu me lembro de descer a escada com ela depois, mantendo-me alguns passos atrás, no rastro do perfume de seu xampu de ervas, olhando para suas costas estreitas e me perguntando como alguém poderia ter levantado a mão contra ela. Quando chegamos lá fora, ela olhou para mim com o rosto inchado e abriu a boca para dizer "tchau" ou "até logo" ou o que quer que quisesse dizer, mas, tomada por uma forte emoção, ou talvez fosse a reserva em relação àquela emoção, ficou parada, de boca aberta, sem conseguir pronunciar uma palavra. Em seguida fechou a boca, virou-se abruptamente e foi embora, sem dizer o que quase tinha dito.

As acácias estavam repletas de cigarras, barulhentas e insistentes, como se estivessem em um frenesi coletivo, festejando o dia de verão enquanto ele durasse. Eu podia sentir o cheiro de maresia no ar e a amplitude de seu alcance, como um desejo não realizado. Ao longe, ouvi o sino de um barco de pesca e as gaivotas entusiasmadas com a provável pescaria. Era hora de viver, de viver como se não houvesse amanhã, mas apenas hoje, um hoje que, se não fosse agarrado, se transformaria em um piscar de olhos em um ontem, um "tarde demais", um "se ao menos eu tivesse"... e ainda assim ela estava indo embora, a distância entre nós aumentando a cada passo. Ela estava a cerca de vinte passos, ou metros, ou quilômetros de distância quando de repente se virou e meio que andou, meio que correu de volta até mim, até me alcançar, agarrar bruscamente meu rosto e me beijar. Foi como se estivesse enfim admitindo que, apesar de tudo o que tinha acontecido entre nós, ela sempre tinha me amado daquela forma também.

Mas então, depois de uns três segundos, não que eu estivesse contando, ela interrompeu o beijo, parecendo chocada com o que tinha feito, e cobriu a boca com as mãos.

— Isso não aconteceu — disse ela, ofegante.

— Não, isso... não... aconte... ceu... — repeti, tentando recobrar os sentidos.

— Vamos fingir que isso não aconteceu. Está bem?

Quando dei por mim, eu estava observando enquanto ela se afastava outra vez, como em uma "tomada 2" em um set, e, sem olhar para trás, entrava em um pequeno Toyota econômico, provavelmente mais fácil de estacionar na cidade do que o carro adaptado para a cadeira de rodas de Stuart. Então, ao partir, ela se virou para mim e me dirigiu um aceno nervoso. Para mim, o beijo pareceu um acontecimento único, ela havia apenas sucumbido a um momento de fraqueza.

Fim do verão/outono de 1983

Mas eu estava errado. O beijo foi como uma faísca carregada pelo vento que dá início a um incêndio em uma floresta, causando a destruição da vida que ela antes abrigava. Isso não aconteceu de imediato, devo dizer; no começo nós apenas nos encontrávamos no centro da cidade para tomar um café em algum lugar, às vezes almoçar, depois simplesmente passear juntos. E, por acaso, na vez seguinte fui eu que tomei a iniciativa e a beijei. Estávamos perto do terminal das balsas, nos degraus mais baixos incrustados de cracas, quando uma onda nos atingiu com um estrondo inesperado. Enquanto a água girava em um turbilhão ao nosso redor, encharcando nossos tênis e deixando a barra de nossos jeans pesada, eu a beijei, na boca, como ela havia feito comigo, e embora ela não tenha exatamente correspondido, tampouco ofereceu resistência. Não me senti muito bem depois disso, nem Amber, ao que pareceu — afinal, era ela quem tinha que ir para casa e encará-lo. Também segurei a mão dela certa vez no Floriana Pizza Bar, enquanto tentávamos decidir qual sabor de pizza queríamos sob o aroma de salsichas penduradas no teto para secar, pendendo como estalactites decorativas. E uma vez, enquanto visitávamos uma exposição, nos abraçamos e por um momento sentimos como seria estarmos juntos normalmente, como as outras pessoas. Era irônico que o nome da galeria fosse "Artistas Clandestinos", porque parecia que estávamos lá como "Amantes Clandestinos".

Então, como era inevitável em nossa idade, fomos mais longe. Eu era o instigador: meus beijos percorriam as bochechas dela, as sobrancelhas, o pescoço, descendo tão perto de seus seios quanto ela me permitia. Nós nos beijávamos nas pequenas passagens entre prédios e lojas, então nos olhávamos profundamente, e eu tinha certeza de que ela podia sentir quanto eu a desejava. Nossos olhos praticamente lacrimejavam por causa do longo desejo não consumado, mas ainda assim nós dois nos contivemos por um longo tempo.

Ainda me lembro da primeira vez em minha casa, como nos olhamos por um longo tempo e então, ainda nos encarando, gozamos juntos. Ficamos assim por um bom tempo, sem nos mover, apenas reafirmando um ao outro nosso amor, repetidas vezes. "Eu te amo. Eu te amo... " E antes que eu percebesse, ela estava chorando como um bebê. Era como se aquilo que sempre tinha sido nosso destino tivesse, por algum engano, sido adiado até aquele momento. Era um amor intenso, direto de nosso coração. Depois, Amber se agarrava a mim como se nunca mais quisesse me soltar.

Às vezes, ficávamos apenas deitados, nus, olhando um para o outro, eu tocando a bochecha dela, ela enrolando uma mecha de meu cabelo em seu dedo. Apenas respirar um ao outro parecia ser tudo de que precisávamos. Era amor. É claro que esses momentos sempre chegavam ao fim, pois ainda havia Stuart. Sobre quem eu quase não ousava mais perguntar. E nas poucas vezes que perguntava, ela me garantia que ele não desconfiava de nada, ela cuidava dele como sempre, era gentil como sempre tinha sido, se não mais. O que, para mim, era ao mesmo tempo um alívio e uma fonte de sofrimento. Às vezes, quando voltava para casa, ela era tomada pela culpa, mas vê-lo se deteriorando fazia com que parecesse mais urgente viver, enquanto ainda podia. A cada dia o clima era diferente. Ah, nós tentamos terminar tudo, mais de uma vez, mas nunca conseguimos ficar longe um do outro por mais que alguns dias. Tampouco fazíamos amor todas as vezes que nos víamos, mas quando fazíamos, Amber costumava cobrir o rosto e chorar assim que terminávamos. Ou às vezes parava um pouco antes e ficava imóvel por um longo tempo, querendo morrer, assim como eu. Ela era vulnerável, emotiva, instável, mas naqueles momentos tempestuosos e atormentados dizia que me amava como nunca havia amado nenhum outro homem.

Uma vez, estávamos deitados juntos e ela me perguntou:

— De onde você acha que vem o amor?

— Eu diria que vem daqui. — Apontei para meu coração.

Mas não era isso que ela estava me perguntando.

— Sabe quando uma estrela explode e dispersa todos os elementos que compõem a vida pelo cosmos, como um dente-de-leão se desfazendo e espalhando todas as suas sementes ao vento para que a vida comece? Minha pergunta é: quando, em que momento exato, o amor surge desses elementos? O amor já estava lá, esperando durante milhões e milhões de anos para encontrar o caminho para dentro de nós? Em outras palavras, o amor sempre fez parte do plano cósmico?

— Bem — falei, e comecei a sufocá-la de brincadeira com meu travesseiro. — Você sempre fez parte do meu plano! E vou continuar a amar você muito além de minha escassa existência terrena, então é melhor ir se acostumando!

Algumas das melhores risadas de minha vida foram nesse período. Uma vez, na piscina pública, ela se jogou nas costas de um completo desconhecido e começou a fazer cócegas nas axilas dele, apenas para ver, quando ele subiu para respirar, que não era eu. Em outra ocasião, ao voltar para o carro com porções de curry para viagem para nós dois, entrei no carro e me perguntei para onde ela teria ido e quem diabos eram aquelas crianças estranhas no banco traseiro. Então a vi alguns veículos adiante, em um carro surpreendentemente idêntico ao meu, batendo no painel e morrendo de rir. Até mesmo as coisas mais chatas eram divertidas com ela, coisas tão bobas quanto passar o aspirador, com o qual eu sugava as partes mais absurdas de meu corpo. Amber tinha um jeito especial de transformar o tédio em uma troça completa, isso era certo.

Nossos encontros continuaram, mês após mês, sem questionamentos, e sobretudo sem que tentássemos entender. Basicamente, apenas aceitávamos as coisas como eram. À noite era mais difícil, minha consciência me atormentava ao pensar em Stuart, mas mesmo que me sentisse culpado, eu sentia falta dela e queria que estivesse ao meu lado. Repetia para mim mesmo que tinha sido Stuart quem cometera um erro ao ir atrás dela em primeiro lugar; para mim, era como se ele tivesse se colocado entre *nós*. Além disso, havia sua idade, o fato de ser pai de Tanya e tudo mais, o que fazia com que ele parecesse errado mesmo que eu nunca tivesse existido. Então, de certa forma, era como se eu estivesse corrigindo um erro, mas ao mesmo tempo nunca quis magoá-lo, e Amber também não. E eu realmente entendia o lado dela, por que ela precisava apoiá-lo, acompanhá-lo até o fim. Chegamos à conclusão de que o que Stuart não sabia não poderia magoá-lo, e nenhum de nós dois tinha a menor intenção de contar nada a ele. E assim mergulhamos cada vez mais um no outro, penetrando tão fundo quanto dois seres humanos são capazes de fazer, até que um sentia o que o outro sentia como se fôssemos um só, eu a abraçando, ela me abraçando até não ser mais possível saber quem era quem.

Mas nem tudo eram flores, vai por mim. Uma vez, enquanto estávamos fazendo amor, Amber me machucou acidentalmente com seu anel de diamante, me acertou em cheio no rosto; não foi nada grave, mas mesmo assim deixou um arranhão longo e visível. Depois disso, passei a fazer com que ela tirasse as alianças de noivado e de casamento antes de nos deitarmos juntos, mas então me machucou (por dentro dessa vez) eles ainda estarem lá mesmo depois de ela tê-los tirado: a marca branca no dedo, como as marcas brancas do biquíni que dividiam seu bronzeado em estranhas formas geométricas, marcas que ela tinha conseguido quando estava com ele. Simplesmente não havia como tê-la só para mim.

Em uma tarde fria, estávamos caminhando à beira-mar, parando no meio da caminhada para conversar, parando no meio da conversa para caminhar, conversando, parando, caminhando, parando, como se em algum nível emocional eu estivesse tentando fazer com que ela admitisse para mim que, desde o primeiro dia, Stuart não tinha sido apenas um erro qualquer, mas sim "o maior erro de sua vida", enquanto ela tentava identificar tudo de positivo que pudesse ter resultado de seu casamento. Olhando para trás, percebo como foi injusto de minha parte tentar fazer com que ela dissesse que havia desperdiçado os quatro últimos anos de sua vida. Mas o amor, receio, nunca é o que se poderia chamar de justo: sempre luta para ser exclusivo e eliminar de cena qualquer outra pessoa que possa ser importante de alguma forma.

Nós arrancamos muitas outras verdades um do outro, algumas triviais, outras importantes, como se para testar nosso amor. Ela me fez admitir que já havia feito xixi em chuveiros de piscinas públicas, quando tinha oito ou nove anos, e que às vezes ainda fazia, no mar. Ela nunca tinha feito isso, embora tenha sido forçada a me contar que fez xixi na cama até os dez anos. Quando fiquei sabendo que ela já havia experimentado drogas, drogas de verdade, fiquei estupefato. O irmão tinha dado a ela sulfato de morfina, os cristais brancos para cavalos com dor! Eu simplesmente não conseguia acreditar que ele dera drogas pesadas como aquela para a própria irmã — em minha opinião, era um crime.

Mas Amber o defendeu com unhas e dentes.

— O Danny é o melhor irmão que eu poderia ter, ele me salvou muitas vezes, você não faz ideia. Só depois de brigas com o nosso pai é que às vezes íamos usar lá no haras.

Uau! Isso me surpreendeu. De fora, sua família sempre me parecera exemplar, o ambiente, os cavalos, a imagem perfeita, quem poderia imaginar que era tão disfuncional?

— Você teve outras pessoas nos últimos anos? — Ela me perguntou certa vez, roendo nervosamente a unha do polegar.

— É... tive, algumas — respondi com toda a sinceridade —, mas eu nunca senti por alguém o que sinto por você.

Minha resposta claramente a desapontou. Ela manteve a cabeça baixa, embora eu tivesse repetido mais de uma vez que a amava havia anos.

— Você fez sexo com algumas dessas outras mulheres mais de uma vez, imagino.

— Bem, fiz, mas...

Teria preferido que ela tivesse ficado furiosa do que em silêncio, como fez. Era enlouquecedor, eu não sabia por onde começar.

— Você estava casada. O que esperava que eu fizesse?

Enrolando o cabelo com força no dedo, ela disse:

— Eu sei que você acha que eu estou sendo injusta, mas eu não consigo controlar o que sinto, os sentimentos simplesmente vêm, sem a gente pedir.

Era como uma partida perpétua de pingue-pongue, eu tendo que rebater a cada movimento, correr para a frente, correr para trás, me esticar, pular, agachar, mas não poderia ser de outra maneira. Nós estávamos profundamente apaixonados e ficando malucos por causa de como as coisas tinham que ser até que algo mudasse, mas o engraçado é que nunca falávamos sobre a morte de Stuart. Ele era algo com o que nós sabíamos que teríamos de conviver pelo tempo que fosse necessário. Nunca dissemos "se ao menos", embora aquele "se ao menos" não dito pairasse o tempo todo sobre nossa cabeça.

Submarino preto

E assim, entre encontros fortuitos, atravessamos o inverno de 1983; até agosto, quando o estado de Stuart piorou tanto que ela não conseguia deixá-lo por tempo suficiente para ir me ver. Então, depois de mais ou menos dez dias, quando não suportávamos mais a separação, ela apareceu em minha porta no fim de uma manhã. Nós dois tínhamos passado mais uma noite insone, sentindo saudades um do outro quase a ponto de enlouquecermos, e caímos, não, melhor, *desabamos* nos braços um do outro e, tomados pela paixão, gozamos de uma forma que não teria sido "segura" se não fosse pouco antes de a menstruação dela chegar. Acho que queríamos sentir um ao outro sem nada entre nós e, além disso, não queríamos estragar o momento tentando colocar um preservativo — o que basicamente significava, sem que um de nós tivesse que dizer, que eu deveria recuar quando fosse o momento certo (e mais difícil), mas não tive forças e, no último segundo crucial, eu e ela não conseguimos gozar separados. Depois disso, sabíamos que tínhamos que ser mais responsáveis, então ela começou a tomar a pílula. Nossos sentimentos um pelo outro eram fortes demais para que ela não o fizesse.

"A pílula" era na verdade um punhado de pílulas: uma cor-de-rosa por dia durante vinte e um dias, depois uma azul por dia durante sete dias. As azuis, pelo que o médico disse, não tinham efeito algum, o objetivo era que ela não perdesse o hábito e não se esquecesse de tomar as rosas. Mas quando ainda faltavam seis dos placebos azuis no primeiro mês de uso, ela os jogou no vaso sanitário, dizendo que as doses eram muito fortes, que a deixavam enjoada, faziam com que engordasse, que ela não conseguia mais entrar em sua calça jeans... além disso, seus seios estavam tão doloridos por causa da pílula que ela não queria ser tocada de jeito algum.

— Quando aconteceu, simplesmente aconteceu. — Ela se sentou no chão do banheiro, abraçando os joelhos. — Antes a gente fazia porque não podíamos evitar, porque era forte demais para nos contermos. Mas tomar isso... parece tão *planejado*. Mais, não sei, *errado*.

Então, ela parou de tomar a pílula... e voltou a tomar, depois parou, voltou, parou. Conversamos a respeito, eu disse a ela que era o método mais seguro que existia. E chegamos à conclusão de que o único método cem por cento seguro seria não fazer sexo, isso resolveria, por enquanto, o problema de uma gravidez indesejada e, ao mesmo tempo, acabaria com o pior efeito colateral: O SENTIMENTO DE CULPA. Eu também tinha minha parcela de culpa, às vezes me sentia um canalha traidor. Mas apesar de nossas melhores intenções, descobrimos que não fazer nada era quase impossível para nós; parecia que estávamos indo contra a natureza. Ainda assim, após cada falha, nos esforçávamos mais, tentando todas as maneiras de contornar a situação (às vezes até um pouco de forma literal). Mesmo em nossos momentos de fraqueza, nós nos contínhamos deliberadamente para não irmos longe demais, e eu apenas levantava suas roupas e me pressionava contra o corpo dela, de roupa, fazendo os movimentos, mas sem arriscar que ela engravidasse. Havia inconvenientes: algum atrito e pouca satisfação, e às vezes nós caíamos na gargalhada. ("Seu suéter longo e macio me excita tanto" ou "Essas calças apertadas realmente me deixam louco.") No entanto, às vezes nos sentíamos mal da mesma maneira, quero dizer, quem diabos estávamos querendo enganar? No fim das contas, sejamos honestos, nós *estávamos* fazendo sexo, apenas de uma maneira diferente.

Depois abolimos também as carícias, deixamos de nos tocar e, por um tempo, nos dedicávamos a outras atividades quando nos encontrávamos, qualquer coisa que não estivesse remotamente relacionada a sexo. Percorríamos galerias de arte até não aguentarmos mais, folheávamos livros de paisagens e de viagens na biblioteca, assistíamos a TV: *A Dog's Show* (pastores que usam cachorros para fazer ovelhas passarem por um portão), *Gliding On* (uma sitcom sobre o marasmo no serviço público) ou *World News* (que contraste entre as notícias internacionais e, digamos, um cachorro latindo para uma ovelha ou um funcionário público tentando parar de fumar). Jogávamos damas. Na verdade, foram as damas que nos venceram. Estávamos no meio de uma partida, deitados de bruços no tapete enquanto ela comia três de minhas peças de uma vez, olhamos casualmente um para o outro e, sem que qualquer um dos dois previsse o que aconteceria, nossos olhos se encontraram daquela maneira irresistível. Quando nos demos conta, estávamos um sobre o outro, de volta à estaca zero, por assim dizer. Depois de tanto tempo sem nos tocar, aquela vez foi incrivelmente apaixonada, como se tivéssemos sido tomados pelo êxtase do retorno ao lar, beijamos o rosto um do outro, frenéticos, e dissemos palavras doces, repetindo que nos amávamos mais do que tudo. Por sorte, a menstruação dela nunca nos atormentava com atrasos de mais de um ou dois dias.

No fim das contas, esses momentos com ela, com ou sem sexo, ou com um arremedo de sexo, foram os meses mais bonitos, vibrantes e agonizantes de minha vida. Desejar um ao outro daquela maneira, chegando ao orgasmo juntos e nos tornando um só, era apenas parte de nossos sentimentos um pelo outro; esse desejo não pode ser dissociado do amor juvenil, são indivisíveis, um dando origem ao outro, como o ar e o vento. As madrugadas tentando decidir o que fazer, o que seria melhor e, se isso não fosse possível, a segunda opção. Em muitos sentidos, eu entendia Amber. Nem mesmo eu poderia pedir a ela que deixasse um homem que estava morrendo, ou que se divorciasse dele para se casar comigo. Como quer que encarasse isso, eu sabia que seria imperdoável.

Ironicamente, era por uma questão de decência que eu desejava mais do que nunca que Stuart morresse. Ah, eu poderia ter sido mais paciente se fosse preciso, afinal, o que era mais um ano no fim das contas? Além disso, dizia a mim mesmo que Amber não estava mais "realmente" com ele, mesmo que fosse uma enfermeira dedicada durante a maior parte da semana. Stuart também nunca ficava sozinho; se ela não estava com ele, a enfermeira, sra. Grant, estava. Ela cuidava dele sempre que Amber estava comigo ou fazendo as outras coisas que tinha que fazer.

9 de novembro de 1983

Eram seis da manhã, e eu ainda estava dormindo quando Amber entrou com a chave que eu havia mandado fazer para ela algumas semanas antes; e como ela andava de um lado para o outro, fazendo barulho, abri um olho e a vi trazendo para dentro de casa uma caixa com vários ovos, ou melhor, várias caixas de ovo. Se, ainda meio adormecido, achei que ela estava planejando me levar o café da manhã na cama, não poderia estar mais equivocado.

— Vamos, dorminhoco, temos trabalho a fazer! — disse ela. — Pode passar pelos seus cinco estágios do despertar: negação, raiva, negociação, depressão e aceitação! — Sua atitude entusiasmada só me fez puxar as cobertas até as orelhas. — Ah, não, não! — protestou ela, puxando-as, e eu as puxei de volta, iniciando uma espécie de cabo de guerra. — Há pessoas esperando por mim. Ande logo, seu preguiçoso!

A essa altura eu já tinha me lembrado do que Amber tinha em mente; um grupo de "marinheiros" como ela (e, na mente dela, eu) iria bloquear o uss *Phoenix*. Apenas alguns meses antes, o uss *Texas* fora recebido em Wellington por trinta mil pessoas segurando faixas que diziam: "Sem armas nucleares na nz", "Deixem nosso país livre de armas nucleares", no entanto, manter os americanos afastados não seria fácil. Para nós, quero dizer, tanto em curto quanto em longo prazo, porque se a União Soviética, a China comunista ou qualquer país nos atacasse, seria mais seguro, em minha opinião, ter os americanos ao nosso lado.

Entrar no iate de Stuart parecia um absurdo para mim, mas com o incentivo de todos os outros que já estavam embarcando, minhas reservas estavam fadadas a sucumbir. Da ponte, vi uma frota tão diversa quanto brinquedos de banho: iates, lanchas, catamarãs, trimarãs, barcos de pesca, pequenas embarcações à vela, uma canoa taitiana e até uma jangada de madeira! Na verdade, a atmosfera não era tensa como na época da Crise dos Mísseis cubana, pelo contrário, era animada e alegre. Todos pareciam se conhecer, exceto pelo fato de ninguém me conhecer e de eu não conhecer qualquer um ali além de Amber. O mesmo não podia ser dito dela, que chamava muita atenção e era conhecida por todos pelo nome. Muitas pessoas cumprimentavam umas às outras aos gritos, então não era tudo para ela, mas ainda assim, para ser sincero, me senti um pouco ameaçado por sua popularidade.

Pouco depois das oito da manhã, as coisas ficaram decididamente mais tensas, quando o *Phoenix* manobrou ao redor de North Head e ficou totalmente à vista (bem, tão *à vista* quanto um submarino pode ficar). Ameaçadoramente preto e esguio, como um cruzamento letal entre um tubarão e um torpedo criado por um cientista maluco, era escoltado de ambos os lados por uma flotilha de barcos da polícia e botes infláveis da Marinha. Começamos a ziguezaguear lentamente pelo canal com o restante do grupo, quando de repente eles começaram a investir contra os manifestantes (nós, inclusive) de todas as maneiras e ordenar que nós (e todos os outros) saíssemos do caminho, enquanto nós (e muitos outros) gritávamos sem parar: "Vá pra casa, *Phoenix*, vá pra casa *Phoenix*", o que não era nada tão alarmante, faça-me o favor! Então o caos se instalou, tudo aconteceu muito rápido, ordens gritadas, motores de popa acelerando, toda a comoção tornando a água turva como chá com uma gota de leite. Logo ficou difícil distinguir um barco do outro e saber quem estava de que lado, como peixes demais em um lago muito pequeno. A água ficava cada vez mais agitada e coberta de espuma branca, como se uma tempestade estivesse se formando, e de certa forma estava: *uma tempestade política*! Então, de repente, o submarino estava a cerca de cem metros de distância, bem à nossa frente. Imagine só, um submarino nuclear encarando você! Um paradoxo, na verdade: parecia pessoal, como se fôssemos o alvo dele, mas ao mesmo tempo impessoal, porque "aquilo" não tinha rosto, nem nós tínhamos rosto para ele.

Nesse momento, me lembro de que um pequeno veleiro, *Vega*, passou perigosamente perto, a talvez cinquenta metros do submarino. Eu só conhecia o *Vega* porque Amber havia me contado que em 1973, com uma tripulação de apenas quatro pessoas, ele havia enfrentado a Marinha francesa na zona de testes em Moruroa, bem ao estilo Davi e Golias, e os franceses espancaram o capitão canadense até quase fazê-lo perder a consciência; em seguida fizeram o mesmo com o ex-membro da Marinha Real Britânica. Com seu típico cavalheirismo francês, pouparam as duas jovens neozelandesas, uma das quais tinha apenas dezenove anos. As autoridades francesas afirmaram que ninguém havia encostado um dedo nos homens (havia um grão de verdade nisso, uma vez que eles haviam usado apenas pedaços de pau e os pés), mas então a filmagem que a mulher mais jovem conseguiu esconder deles chegou à imprensa internacional e foi um verdadeiro escândalo. Mas voltemos ao dia da chegada do USS *Phoenix*. Naquela época, ninguém sabia se os americanos iriam ou não fazer uma demonstração de força. E quando vi dois ativistas no *Vega*, bronzeados e musculosos, fazerem largos acenos para Amber — aqueles caras tinham status de estrelas do rock não apenas para ela, mas para muitas outras representantes do sexo feminino —, isso despertou uma pontada de ciúme junto de minha admiração.

Olhando para trás, o que mais me lembro é de detalhes isolados. Eu me lembro dos ovos que todos atiraram no submarino e de como as cascas quebradas se grudaram ao casco, como cracas nas costas de uma baleia metálica. E algo nisso me incomodou, algo que tinha a ver com minha criação, com o fato de nunca podermos jogar comida fora, enquanto todos ali estavam desperdiçando ovos às dúzias. Eu sabia que não era nada que fosse fazer um rombo no *orçamento deles*, mas, ainda assim, havia pessoas passando fome no mundo, bem ali na Nova Zelândia, em Auckland, para falar a verdade. Desperdiçar comida boa daquele jeito parecia o tipo de protesto que só os ricos seriam capazes de fazer.

Eu me lembro de um morador local, um sujeito antiquado em uma lancha de console central, balançando a cabeça para nós, e outro caduco que estava com ele perguntando "se não tínhamos ouvido falar do Tratado ANZUS". Acrescentando em sua voz trêmula: "Eles têm todo direito de estar aqui! Então deem o fora!" E mais tarde um americano passando a toda velocidade em uma lancha maior e gritando que nós não sabíamos reconhecer quem eram nossos amigos, e que íamos ter o que merecíamos se Kim Il-Sung ou algum maníaco como ele "acabasse com a nossa raça" enquanto seu companheiro de pesca nos mostrava o dedo do meio: "Nós não precisamos de sua pequena nação insular! Traidores! Salvem-se com uma frota de wakas!"

Então me lembro de que alguém jogou um balde de tinta amarela no submarino — que já parecia uma grande gema de ovo — enquanto várias pessoas cantavam a letra do famoso hit dos Beatles. Nesse momento, uma lancha da polícia passou por trás do *Santa Kathrina* sem que percebêssemos e tentou amarrar uma corda na amurada para que pudessem nos rebocar, mas Amber estava atenta e, com um grito de alerta e algumas ordens rápidas, conseguimos nos livrar do nó antes que ele fosse amarrado.

— Do lado errado da história! — gritou Amber para eles com as mãos em volta da boca.

Em alta velocidade, o iate se afastou, deixando para trás um vigoroso rastro, longo, branco e persistente.

30 de novembro de 1983

Anotei a má notícia daquele dia: "O pai de Amber, Les Deering, sofreu um acidente fatal" — foi tudo o que escrevi.

"Meu pai morreu" foi tudo o que ela mesma disse quando ligou para me contar, depois de alguns soluços abafados no silêncio que preenchia a linha telefônica. Estupefato, perguntei onde ela estava, e ela respondeu que estava com a mãe em Cambridge e que era "melhor ligar para dar a notícia aos outros", em seguida desligou antes que eu pudesse fazer mais perguntas. Tentei ligar de novo um pouco depois, mas a linha estava ocupada, e assim se manteve durante horas, a ponto de eu me perguntar se ela ainda estaria ligando para outras pessoas ou se não teria colocado o telefone no gancho corretamente, ou quem sabe tivessem deixado o telefone fora do gancho para poderem descansar um pouco.

Só fiquei sabendo dos detalhes mais tarde. O pai dela havia separado alguns fardos de feno, para que fossem mais fáceis de mover depois, então, quando foi pegar um que estava no topo, um dos que estavam embaixo rolou para a frente, provocando uma avalanche. Ele caiu, seguido por alguns fardos, que esmagaram fatalmente seu peito. Um único fardo pode pesar até quinhentos quilos, ela me explicou.

— Ele não estava acostumado com os rolos — lamentou a sra. Deering depois. — Por que ele não continuou com os outros? Eram muito mais estáveis quando empilhados!

Nunca entendi, e às vezes ainda me pergunto, se foi a morte de Les que fez Amber sentir de repente que sua vida tinha que mudar. Será que tinha sido a morte do pai que finalmente a libertara dele e do que quer que pensasse dela? Ou isso só a tornou mais imprudente?

13 de dezembro de 1983

Amber abandonou completamente a cautela e me ligou da casa de Stuart, enquanto havia outras pessoas na sala, e me perguntou abertamente se eu poderia pegá-la em Mount Eden e levá-la a Fencourt. O parto de uma égua estava três semanas atrasado e, segundo a mãe dela, a posição do potro poderia gerar complicações. Era o pai dela quem costumava ajudar nessas situações, mas agora que ele estava morto...

É claro que foi arriscado e desconfortável para mim ir buscá-la na casa de Stuart — eu não queria ter que jogar conversa fora nem olhá-lo nos olhos como se nada estivesse acontecendo entre mim e a mulher dele —, mas é claro que falei que ficaria feliz em fazer o que pudesse naquelas circunstâncias. Quando estacionei meu Land Rover novo (novo porque eu tinha acabado de comprá-lo em uma concessionária de carros usados), Amber estava me esperando do lado de fora, um gesto pelo qual fiquei grato, sobretudo quando vi a enfermeira me espiando por trás da cortina. Ela se encaixava perfeitamente na descrição de Amber: uma matrona severa e corpulenta com uma mecha branca nos cabelos pretos, como um gambá.

No fim das contas, levamos mais de duas horas de carro para chegar a Cambridge, por causa de um acidente de moto e da presença da equipe da ambulância do Hospital St. John, da polícia, de motoristas que reduziam a velocidade para ver o que tinha acontecido... E enquanto avançávamos lentamente, Amber disse, acariciando a bochecha com a ponta dos cabelos:

— Sabe, o meu pai não era um homem mau. Ele era um homem com muitas responsabilidades, muitas pessoas, cavalos e coisas das quais cuidar. Ele considerava os cavalos uma família, os alimentava, e eles eram felizes, dóceis... — Então abruptamente, ela ajeitou o cabelo atrás da orelha e esfregou com vigor a boca com o dorso da mão. — Mas não pense que ele não amava o Danny e eu, ele amava. Era por isso que não queria que acusassem meu irmão de "se envolver com outro homem". Quero dizer, pela lei, é crime.

Ela virou a cabeça para olhar pela janela, e eu peguei sua mão.

— Eles nunca mais se falaram antes de ele morrer. E quanto aos meus sentimentos por meu pai, realmente não sei. Às vezes, eu o odiava, mas também o amava... Não é algo que a gente possa controlar assim.

Ela fez uma pausa para ajustar as aberturas do ar-condicionado do carro de modo que o frio soprasse com força total em seu rosto, em seguida se abriu pela primeira vez sobre a situação financeira de sua família.

— Todas as coisas pelas quais eles trabalharam ao longo dos anos pertenciam aos dois, é claro. Mas, antigamente, era mais fácil colocar tudo no nome do meu pai. Eles eram casados, pelo amor de Deus, mas agora minha mãe tem que passar por toda essa merda para provar que tem direito à própria casa e à própria conta no banco. Como ela vai viver enquanto espera que a situação se resolva no que diz respeito à lei e às malditas burocracias? Ela tem sorte de ter a mim, eu estou ajudando com um advogado e com o que ela precisa para manter o haras funcionando, mas se os dois filhos mais velhos do Stuart descobrirem, eles vão dar um chilique.

O ar-condicionado estava no máximo, mas mesmo assim ela baixou a janela para que entrasse mais ar.

Quando chegamos à fazenda, a égua estava deitada de lado, o trabalho de parto parecia bem encaminhado. Admirei a maneira como Amber se aproximou de um animal daquele tamanho, uma égua de pelagem marrom-escura, com crina e rabo pretos, que parecia pesar uma tonelada. Não dava para saber como a égua teria reagido a um desconhecido como eu — um único coice com aqueles cascos seria o suficiente para nocautear um homem —, mas, tomado pelo orgulho, fui até elas, pronto para arregaçar as mangas se fosse necessário.

— Está tudo bem, menina, está tudo bem — disse a mãe de Amber calmamente enquanto puxava a crina para trás de uma das orelhas trêmulas do animal e acariciava seu pescoço castanho e lustroso. Reparei que a cauda já havia sido enfaixada, presumivelmente para que ficasse fora do caminho. — Coragem, minha linda.

De repente, uma substância líquida esguichou do traseiro do animal, deixando-me um pouco enjoado. Nesse momento, a égua bufou e se esforçou para ficar de pé sobre as quatro patas, em seguida baixou o focinho na direção da terra seca — não havia nem ao menos uma folha de capim, mas seus lábios continuavam arrancando tufos inexistentes em uma mímica quase sinistra de si mesma. Enquanto a sra. Deering falava de maneira suave para encorajá-la, a égua parou de se mover e, subitamente, suas pernas cederam. Deitada de lado, a pobrezinha parecia meio morta.

Naquele momento, a sra. Deering se ajoelhou ao lado das ancas da égua e pareceu falar diretamente com o potro lá dentro.

— Chega de enrolação. Vamos. Saia! — ordenou ela com firmeza, mas não de maneira agressiva. Carinhosamente, Amber colocou o braço em volta da mãe.

De repente, a égua começou a fazer um som profundo, não muito diferente do estrondo de um trovão distante que vai ficando cada vez mais próximo. Depois do que pareceu uma eternidade, uma espécie de saco branco com pernas longas e desengonçadas começou a surgir.

— Calma, calma, garota… — A sra. Deering a encorajou enquanto Amber observava, então acrescentou: — Ah, olhe só, ele vai ser cinza. Quem poderia imaginar? Ora, ora. Vamos acabar logo com isso. Os dois estão exaustos, e eu também… — murmurou a sra. Deering, com o rosto concentrado.

No entanto, apesar do início promissor, as coisas não pareciam estar progredindo e, honestamente, era difícil de assistir. As pernas do potro eram tão finas e brancas (por alguma razão, no mundo dos cavalos, eles chamam o branco de "cinza") que parecia que havia ossos brotando do corpo da égua.

— Cuidado, mãe! — avisou Amber de repente, e ao ouvir isso eu não entendi se o que ela queria dizer era que sua mãe corria o risco de se machucar ou que poderia machucar a égua.

Com a destreza adquirida com a experiência, a sra. Deering começou a puxar o potro, sabendo instintivamente quando ir com calma e quando usar mais força. Ela era uma verdadeira profissional e conduziu tudo tão bem que, por fim, o potro saiu, as orelhas caídas, a pelagem encharcada e esbranquiçada, deixando a barriga da égua oca, a pele flácida, mas quando mencionei isso, Amber simplesmente riu e disse que era assim mesmo, que com o tempo tudo voltaria ao seu devido lugar.

— Não é incrível? Não parece um milagre? — perguntou-me Amber, com uma euforia quase infantil. — Em uma hora ele já vai estar de pé, e trotando em menos de duas, pronto para a vida! Muito mais rápido do que nós!

Naquele dia, no caminho de volta, nem eu nem Amber dissemos nada, mas ficamos de mãos dadas, ela descansando a cabeça em meu ombro o tempo todo. O amor entre nós era muito intenso, e nenhum dos dois conseguia falar. Às vezes, nossas mãos se apertavam, cada vez mais forte, como se dessa maneira nos expressássemos, falando de nosso amor e fazendo promessas um ao outro, promessas que pretendíamos cumprir. Dizer tudo aquilo em voz alta simplesmente não teria sido o mesmo.

Pedras roubadas

Hoje nos dirigimos para o extremo oeste da ilha, onde deixamos para trás toda a brancura da Antártida e adentramos um reino de preto carbonizado. As camadas de lava se acumularam ao longo do tempo, formando enormes pilhas de detritos queimados; alguns forjados de forma infeliz, em formatos que evocavam corpos queimados irreconhecíveis. Os pinguins-de-adélia se aventuram a construir seus ninhos aqui com pequenas pedras e seixos, cuja escassez os tornou objetos de desejo, tal como diamantes para os humanos. Durante a época de acasalamento, o macho "faz a proposta", curvando-se à fêmea escolhida com uma dessas pedras preciosas em seu bico e, se ela aceita, o casal se une para toda a vida. O macho é conhecido por roubar pedras de outros ninhos para conquistar o coração da companheira escolhida por ele, algo que Raoul flagrou hoje à tarde. A natureza parece ter entendido há muito tempo que existe apenas uma chance de sermos felizes na vida. Talvez haja aí uma mensagem para mim, algo em que pensar, depois de eu mesmo ter roubado minha chance de outro homem.

A paixão

Natal de 1983

Amber e eu celebramos cada um com a própria família. No caso de Amber, significou passar a data com a mãe (que não podia deixar o haras nem por um único dia, pois os cavalos precisavam ser alimentados e cuidados) e com Danny, que tinha vindo de Londres. Como os três filhos de Stuart tinham ido passar alguns dias com ele, Amber ficou mais do que aliviada por poder fugir para o interior, para Cambridge. E, em meu caso, isso significou passar o Natal em Ponsonby com minha mãe, meu pai, Vicky e o marido fitness dela. Curiosamente, de alguma forma, não me pergunte *como*, minha mãe percebeu que eu estava em um relacionamento sério com alguém e me encurralou na primeira oportunidade: "É amor, dá pra perceber!" Ela chegou a me repreender por não ter levado "a pessoa especial" para passar o Natal com minha família, por ser egoísta e colocar a "arte" antes da "vida", por não me comprometer e assim por diante. Se ao menos ela soubesse.

2 de janeiro de 1984

Amber e eu também não passamos a véspera de Ano-Novo nem o primeiro dia do ano juntos, mas o dia seguinte, sim, finalmente. Nos encontramos na cidade para beber alguma coisa no Shakespeare Tavern e conversamos muito sobre novas resoluções e sobre como iríamos encontrar horários mais regulares para ficarmos juntos. Também mencionei alguns dos planos que tinha para nós no futuro. As coisas estavam difíceis, sabíamos disso, mas ambos estávamos olhando na mesma direção. Tudo sem mencionar Stuart, embora eu tivesse intuído que a presença de todos os filhos dele devia significar que o fim estava próximo. Então, como se minha intuição estivesse certa, Amber me perguntou, pela primeira vez desde que tínhamos passado de amigos a algo mais, se eu não me importaria de visitá-lo, quase como se fosse uma despedida. Isso era pedir muito, e tentei me esquivar, mas ao que parecia ele vinha perguntando especificamente por mim nos últimos tempos, e mais de uma vez. Ela disse que não podia continuar inventando desculpas. Era verdade que fazia séculos que eu não o via, e talvez ela tivesse razão, sem dúvida pareceria cada vez mais suspeito se eu não fosse até lá.

Era fim de tarde, e eu pretendia que fosse uma espécie de visita-relâmpago. Já tinha estado lá, muitas vezes, mas era claro que as coisas haviam mudado nesse meio-tempo. Dava para perceber que Amber estava tensa quando me levou para dentro e em seguida me cutucou para que eu fosse em frente e entrasse no quarto dele sozinho, sem ela. Antes mesmo de entrar, senti o cheiro inconfundível de urina em meio ao ar viciado. Acho que eu não fazia ideia de quão perto da morte Stuart realmente estava ou de como era estar tão perto da morte, porque quando o vi, senti minha respiração estrangulada e fiquei sem palavras por alguns momentos. A quantidade de peso que Stuart tinha perdido era chocante; ele fora reduzido a um esqueleto com pele, e havia olheiras tão escuras ao redor dos olhos que era como se tivesse levado uma surra. Pode ser difícil de acreditar, mas vê-lo daquela maneira não me deu nenhuma alegria. Uma coisa era desejar que ele se apressasse e batesse as botas quando eu estava longe; outra bem diferente era vê-lo definhando bem diante de meus olhos.

Fiquei parado na porta com o coração pesado, mudando o peso de um pé para o outro. Por fim, a sra. Grant, a enfermeira, notou minha presença. Ela me dirigiu um olhar de desconfiança e optou ostensivamente por me ignorar. Ela se demorou para tomar o pulso dele, os olhos no relógio, contando para si mesma, em seguida levou todo o tempo do mundo para anotar os dados.

— Stuart? — falei por fim, elevando a voz para que ele me ouvisse.

— Sr. Reeds. Eu acho que o senhor tem uma... — avisou ela, fazendo uma pausa e um breve aceno com a cabeça para mim — visita.

Ao me ver, Stuart tentou se sentar, oscilando para a esquerda e para a direita enquanto tentava se apoiar nos cotovelos até que acidentalmente derrubou alguns frascos de remédio da mesinha de cabeceira. Para dizer a verdade, fiquei feliz em desaparecer de vista e pegar o que quer que tivesse caído, para que pudesse esconder meu rosto por um momento, pois a culpa devia estar estampada em minha testa.

— Há quanto tempo... não nos vemos... — disse ele com a voz fraca, tentando pigarrear algumas vezes.

— Muito tempo — concordei, colocando cada frasco de comprimidos cuidadosamente de volta no lugar. — Já faz um tempo que eu queria vir, mas estou sobrecarregado de trabalho...

Nos minutos seguintes, ele se esforçou, ofegante, para me perguntar como iam as coisas com meus filmes, se eu estava conseguindo me sustentar com meu trabalho. Quase o tipo de coisa que um futuro sogro pergunta quando quer saber se um possível pretendente à mão de sua filha é capaz de sustentá-la de maneira adequada. Eu respondi que os comerciais para a TV me permitiam filmar documentários e falei também sobre meus próximos projetos, embora ele não tivesse me pedido tantos detalhes. Enquanto isso, a sra. Grant levantou as calças do pijama listrado dele e começou a massagear os músculos murchos de suas pernas. Os braços roliços dela eram salpicados de manchas escuras e, apesar de manter os olhos fixos no que estava fazendo, dava para perceber que ela estava ouvindo atentamente cada palavra minha. Então meu coração afundou quando, do nada, Stuart pediu a ela que "nos deixasse a sós". O queixo da sra. Grant se ergueu com orgulho, como se ela fosse contra a ideia, mas ela abaixou a perna dele mesmo assim, deu um tapinha carinhoso em seu joelho e saiu com um respeitoso: "Como quiser, sr. Reeds."

Será que ele ia me pedir para cuidar de Amber depois que morresse? Ou colocar uma arma em minha têmpora e me dizer para nunca mais chegar perto dela? Suas sobrancelhas estavam franzidas em concentração, como se ele tivesse algo específico em mente, ou talvez estivesse, mais uma vez, apenas reunindo forças para falar.

— Já seria ruim o bastante — murmurou ele finalmente com dificuldade — se minha mulher tivesse que ficar casada com um moribundo sem que seu estado pouco atraente se prolongasse por tanto tempo. Não preciso dizer que não tem sido fácil para ela.

Era como se ele estivesse esperando que eu dissesse alguma coisa e, sentindo que precisava preencher o vazio, tentei tranquilizá-lo da melhor maneira possível, dizendo:

— Vocês também tiveram muitos bons momentos.

Por alguns segundos, ele assentiu, sério.

— Sim, de fato, muitos bons momentos, momentos extraordinários. Mas a verdade é que o último capítulo pode mudar a forma como vemos o livro como um todo. Pode mudar completamente seu significado. A maneira como enxergamos os diferentes personagens ao revisitar todas as cenas em nossa mente.

Ele disse isso olhando diretamente para mim, os olhos inteligentes e firmes, como se soubesse mais do que queria deixar transparecer, e as palavras, algo em sua loquacidade e imprecisão, fizeram com que eu suspeitasse de que ele suspeitava. Fiquei me perguntando, preocupado, embora me esforçasse ao máximo para não demonstrar. Chegou a me ocorrer que Amber pudesse ter confessado a ele tudo sobre nós antes de eu chegar.

— Se sacrificar todos os dias para mimar e agradar um homem com o pé na cova. Com certeza é muito para se exigir de uma jovem bonita e inteligente.

Respirei fundo e disse:

— Casamento é "na alegria e na tristeza. Na saúde e na doença". — Soou um pouco ensaiado e afetado demais e, temi, não muito sincero.

— Até que a *morte* os separe. — Ele terminou de forma bastante embaraçosa o que eu me impedira de dizer.

Cocei a nuca e gaguejei:

— Peraí, eu não falei em "morte". Você sabe que não foi isso que eu quis dizer.

— Claro que não — concordou ele, amigavelmente. — Mas isso nos leva de volta ao ponto: é o capítulo final que nos define. Diga-me, como você acha que este vai acabar?

— "Este"?

— Este livro, esta história.

Eu estava definitivamente sem palavras, então, impaciente, quase bruscamente, ele me ajudou:

— O que vai ser da Amber? Como você sabe, vou deixá-la viúva muito jovem. Com apenas vinte e dois anos. Hoje, muitas mulheres nessa idade ainda nem sequer pensaram em casamento. Como essa dor terrível vai afetá-la? O pai dela morreu, e logo vai chegar a hora, quer você ouse pronunciar a palavra "morte", quer não, em que *eu* também vou morrer. Não vai restar homem algum na vida dela. — Ele me observou atentamente enquanto pronunciava devagar as últimas palavras, quase saboreando-as.

— Você vai me perdoar, mas eu não acho que a Amber seja do tipo que precisa de um homem na vida dela a qualquer custo.

— Ah, parece que você também a conhece bem. Tanto quanto eu. — Ele sorriu e rapidamente desfez o sorriso (deveria haver um termo para isso), e mais uma vez nossos olhos se encontraram daquela maneira tensa. — Mas eu vou deixá-la em uma posição muito vulnerável. Jovem, bonita, em luto. E, não devemos esquecer, *rica*.

Nesse momento, ele examinou algumas feridas em seu antebraço, cutucando-as como se as tivesse notado pela primeira vez... antes de olhar de novo para mim, um olhar penetrante, como se sua intenção fosse me deixar desconfortável.

— Homens sem escrúpulos podem se aproveitar dela. Enganá-la, fazendo ela pensar que a amam. Quando a única coisa que vão amar é a beleza dela. Sua vivacidade. Seu entusiasmo pela vida. Eles vão querer colocar as mãos nela, assim como em sua fortuna.

— A Amber é inteligente — falei, enojado com o que pensei que ele estava insinuando e deixando que isso transparecesse em minha voz.

— É, ela é. Quanto a isso não há discussão. Mas também tem emoções intensas; na verdade, é uma pessoa totalmente movida pelas emoções. Elas podem carregá-la como um vendaval e depositá-la sabe-se lá onde se ela não for muito cuidadosa. A Amber pode ser impulsiva, precipitada, imprevisível. Você certamente já deve ter notado essas características — disse ele, inclinando a cabeça com o mesmo sorriso de curta duração outra vez.

Engoli em seco, sentindo que Stuart estava levando a melhor, e ele continuou sem se dar ao trabalho de esperar por minha resposta.

— E, no entanto, é isso que a torna ainda mais bonita, não é, Ethan? Como um cavalo selvagem que ninguém consegue domar. Qualquer um que *pense* que pode fazer isso é um tolo. Um tolo por achar que pode possuí-la.

E então pareceu que nós dois, ele e eu, estávamos andando na beira de um abismo; eu por vezes quase perdendo o equilíbrio, tendo que estender os braços e levantar uma das pernas para não cair. Naquele momento estranho e carregado de adrenalina, Amber entrou, e foi como se soubesse no mesmo instante que as coisas não estavam indo muito bem para mim. Stuart dirigiu a ela um olhar demorado, em seguida se recostou na cama e disse, cansado:

— Talvez um tolo como eu mesmo fui.

Amber olhou para Stuart como se não soubesse ao certo o que ele queria dizer, mas sabendo intuitivamente que tinha a ver com ela. Nós dois trocamos um olhar preocupado. Será que eu tinha feito a coisa certa em ir até lá? Será que ela havia feito a coisa certa ao me pedir que fosse? Foi como se naquele breve momento em que nossos olhos se encontraram, ela e eu tivéssemos transmitido todas as nossas dúvidas um ao outro apenas através do olhar, sem precisarmos dizer uma única palavra. Senti Stuart nos observando. Atentamente. E ele não deixou de notar.

Amber também reparou que ele havia notado, eu percebi, e como distração se forçou a perguntar, um pouco alegremente demais, se poderia nos trazer um bule de chá. Chá verde com jasmim, oolong, hortelã, um chá preto simples? A última coisa de que me lembro da visita naquele dia foi Stuart cochilando com a rapidez improvável de um péssimo ator.

Era quase como se tivesse visto o que precisava ver e já fosse o momento de eu dar o fora. Ao mesmo tempo, eu estava muito consciente, tanto naquela época como agora, de que talvez as circunstâncias estivessem me deixando paranoico.

A sra. Grant sempre chegava às sete da manhã e ficava na casa deles até as oito e meia da noite, longas horas pelas quais Amber me disse que ela era bem recompensada financeiramente; e todas as noites, antes de ir embora, ela se certificava de que Stuart tivesse esvaziado a bexiga e tomado o remédio para dormir. Era uma mulher responsável e séria, a quem fora confiado um molho de chaves, e entrava e saía com a regularidade mecânica de um cuco entrando e saindo de um relógio suíço. Durante o tempo em que ela ficava fora, Stuart estava sempre em um sono tão longo e profundo que parecia inconsciente; Amber às vezes temia que ele estivesse morto e verificava o pulso. Tocar seu pulso ou mesmo mover seu braço não o acordava, mas, para seu grande alívio, ela sempre conseguia encontrar um batimento fraco durante esses alarmes falsos. Eu repetia para mim mesmo que não demoraria muito, mas às vezes temia que ele pudesse continuar para sempre daquela maneira, em um estado vegetativo: legalmente vivo, mas para todos os efeitos práticos, morto. Durante aquelas longas horas sombrias da noite, quando a morte poderia bater à porta a qualquer momento, Amber começou a sentir medo e a não querer ficar sozinha. Eu me esforçava ao máximo para acalmar seus temores antes de ir para casa. Não vou mentir, o momento da despedida também era difícil para mim, e depois de abraçá-la por uns cinco minutos eu me forçava a dar o passo mais difícil: sair pela porta.

Então, certa noite, aconteceu. Amber e eu nos abraçamos como de costume e, como sempre, ela bateu a porta, no caso muito improvável de Stuart estar ouvindo e atento à hora que eu sairia. Só que dessa vez eu ainda estava lá dentro, pois não tive coragem de ir embora, e ela também não queria que eu fosse.

Nas primeiras vezes, Amber queria que eu ficasse apenas para lhe dar conforto, como uma criança que não consegue ir dormir sem um ursinho de pelúcia, mas tenho vergonha de admitir que fui ficando mais e mais, até que se tornou algo quase regular. Para ser sincero, eu só ia embora cerca de uma hora antes da chegada da sra. Grant — na verdade, logo passei a sair meia hora antes. Conforme a situação foi se tornando mais normal para Amber e para mim, eu a levei a fazer coisas que de outra forma ela nunca teria feito. Era quase como se estivesse marcando território, tornando a casa deles um pouco mais minha e dela a cada vez. Nós dormíamos (a princípio, apenas *dormíamos*) bem acima dele, no quarto de hóspedes do segundo andar; o quarto de Stuart ficava no térreo, o que significava que havia dois lances de escada entre ele e nós. Como Stuart não conseguia ir sozinho nem mesmo ao banheiro, que ficava a poucos passos de distância em sua suíte, e a casa era incrivelmente grande, isso nos deixava totalmente seguros. A sra. Grant também se restringia ao andar térreo — não tinha motivo para ir a qualquer outro lugar. Ela nunca subia e era impossível para ele subir. E por que é que iria querer fazer isso, afinal? Bastava que pressionasse o botão vermelho da campainha médica, que a própria sra. Grant havia aparafusado em sua mesa de cabeceira, bem ao lado dele. O barulho era tão alto que despertava até os mortos. Um toque no botão vermelho, e Amber iria correndo.

Nós nos sentíamos tão seguros que algo naquela situação, a dor e a frustração puras que ela gerava, ou nosso amor, que inegavelmente havia se tornado o mais importante, nos levou a tentar experimentar como seria se fôssemos apenas nós dois naquela casa. Eu sei quão terrível isso soa, mas a intensidade de nosso amor e a contínua provação de não podermos ficar juntos de verdade por causa de um velho moribundo que, por um erro absurdo da juventude, tinha se tornado marido dela quando isso não deveria nem ser permitido por lei... Bem, isso nos deixou cegos: para o certo e o errado, para a agulha muito fina e oscilante da bússola moral. Nós éramos jovens, estávamos profundamente apaixonados e, como resultado, estávamos ambos loucos e vivendo demais pensando apenas no presente.

19 de janeiro de 1984

Estávamos subindo para o quarto de hóspedes, com a intenção de colocar aqueles dois andares entre nós e ele, nos afastar o mais rápido possível de seu andar e entrarmos em um espaço privado, só nosso; e comecei a despi-la ao longo do caminho, deixando sua blusa no último degrau do primeiro lance de escadas e o sutiã pendurado no pilar inferior do segundo. Subindo o segundo lance, tirei sua saia colante e então, enquanto ela se debatia como se eu estivesse lhe fazendo cócegas, tirei sua calcinha. Com a mesma facilidade, tirei as sandálias dela, uma após a outra. Então, ela totalmente nua e eu totalmente vestido, deitei-a com delicadeza no tapete branco felpudo do corredor, beijando-a, depois envolvendo-a e beijando-a por inteiro. Quando ela não aguentava mais, deixei que me apressasse a fazer o que precisava ser feito com urgência. Comecei a fazer minha parte em uma posição de flexão, com os braços esticados, e as pernas dela ao meu redor, me apertando, assim como os braços. Ela estava muito excitada, e tive que cobrir sua boca com uma das mãos para que não fizesse barulho.

Depois que terminamos, veio o êxtase, aquela calma maravilhosa, quando de repente, do nada, houve um rangido inconfundível atrás de nós. Assustado, virei a cabeça rapidamente, quase por reflexo. Amber não precisou virar a dela porque, de onde estava, deitada de costas, levantar a cabeça alguns centímetros era o bastante para ver por cima de meu ombro e saber para o que eu estava olhando.

Para meu mais absoluto horror, havia alguém parado alguns metros atrás de nós. Não era a sra. Grant, como inicialmente temi, mas Stuart, todo o peso do corpo apoiado em uma bengala plantada à sua frente, que ele agarrava com tanta força com ambas as mãos que os ossos dos nós dos dedos se projetavam, brancos. Ele estava usando o pijama listrado, parecendo doente e moribundo, com uma expressão de dor e desgosto absolutos no rosto ao finalmente se dar conta de nossa traição. Uma expressão que nunca vou esquecer, assim como o chiado frenético da respiração ofegante que a acompanhava, o filete de baba escorrendo do canto da boca, os olhos fundos tão horrorizados que era terrível de encarar. A bolha mágica em que Amber e eu vivíamos estourou de repente e, em um instante, nos vimos em uma realidade brutal e irrespirável, confrontados com a enormidade do que havíamos feito e com a vergonha, uma vergonha inimaginável.

Stuart tremia, e logo todo o seu corpo estava quase em convulsão, como se estivesse prestes a ter um ataque epilético. Tendo gastado suas últimas reservas de energia para chegar até ali e ver por si mesmo o que estava acontecendo, era como se ele estivesse exaurido, a bengala oscilando violentamente para um lado e para o outro. As várias peças de roupa de Amber pela escada deviam tê-lo motivado a continuar, ofegante e sem fôlego, passo a passo, até o topo. A posição em que estávamos nos deixou paralisados. Se me movesse, eu a deixaria exposta. Éramos como um ponto de exclamação, ela e eu a linha, ele o ponto. Então, em uma súbita explosão de fúria, ele brandiu a bengala para nós, golpeando-me nas costas algumas vezes. Virei-me para me defender dos golpes seguintes com o braço e, para desarmá-lo, arranquei-lhe a bengala, surpreso com a firmeza com que ele segurava o cabo. Foi preciso mais força do que eu esperava para que ela saísse voando de sua mão, e — sem querer — isso fez Stuart perder o equilíbrio e se inclinar trinta graus para mim. Quando a bengala caiu em algum lugar atrás de nós com um estrondo, eu, em um estado entorpecido e incapaz de reagir, observei em câmera lenta enquanto o corpo magro de Stuart se curvava cada vez mais perigosamente, como se ele estivesse mergulhando de cabeça em uma piscina.

Eu me lembro do silêncio depois que sua cabeça bateu com força no chão de parquet, a poucos centímetros do tapete. Foi tão chocante que Amber simplesmente se levantou de um salto, nua como estava, para chamar uma ambulância. Além de uma vaga noção de que estávamos em uma situação aterradora, eu mal conseguia pensar direito, o coração disparado, o peito cheio de pavor, o corpo como se estivesse paralisado, mas mesmo assim me aproximei dele. Stuart estava de bruços, a cabeça virada de leve para o lado sobre uma poça de sangue que se espalhava, e no começo realmente pensei que ele estava morto. Foi horrível, como uma cena de assassinato na TV, e era eu quem o havia matado. Não pensei nas consequências de virá-lo, se ele tinha uma lesão na coluna, ou se eu ia me sujar de sangue — minhas mãos, minha camisa, minha calça —, um sangue verdadeiramente sangrento. A única coisa na qual eu conseguia pensar era que não era para ser assim, enquanto lutava contra a sensação confusa de mau presságio que me envolvia como uma névoa... de que não havia saída, de que meus pais e as outras pessoas descobririam, de que eu ia para a prisão. O sangue jorrava de uma ferida em sua testa, escorrendo sem parar de seu nariz, mas havia sons de respiração irregular, como se ele estivesse tentando respirar de bruços em um último centímetro de água na banheira.

Gritei o nome dele e sacudi seu ombro para reanimá-lo, mas ele não respondeu, e eu não sabia dizer se estava inconsciente o tempo todo ou apenas parte do tempo, fingindo no restante para nunca mais ter que olhar para mim nem para Amber enquanto vivesse. Os paramédicos do hospital St. John levaram onze minutos para chegar, o que pareceu uma eternidade, e ele foi levado às pressas enquanto Amber e eu ficamos em casa — na casa deles, quero dizer. Em circunstâncias normais, ela teria entrado na ambulância para acompanhá-lo, e os paramédicos meio que esperavam que o fizesse, mas que escolha ela tinha?

Enquanto a sirene sumia na distância, Amber olhou para o chão de parquet, longas linhas de sangue correndo pelas ranhuras, o tapete já ensopado, e começou a entrar em pânico.

— Ai, meu Deus. O que foi que eu fiz! O que a gente vai fazer agora?!

— Nós temos que limpar! — gritei, pois também estava em pânico. — Essa é a primeira coisa a se fazer.

— Não, se fizermos isso vai parecer que temos alguma coisa a esconder, como se tivéssemos limpado a cena de um crime!

— Nós não podemos deixar sangue assim por toda parte! O que vai parecer? Se ele morrer?

— Larga isso! — gritou ela enquanto eu tentava enrolar o tapete. — Eu vou pedir à sra. Grant para cuidar disso quando chegar amanhã. Assim não vai parecer que a gente estava tentando esconder alguma coisa.

— Era melhor ela não saber. Nós devíamos limpar a pior parte.

— Ela tem que ouvir a nossa versão primeiro, para o caso de ele dizer alguma coisa. — Amber tentou argumentar.

— Ele não vai se lembrar de nada. Não vai — insisti. — Ele teve um traumatismo craniano. Vai parecer igualmente estranho a gente não limpar *nada*.

— Eu não sei. — Ela cobriu o rosto com as mãos e puxou os cabelos em desespero.

— A gente queima os panos — sugeri. — Não vai parecer que ele sangrou tanto.

— Não. Vamos guardá-los em um saco plástico bem aqui no corredor. Os paramédicos já viram.

— *Eles* não sabem nada sobre nós dois. A sra. Grant... ela vai pensar o pior.

Amber olhou em volta, com medo, mas indecisa.

— A culpa é minha — apressei-me em dizer. — Eu não queria... *Merda!*

— Eu sou a mulher dele — falou ela, meio para si mesma, os lábios pressionados um contra o outro. — Eu é que tinha que ter dito que não.

Quando dei por mim, estávamos de joelhos, lado a lado, limpando o sangue, às vezes tendo que fechar os olhos porque era nojento demais, o leve cheiro metálico, nossas esponjas encharcadas espremidas ruidosamente no balde. Foi então que ela disse:

— Nós precisamos contar a mesma história. Você e eu. Para o caso de a polícia nos interrogar separadamente.

Parei na mesma hora o que estava fazendo para tentar pensar, mal conseguia raciocinar, então repassei a "explicação oficial" com toda a confiança que fui capaz de reunir.

— Nós dois estávamos no segundo andar. Eu tinha vindo visitar vocês. O Stuart subiu as escadas e caiu. Pronto. Vamos manter as coisas simples.

— O que nós estávamos fazendo? — perguntou ela, com a voz trêmula de medo.

— Conversando. Nós estávamos conversando!

— Sobre *o quê*?

— *Sobre qualquer coisa!* Eles não vão perguntar isso!

— Eles podem perguntar! Como você sabe que não vão perguntar?!

Eu me levantei e comecei a andar de um lado para o outro freneticamente.

— Nós estávamos conversando sobre *ele*. Sobre o Stuart. Você não queria ficar sozinha. Estava morrendo de medo de ele morrer. Era por isso que eu estava lhe fazendo companhia. E então Stuart apareceu, e nós o vimos cair. Nós dois o vimos cair. Desmaiar. Cair.

— Como você se sujou de sangue? — Ela se aproximou, apontando para todos os lugares onde havia sangue: minhas mãos, a parte da frente de minha camisa, os joelhos de minhas calças, o entorno do solado de borracha de meus sapatos de verão, manchando a lona.

— Eu tentei ajudar. Você chamou uma ambulância. Não diga mais nada.

— Se ele morrer e você for preso... eu não sei o que vou fazer!

Ela começou a andar sem rumo, eu não sabia o que pretendia e não tinha certeza se ela mesma sabia, então a contive em um abraço apertado. Ela precisava se controlar, enfrentar o que tivesse que ser enfrentado.

— E se ele se lembrar? E aí? Hein? — Ela tentou se desvencilhar de mim.

— Nós vamos negar. — Eu a apertei com mais força e só quando ela parou de resistir é que a soltei. — Simplesmente negar. Vamos dizer a ele que foi apenas um pesadelo. Rir dessa possibilidade. Dizer que os remédios provocaram alucinações! — Não tive coragem de acrescentar que talvez ele não vivesse até o dia seguinte.

Stuart passou a noite no hospital, enquanto nós dois ficamos acordados naquele corredor macabro, pensando no que iríamos dizer a ele. Ou o que diríamos ou faríamos para refutar cada "e se". *E se* ele contasse à sra. Grant. *E se* ele contasse a Tanya. *E se* ele contasse aos outros dois filhos.

Logo pela manhã, deixei Amber no hospital e, quando voltei para vê-la no fim da tarde, soube que os médicos haviam falado em cuidados paliativos naquela fase. "Ajudá-lo a morrer", foi o que disseram. E como se recusava a deixá-lo morrer em um hospital, ela o levou de volta para casa. Na verdade, talvez o tenha levado no dia seguinte, não importa. Foi quando ela me informou que Stuart ia ficar vinte e quatro horas por dia sob os cuidados ininterruptos da sra. Grant, que passaria a viver com eles noite e dia, de modo que não seria uma boa ideia eu ir até lá, e que era melhor ela cuidar de tudo sozinha até aquilo tudo acabar, para não me comprometer mais do que já tinha me comprometido.

Pensei que as coisas não poderiam piorar, mas estava errado. Daquele momento em diante, Stuart parou de falar, parou de comer, não abria mais os olhos. Fico tentado a dizer que ele se *recusava* a falar, se *recusava* a comer, se *recusava* a abrir os olhos, mas não posso ter cem por cento de certeza de que fosse capaz de fazer qualquer uma dessas coisas, embora suspeite de que às vezes era, em pequena medida, mas optava por não fazê-las. Então, a sra. Grant o colocou no soro, para mantê-lo hidratado, e passou a alimentá-lo por uma sonda. Stuart nunca mais se levantou, não comia nem bebia sozinho, nem mesmo com a ajuda de outra pessoa. A sra. Grant passou a usar uma comadre e fraldas para adultos, mas como ele se alimentava apenas pela sonda, não havia muito com que lidar. Era ela quem o lavava com um pano sem deixar de cobrir nenhum ponto, e Amber o secava e o arrumava. Nesses momentos, os silêncios moralistas da sra. Grant eram muitas vezes tão cruéis quanto seus comentários sobre "como os entes queridos sob seus cuidados deviam morrer com dignidade" e se "algum deles partisse deste mundo antes do que deveria, por negligência ou por qualquer outro motivo, em sua concepção, isso equivalia a assassinato". Os filhos foram vê-lo em seu "leito de morte", mas não obtiveram mais resposta dele do que Amber; e acredite em mim, ela chorava às vezes, implorando que ele, *por favor*, falasse com ela, que a perdoasse antes de morrer. Eu sei de tudo isso porque quando ligava para saber como ele estava, ela me contava.

Por um lado, isso foi um alívio indescritível: ele não havia revelado nada sobre nós, nem sobre ela, nem sobre mim. Por outro, doía o fato de que havíamos magoado tanto Stuart que, para não contar a verdade e protegê-la, ele se recusava a se despedir dos próprios filhos. Deixar-se definhar para que ela pudesse seguir com sua vida foi um último ato de generosidade, a benevolência altruísta de um verdadeiro cavalheiro. Com esse último gesto, ou última tática, talvez, às vezes eu pensava com amargura, ele venceu a longa e dura batalha por Amber.

4 de fevereiro de 1984

Stuart morreu no sábado do fim de semana do Dia de Waitangi. Os três filhos dele e Amber se encarregaram dos preparativos para o funeral. Deixei um cartão de condolências na porta da frente, algo que não nos denunciaria caso caísse em mãos erradas. *Com meus profundos pêsames, compartilho sua dor neste momento de perda*, uma pomba, uma flor de lavanda, uma concha em espiral. Esperei praticamente duas semanas para que Amber voltasse a falar comigo, mas ela disse apenas: "Preciso de mais tempo, por favor, entenda." Não tinha sido tempo suficiente para ela, mas já era tempo demais para mim.

— Quanto tempo?

— Eu... realmente não sei dizer.

Ela precisava de tempo. Eu entendia. E o fato de ter dito isso fez com que ganhasse mais, mas depois de um tempo comecei a ficar impaciente e voltei a insistir.

— Não sei se posso continuar como antes — murmurou ela. — Depois do Stuart.

— Ele não está aqui, nos julgando. Somos só nós dois. Você tem que superar isso! — implorei.

Ela falou de sua culpa e de seus erros antes de falar dos meus. No fim das contas, nós dois perdemos a cabeça.

— O que são algumas semanas, alguns meses no máximo, da vida de um moribundo? Ele já estava sofrendo tanto de qualquer maneira! — Eu me esforcei ao máximo para convencê-la. — Talvez nem tenha ficado sabendo, ou tenha sabido por uma fração de segundo!

Ela evitou me olhar.

— Nós dois sabemos que ele não morreu de morte natural.

— Foi legítima defesa! Eu não queria machucá-lo, juro. Além disso, ele *já estava* morrendo. Algumas pessoas considerariam isso eutanásia! Você abreviaria o sofrimento de um cavalo, não abreviaria?

— Não faça isso! — Ela me olhou horrorizada. — Nunca fale assim de meu falecido marido...

— Por favor, você não pode deixar que o Stuart fique entre nós. Era exatamente isso que ele estava tentando fazer.

— Você está ouvindo o que está dizendo?

Mas Amber tinha suas razões para querer fazer justiça póstuma a Stuart. A maneira como ele não abriu os olhos quando ela tentou falar com ele, apesar de ela ter certeza de que ele os abriu, pelo menos por um momento, depois que todas as luzes foram apagadas. Como se estivesse se lembrando do que tinha visto e se munindo de coragem e força para enfrentar mais um dia de jejum. Às vezes eu a achava melodramática e autoindulgente em seu sofrimento, transformando fatos questionáveis em fantasias efêmeras. Às vezes, porém, me convencia de que talvez ela estivesse certa. Afinal, ele tivera uma experiência com fome e tortura durante a guerra que poderia ter usado. E mais de uma vez pensei que aquele desgraçado tinha conseguido, de forma consciente, calculista e rancorosa, escrever seu último capítulo de forma a sair vencedor, como sempre quis.

Fumaça

22 de março de 1984

Eu a encontrei, a casa, em um daqueles folhetos semanais com anúncios de imóveis à venda. Não foi por acaso, pois vinha folheando-os intencionalmente para ver se a encontrava. E naquele dia lá estava ela. Decidi que era a hora certa de ir ver Amber, nem que fosse apenas como amigo, para que pudéssemos deixar Stuart e todas as coisas ruins que tinham acontecido para trás. Saudando-me diante da placa de "Vende-se" fixada no jardim da frente, estava o rosto presunçoso do corretor de imóveis, como se aquele fosse seu território agora. Tive vontade de arrancar aquele sorriso arrogante do rosto dele. Ele que parecia estar esfregando pessoalmente em minha cara o fato de que Amber estava seguindo em frente com sua vida, e qualquer que fosse o lugar que eu tinha ocupado nela no passado, agora estava disponível.

Apertei a campainha uma vez e então, sem esperar, bati; por fim, esmurrei a porta. Ela demorou muito tempo para descer, muito tempo mesmo. Era início do outono, os dias mais curtos e as noites mais frias, mas a temperatura ainda ficava amena quando fazia sol, ao contrário daquele dia. Quando finalmente abriu a porta, Amber parecia calma e composta, talvez até um pouco sonolenta. Atrás dela, havia caixas empilhadas contra as paredes, como se tudo que fazia parte de sua vida anterior já estivesse empacotado e pronto para ser levado embora. Acho que ela não iria esperar que o martelo fosse batido. (A casa, devo mencionar, seria vendida em leilão.) Só pelo rosto dava para ver que ela havia perdido peso; estava usando um longo casaco vermelho-framboesa que eu nunca tinha visto antes, como se estivesse pronta para sair e ir a algum lugar elegante.

— Oi — disse ela baixinho, e em vez de me convidar para entrar, saiu e fechou a porta cautelosamente, caminhou até a metade da entrada da garagem e se sentou no capô de seu pequeno Toyota.

E foi então que compreendi. Ela estava com alguém. Sim, de repente ficou muito óbvio: suas bochechas tinham aquele rubor avermelhado que eu conhecia muito bem. Dava para perceber que ela não se sentia à vontade de estar ali fora comigo, porque havia alguém dentro da casa, esperando que ela me mandasse embora. Era por isso que ela estava com a gola do casaco levantada e a mantinha fechada com ambas as mãos, para cobrir qualquer marca vermelha. Ela estava praticamente vestindo ele, o cheiro dele envolvendo-a com firmeza, intimamente. Eu não conseguia acreditar. Como ela podia estar namorando outra pessoa tão pouco tempo depois da morte de Stuart, tão pouco tempo depois de MIM? Bem, tenho que admitir, na verdade eu ACREDITAVA. Depois de se apaixonar por Stuart, como eu poderia esperar algo diferente de uma interesseira como ela?

— Como você está? — perguntou ela, olhando para baixo e mexendo na manga do casaco.

— Péssimo. — Não fiz nenhum esforço para esconder minha profunda mágoa.

Ela não disse nada.

— Talvez este não seja um bom momento para você? — perguntei, deixando o sarcasmo transparecer.

— Não. Não é. — A voz dela soou bastante sincera. — Muitas coisas aconteceram.

— Deu para reparar — falei em um tom cortante, e ela nem tentou negar.

Então, sem olhar para mim, Amber disse:

— Para começar, tem a briga com os herdeiros do Stuart, dessa vez, a Tanya inclusive.

— Eles vão ficar com a casa?

— A coisa está ficando feia, eles estão brigando por tudo. A casa, os investimentos, o barco, as carteiras de ações, as contas bancárias, os títulos, os bens móveis. Congelaram os bens dele. Eu não quero falar sobre isso. E a pobre da minha mãe precisa de dinheiro. Preciso ajudá-la como puder. Se meu dinheiro está bloqueado, se não tenho liquidez... é por isso que estou fazendo o que tenho que fazer.

Foi então que somei dois mais dois e comecei a temer que ela estivesse com aquele cara novo, quem quer que fosse, por dinheiro. Eu já suspeitava de que Amber não fosse abrir mão de seu atual padrão de vida, se um dia chegasse a esse ponto. E agora que tinha que cuidar da mãe também, era óbvio, não havia dúvida.

— Isso não é o pior. Antes de meu pai morrer, minha mãe e ele... algo muito ruim aconteceu. — A essa altura, ela mal conseguia conter a emoção e levou um momento para continuar. Não fui particularmente caloroso, apenas esperei que ela fosse direto ao ponto e fizesse o anúncio de que eu havia sido trocado por Rico ii.

— Ele a engravidou... foi um acidente, mas ela tem quarenta e oito anos. Isso coloca a vida dela em risco.

— Ah. Uau. — Cocei a cabeça. — Ela alguma vez pensou em... você sabe? Eu tenho certeza de que ela seria aprovada... por quem decide essas coisas.

— Ai, Deus, não. Ela prefere morrer. — Ela olhou para mim como se eu fosse um monstro. — Já existe o risco de ela perder o bebê... Ela precisa ficar de repouso por mais tempo do que pode se dar ao luxo de ficar... ou pode ter uma hemorragia... — Ela olhou para algum lugar a distância e disse com o rosto inexpressivo: — Eu não quero perder minha mãe.

Acho que foi nesse momento que tentei abraçá-la, mas a maneira como ela estendeu um dos braços para me impedir foi resoluta, como um sinal de "acabou". Isso me provou, sem sombra de dúvida, que ela havia se aproximado desse outro cara, e que o papel de consolador agora era dele.

Quando liguei novamente, um tempo depois, a linha já havia sido desconectada. Eu sabia! Ela já devia ter ido morar com Rico ii. Dava para perceber que o havia fisgado no desespero da situação. Ou será que eu estava mentindo para mim mesmo? Será que a morte de Stuart tinha sido simplesmente o momento da verdade para mim? Durante todo o tempo em que estive com ela, sempre *presumi* que, quando Stuart morresse, chegaria minha vez. Mas agora que o lugar estava vago, a história estava se mostrando bem diferente. Talvez Amber soubesse o tempo todo que eu era apenas uma fase de transição para ela. Assim que Stuart estivesse oficialmente fora do caminho, ela iria atrás de alguém que fosse tão rico quanto ele e com um status social semelhante.

Minha mágoa se transformou em irritação, em seguida em mágoa novamente e, por fim, se condensou em uma raiva silenciosa. Eu precisava ouvir da boca de Amber; ela teria que me olhar nos olhos e dizer que não me amava nem me queria mais. O problema era que eu não fazia ideia de onde ela e o novo provedor de luxo moravam. Estava convencido de que devia ser em um dos bairros residenciais de Auckland que faziam os corretores de imóveis anunciarem: *Ótima localização! Ótima localização!* Talvez ela tivesse seduzido o ex-sócio de Stuart. Ou um vizinho rico na mesma rua. Eu não duvidaria de que ela fosse capaz! Não demorou muito para que eu começasse a observar todas as casas luxuosas por onde passava, imaginando o que faria se a visse passando por uma janela.

Por fim, não aguentei esperar mais nem um minuto e liguei para a mãe dela para perguntar se poderia, por favor, me dar o novo número de Amber. Para minha irritação, a sra. Deering hesitou, talvez pensando que eu causaria confusão se ela o repassasse a mim. Desesperado, murmurei algo sobre já ter o número, em algum lugar, mas não conseguir lembrar onde...

Outra pausa, dessa vez mais curta.

— É o que você acabou de discar. Ela voltou para casa por um tempo, estou com um pequeno problema de saúde.

Aparentemente, ela não sabia que eu sabia sobre sua gravidez. Será que Amber realmente estava lá? Ou será que a sra. Deering estava dizendo isso apenas para me despistar?

— Posso falar com ela, por favor?

Meu coração estava cheio de dúvidas e apreensão, até que ouvi Amber dizendo algo ao fundo. Ouvi ruídos abafados por trinta segundos, a mão da sra. Deering sobre o bocal, mas como Amber não atendeu o telefone — tampouco parecia estar tentando arrancá-lo da mãe —, ela provavelmente estava sinalizando que não queria falar comigo. Então os ruídos cessaram, e a voz da sra. Deering voltou.

— Por favor, Ethan. Uma viúva em luto precisa de tempo. Pelo amor de Deus, o Stuart morreu no dia 4 de fevereiro, a Amber já perdeu quase dez quilos desde então. Um jovem deve... esperar o momento apropriado. De acordo com o decoro, pelo menos um ano. É assim que as coisas são feitas por aqui.

Ela estava claramente chateada com a minha ligação, a voz trêmula de raiva. Com uma despedida breve, se tanto, desligamos.

Bati o telefone com tanta força que moedas caíram. Esperar até 4 de fevereiro de 1985? Ela só podia estar brincando!

O restante de 1984

Considerei ir ao haras falar com Amber de qualquer maneira, sem dar a mínima para o que os outros pensariam, mas quanto mais eu pensava nisso, menos queria que o tiro acabasse saindo pela culatra. De alguma forma, também me convinha deixá-la em paz por um tempo, para que ela sentisse menos animosidade em relação a mim, me culpasse menos pela morte de Stuart e por tudo o que dera errado. Eu deixaria que ela se acalmasse enquanto me concentrava em minha carreira, de modo que, quando chegasse a hora de procurá-la, eu também estivesse em uma posição mais sólida em termos profissionais, ao mesmo tempo em que lhe daria tempo de sentir minha falta, do mesmo jeito que eu sentia a dela. Naturalmente, ainda pensava nela, imaginando como seria sua vida na casa da mãe. Eu me perguntava quando a sra. Deering iria dar à luz e, depois de alguns meses, se já o teria feito. O que seria, um irmãozinho ou uma irmãzinha para Amber? Será que ao segurá-lo Amber também desejava ser mãe? Ou será que o bebê da mãe estava preenchendo de maneira não natural qualquer necessidade que ela pudesse sentir de ter a própria família? Eu não parava de me perguntar, e era por isso que me atirava de cabeça no trabalho sempre que me contratavam para fazer um comercial, porque isso me dava semanas de alívio, contando a pré e a pós-produção.

Durante todo esse tempo, não saí nem me envolvi com ninguém, nem mesmo ocasionalmente; estava muito absorto no trabalho para reparar que havia outras mulheres na face da terra. E sabia que se Amber e eu voltássemos, ela me perguntaria, e eu iria parecer um verdadeiro canalha se o fizesse. O problema era que eu nem sabia como classificar ou mesmo pensar naquilo... O que seria? Uma separação? Um rompimento? Um período de luto oficial? Um tempo? Ou seria tudo um plano que Amber havia traçado na esperança de que, depois de um ano, eu estivesse menos propenso a matar meu rival?

Não vou negar, no entanto. Houve momentos em que honestamente eu preferiria ter suportado vinte e quatro horas deitado em uma cama de pregos do que enfrentar aquele tradicional "um ano de decoro". Às vezes eu também tinha dúvidas reais sobre Amber, achava que ela estava apenas querendo me confundir. Havia alguma coisa que eu ainda não tinha feito por ela? Em nome do amor? Algumas vezes, cheguei a desejar nunca tê-la conhecido, pelo amor de Deus. Mas ao mesmo tempo em que desejava isso, perambulava pela cidade procurando alguém que tivesse cabelos da mesma cor e da mesma textura dos dela, ou um corpo esguio como o dela, ou quase isso, recriando-a pedaço a pedaço em minha mente, como um dr. Frankenstein em uma tentativa insana de trazê-la de volta à vida.

4 de janeiro de 1985

Era a época das liquidações pós-Natal e de todas as sobras que ninguém quisera: uma floresta esparsa de sempre-vivas artificiais, avalanches de enfeites que não haviam inspirado ninguém. Quase tudo estava à venda com preço reduzido, e o restante estava extremamente barato: pela primeira vez na vida, tive a sensação de que estava economizando enquanto gastava. A primeira loja de departamentos onde entrei parecia mais um hangar do que uma loja, as coisas distribuídas em pilhas altas nas prateleiras ou jogadas em cestos de pechinchas para que o comprador se virasse, mas havia um lado bom: nenhuma pressão no estilo "como posso ajudá-lo". Agora que as importações eram permitidas, coisas inéditas inundaram o mercado: espreguiçadeiras no formato de banana, persianas de vime, almofadas em forma de cenoura, rádios que imitavam bola de futebol, copos de uísque com bigode, basicamente, havia muito entretenimento para os olhos e, contanto que você não comprasse esses itens excêntricos, o prazer adicional de pensar que apenas as outras pessoas tinham tanto mau gosto.

Eu estava dando uma olhada em algumas malas do período pré-rodinhas, a caminho do departamento de bebês, já que alguns meses antes (no dia 22 de outubro de 1984, para ser mais preciso), minha irmã, Vicky, dera à luz um bebê saudável de quatro quilos, Iosif Maksim Zimnyakov. (Joey, para abreviar, e me recuso a escrever com I, porque Ioey parece insano demais para mim.) Meu cunhado, Nik, estava nas nuvens, agindo como um treinador já na maternidade, enfiando colheres de chá nos minúsculos punhos cerrados do bebê para que ele soubesse como era remar. Não, eu *não* estou brincando.

Havia tantos corredores que uma pessoa se perdia com facilidade, mas acabei encontrando o que continha os itens de bebê, junto com todas as desvantagens de ter tantas opções. O que diabos eu poderia comprar para o garotinho? Um ursinho de pelúcia de um metro de altura não era uma má ideia, e o marquei mentalmente como uma possibilidade quando, pela primeira vez em muito tempo, me dei conta de que não era um pedaço de Amber que eu estava vendo, mas ela inteira. Era realmente ela! Da cabeça aos pés, a uma curta distância de mim, usando um agasalho rosa com listras duplas nas laterais, remexendo os itens de uma das prateleiras de baixo.

Eu me aproximei e, incrédulo, meio que disse, meio que *perguntei*, como se quisesse me assegurar de que não perderia o controle:

— *Amber?*

Quando olhou para cima e me viu, ela primeiro se assustou, em seguida seu rosto ficou vermelho-vivo.

— Ah, nossa. Oi.

— Oi — respondi, como um eco. Sem acreditar em minha sorte, me apressei em explicar, provavelmente *até demais*, o que eu estava fazendo no *departamento infantil*.

Ela suspirou e me disse que a mãe tinha pedido que fosse comprar algumas coisas para o bebê, pois a amamentação a estava esgotando "ao máximo". Ela disse que a mãe não saía de casa, às vezes nem mesmo da cama. E assim, do nada, quase que num passe de mágica, nós dois tínhamos algo em comum, ambos fazendo praticamente a mesma coisa: comprando itens para um bebê que não era nosso! Romântico de uma forma bem irônica, era isso, desajeitado, mas sentimental, uma chance em um milhão de nos encontrarmos ali como futuros pai e mãe. A mensagem estava escrita em letras garrafais no ar, ela também tinha visto, teria que ser cega para não ver, mas se esforçou para parecer casual, embora não tenha me enganado. Estava sentindo o mesmo, eu sabia disso. Como o bebê da sra. Deering tinha nascido alguns meses antes do de Vicky, isso permitiu que ela mantivesse a conversa em uma direção segura, desenvolvimento inicial do cérebro, habilidades motoras finas e assim por diante, até que acabei pegando um brinquedo de encaixe de formas.

— O que há de tão educativo em ensinar a uma mente jovem e sensível que não é bom pensar fora da caixa? Ou da elipse ou do pentágono? — perguntei.

Ela colocou as mãos nos quadris.

— Você tem que conhecer a forma primeiro, caso contrário, como vai saber que ultrapassou os limites? Além disso, a natureza quis que houvesse formas, que as laranjas fossem redondas, que as estrelas-do-mar tivessem formato de estrela, que as abelhas fizessem hexágonos.

Olhando em volta, ela pegou um cavalo de pau e o girou no ar.

— Sempre achei esse brinquedo meio bárbaro, como uma cabeça espetada em uma lança — disse ela, rindo, então, depois de alguma deliberação, escolheu um cavalo de balanço, com um assertivo: — Nunca se é jovem demais para montar!

— Deixa que eu levo isso pra você.

— Não precisa.

— É pesado.

— Eu sou forte.

No caminho para o caixa, nos deparamos com móveis de jardim, guarda-sóis abertos e uma série de churrasqueiras em torno de algumas espreguiçadeiras. Para se divertir, ela resolveu testar uma das espreguiçadeiras, esticando as pernas, os braços dobrados atrás da cabeça como se estivesse tomando sol. Eu fiz o mesmo, deitando-me em uma espreguiçadeira ao lado, o apoio do braço tocando o dela. Era como um sonho, nós dois juntos em uma versão encenada de uma casa, uma aconchegante fatia de domesticidade escondida no espaço colossal da loja, como um cenário para o qual as cortinas de veludo de um teatro se abririam. E tive um gostinho de como seria, eu e ela juntos em um lugar só nosso. Com a mãe cozinhando e cuidando dela, Amber parecia muito mais saudável do que da última vez que eu a vira. Havia engordado um pouco, estava bonita. E também alegre ao me contar sobre o parto da mãe e, embora eu tenha assentido bastante, temo não ter entendido nada do que ela disse sobre contrações, segundos e centímetros. Eu não fazia ideia do que aquelas correlações numéricas significavam, mas entendi o ponto principal: o bebê saía e doía.

— Minha mãe tem sido tão... corajosa. A menininha é linda. Mas às vezes é difícil, porque minha mãe sabe que ela nunca vai conhecer o pai. — Por um momento ela parou, mordendo o lábio inferior, em seguida afastou a emoção com um aceno. — Estou bem — disse, rindo de si mesma. — De verdade, estou. Estou muito *feliz* por minha mãe. Ela se chama Gracie, Gracie Aimée Deering. O nome do meio significa "amada" em francês, para ela nunca duvidar do quanto é amada, apesar da situação em que nasceu... Com minha mãe viúva e tudo mais.

Sua emoção tinha a ver com a morte do pai, mas meu instinto me dizia que tinha algo a ver comigo também... que seus sentimentos por mim estavam longe de não existirem.

Meu palpite devia estar certo, porque dois dias depois, em um domingo, ela ligou inesperadamente para me convidar para jantar no haras. Era meio da tarde, e ela me perguntou se eu poderia estar lá às seis da noite. Será que eu podia ousar esperar que talvez, apenas talvez, ela estivesse pronta para começar a conviver comigo de novo? Era como conseguir liberdade condicional por bom comportamento quando eu nem sabia que tinha essa chance. Mas quando cheguei, com uma garrafa de vinho tinto na mão, ocorreu-me pela primeira vez que Amber tinha sido a agente da condicional, certamente não a mãe dela. O vinho foi interceptado pela sra. Deering e colocado em uma mesinha, onde permaneceu, intocado. Ela havia ganhado peso por causa do bebê e parecia cansada e mal-humorada, provavelmente pelo mesmo motivo. Mas, acima de tudo, parecia descontente por eu estar perto da filha. Ah, eu podia sentir que, na opinião dela, minha visita era prematura. Além disso, tendo tido um filho mais tarde na vida, a sra. Deering demonstrava uma preocupação excessiva até mesmo com as menores coisas. *"Cuidado ao fechar a porta, a neném está dormindo"*, *"Não deixe o gato entrar, ele pode sufocar o bebê"* e *"Shh!"* a cada palavra que não fosse sussurrada e cada passo que não fosse dado de maneira cuidadosa e na ponta dos pés. Naquele silêncio antinatural, até mesmo um alfinete caindo teria soado como a explosão de uma bomba!

Logo o bebê acordou de qualquer maneira, apesar dos cuidados, e seu choro atravessou a casa. (Fiquei um pouco aliviado, porque agora pelo menos podíamos *respirar*.) Então, como se estivesse enfrentando a mãe, Amber me pegou pelo braço e disse que *já estava na hora* de eu finalmente conhecer o novo membro da família. Acho que ela queria me tratar como um bom amigo, talvez seu futuro namorado, quer sua mãe gostasse, quer não. Então me levou para um lugar longe das vistas dela, e esse lugar acabou sendo o quarto da sra. Deering, onde o berço do bebê estava encostado na grande cama de madeira. A sra. Deering, porém, deve ter pensado que precisávamos de uma acompanhante e veio sorrateiramente atrás de nós.

— Ah, não, não, não, ele pode estar trazendo germes de Auckland, a Gracie pode pegar alguma coisa!

Isso fez com que Amber revirasse os olhos e retrucasse algo sobre o perigo de mantê-la em uma bolha estéril por toda a vida. Realmente, eu não queria causar problemas. Ver um bebê precisando de uma troca de fralda (como meu nariz me avisou enfaticamente) não foi *tão emocionante assim*. E desculpe, mas, na verdade, como para a maioria dos homens, nem mesmo *um bebê que não precisava de uma troca de fralda* era *tão emocionante assim*!

Voltei para a rústica sala, prestando meus respeitos à companhia estática de fotos emolduradas enquanto tentava ignorar os gritos estridentes do bebê, possivelmente o som mais irritante que já chegou aos ouvidos de um homem. Graças a Deus, em algum momento, os gritos cessaram, mas então pude ouvir a voz da sra. Deering: apesar de abafada por causa da porta fechada, ainda dava para perceber que o tom era de repreensão, não havia dúvida. Tive a sensação de que Amber não havia contado à mãe que tinha me convidado para jantar na casa delas ou talvez tivesse contado apenas quando eu já estava a caminho. Peguei uma pesada moldura de estanho com um retrato de família: os jovens sr. e sra. Deering sentados na escada da frente com roupas de montaria, um Danny pequeno e magricela segurando um chicote de montaria e uma Amber bebê que parecia um querubim prestes a chorar diante da câmera. Estudando o rosto severo e sério do sr. Deering, reparei em sua postura empertigada, em como ele estufava o peito como um galo, como se levasse a si mesmo e seus deveres familiares um pouco a sério demais. Triste por ele nunca ter tido a menor ideia de que teria outra filha, uma que só entraria em cena depois que ele mesmo já tivesse saído.

Por fim, ouvi o ruído de passos se aproximando; Amber e a sra. Deering agiram como se tudo estivesse bem, eu fingi que acreditava nelas e elas fingiram que acreditavam que eu acreditava nelas, quando a verdade era que nenhum de nós acreditava em nada daquilo. Quando elas entraram, reparei como os olhos de Amber estavam baixos e como a sra. Deering evitava os meus. Tive que me perguntar, não pela primeira vez, o que eu tinha feito para que ela fosse tão hostil comigo. O jantar — pão com manteiga e ovos cozidos, cada um por conta própria, na mesa da cozinha — foi rápido, porque a sra. Deering e Amber "ainda tinham muito que fazer naquela noite". Se quisesse sobremesa, havia uma macieira da qual eu poderia colher uma maçã enquanto estivesse de saída. Uma *maçã silvestre*, pequena e azeda, *muito obrigado*.

Antes que eu me desse conta, Amber estava me levando de volta para meu jipe. Acho que havia ficado envergonhada por causa da mãe, mas parecia um preço que estava disposta a pagar para me ver. O ar da noite estava agradavelmente fresco, ainda mais depois da atmosfera sufocante de lá de dentro, e não fiz questão de ser discreto ao encher os pulmões, como uma espécie de declaração sobre a sra. Deering.

— Não se preocupe com minha mãe. — Ela tentou me tranquilizar. — Ela vai superar.

Eu não tinha tanta certeza.

Então, com uma explosão de energia, ela deu um salto e puxou o galho de uma árvore frondosa.

— Para manter a tradição de Adão e Eva, tome. — E me presenteou humildemente com uma pequena maçã.

— É... Eu não sei se devo aceitar — falei, simulando medo enquanto me afastava rapidamente dela.

Rindo, ela jogou a maçã para mim, eu a lancei de volta para ela, e continuamos a jogá-la um para o outro cada vez mais alto, de modo que ela voava em grandes arcos contra o céu, até que estendi a mão para trás e quase caí na tentativa de pegar seu (mau) arremesso. Acima, o céu estava tingido daquele azul profundo que indica transição, quando o dia está prestes a se dissolver na noite, uma primeira estrela fazendo uma aparição precoce, a lua apenas uma borda fina e frágil, como um último fragmento de luz deixado para trás. Quando Amber olhou para cima, seu rosto parecia radiante e despreocupado novamente, e senti um pequeno aperto no peito ao me lembrar de como as coisas costumavam ser entre nós. Mesmo assim, tinha esperança e era grato por qualquer coisa que conseguisse. Até mesmo uma maçã silvestre.

Depois desse dia, de tempos em tempos, eu ia dar uma ajuda na fazenda, embora nenhuma das duas tivesse me pedido. Percebi que minha presença era de grande ajuda para a sra. Deering, sobretudo quando eu carregava cargas pesadas, às vezes contando com o apoio de um carrinho de mão. Um cavalo médio produz cerca de dezoito quilos de esterco por dia, o que, em um ano, resulta em um total de *sete toneladas*! Agora multiplique *isso* pelo número de cavalos e você terá uma ideia aproximada. Estou falando de trabalho árduo! Mas, por mais que eu ajudasse a sra. Deering (não, ajuda *nem sempre* ajuda), também percebia que ela ficava incomodada com minha presença, ou talvez com a simples ideia de um homem no haras. O que aquelas duas estavam tentando provar a si mesmas? Que não precisavam de um homem? Que duas mulheres sozinhas podiam dar conta de tudo, consertar tudo e não ter medo de nada? Que sandice! Havia algo completamente disfuncional em uma mãe mais velha e viúva e uma filha jovem, solteira e livre outra vez, tentando se virar sozinhas com um bebê. Qualquer um que não conhecesse a situação teria presumido que a mais nova das duas era a mãe, e a mais velha, de longe, a avó. Ou que eram um casal de lésbicas! As pessoas deviam dizer bobagens o tempo todo, não fosse pelo fato de que não havia alguém por perto. Além de mim.

Eu também ajudava a alimentar os cavalos, que sempre ficavam inquietos na hora de comer, relinchando, pateando, batendo nas paredes das baias para que o serviço fosse mais rápido. Às vezes, entrar nas baias com os garanhões mais agressivos era um pouco assustador. Além disso, eu alimentava as galinhas barulhentas (nada muito assustador, uma bicada por ovo), e até ajudava a dar comida à irmãzinha de Amber. Ela era um bebê esperto, de olhos azuis e com uma penugem loira em vez de cabelo (era basicamente careca, para dizer a verdade), que se parecia com a sra. Deering (assustadora à sua maneira). Mas definitivamente tinha um pouco do sr. Deering também. A cabeça altiva, os lábios finos e a expressão determinada que sugeria um traço de teimosia. Toda vez que eu enfiava a colher de purê de banana em sua boca, ela usava a língua para empurrá-lo para fora, e eu tinha que raspar seu queixo babado e enfiar tudo de volta. Minha paciência estava no limite (eu queria que Amber me visse como um "pai em potencial", mas sua irmãzinha pirralha me tirava do sério), porém tinha que continuar sorrindo: "Vrum-vrum, o aviãozinho vai pousar, abra... esta é para sua irmã mais velha... e esta é para o tio Ethie!" Amber sorriu como se entendesse muito bem o que eu estava tentando fazer, embora tecnicamente ela fosse a irmã, não a tia, então o que eu disse, na verdade, não fazia sentido. Foi um momento que poderia levar a alguma coisa, mas então a sra. Deering apareceu e começou a me olhar como se fosse melhor eu não começar a ter ideias sobre filhos ou qualquer coisa do tipo com a filha dela. *Que* estraga-prazeres!

Certa vez, enquanto eu despejava cereal nos cochos no canto das baias, em meio a um frenesi de cavalos hiperativos, perguntei a Amber se a mãe dela sabia alguma coisa sobre nós. Ela fez uma pausa bem pesada antes de responder que não, não sabia, *absolutamente nada*, mas em seguida ela acabou admitindo, em hesitações inquietas, que a mãe pensava que eu havia ficado atrás dela durante todos aqueles anos e que agora que Stuart estava morto, talvez eu achasse que ela estava, hum, "disponível" outra vez. Ela disse que a mãe a lembrava constantemente de que a viuvez exigia certo decoro por um bom tempo, porque, nas cidades pequenas, as pessoas falam. Era difícil dizer o que Amber realmente pensava a esse respeito: primeiro, ela agia como se eu fosse bem-vindo, apesar da opinião da mãe, depois recuava, como se a sra. Deering talvez tivesse razão. Meu sangue fervia e, sem conseguir segurar a língua, eu dizia que ela era adulta, pelo amor de Deus, não outro bebê da mãe dela!

Por fim, ocorreu-me que conquistar a sra. Deering, ou pelo menos obter sua aprovação, talvez tornasse as coisas mais fáceis para mim. Então, uma vez, tentando bajulá-la, fiz um comentário sobre seu bebê: "Ela é quase sua cópia, sra. Deering, apenas o formato da cabeça, acho, e alguma coisa na boca lembram o sr. Deering." Não apenas não obtive o tipo de aprovação que esperava, mas, em resposta, recebi um silêncio ressentido. Acho que por ter mencionado o marido dela, possivelmente trazendo de volta lembranças indesejadas de como ele podia ser cruel. Vai saber. De qualquer forma, o tiro saiu pela culatra.

Certo domingo, cheguei ao haras e encontrei Amber sozinha no celeiro. Ela estava sentada em cima de um fardo de feno em uma posição estranha, uma das pernas dobrada de maneira desajeitada e o pé flexionado, toda ela tensa e imóvel, quase como se estivesse prestes a pular e então tivesse parado daquele jeito, congelada em um pensamento. Ela não reagiu quando apareci, embora, pelo canto do olho, qualquer pessoa tivesse me notado, e tive a nítida sensação de que aquilo tinha a ver com o acidente de seu pai, que acontecera bem ali, onde ela estava, os fardos de feno rolando do mezanino. Será que ela estava arrependida de ter se dedicado tanto a Stuart, em detrimento do próprio pai e de sua família? Ou seria o fato de ele e Danny nunca terem feito as pazes? Então, do nada, tive uma visão instantânea da sra. Deering empurrando-o do mezanino. Talvez ele tivesse forçado algo, e ela tivesse reagido. Ou talvez ela o tivesse traído com outro fazendeiro e engravidado, matando Les antes que ele descobrisse e atirasse nos dois. Não. Era apenas minha imaginação maluca, o cineasta em mim.

Por volta de fevereiro de 1985

Amber e a mãe começaram a ter discussões, às vezes muito acaloradas, que pareciam começar do nada e ocorriam com cada vez mais frequência. Eu não estava exatamente monitorando a situação, mas tinha uma boa ideia do que estava acontecendo pela frequência com que Amber desabafava comigo sobre suas frustrações. Segundo ela, as duas se desentendiam por "nada sério", apenas "coisas idiotas", mas quando investiguei, descobri que as "coisas idiotas" sempre tinham a ver com questões maiores e mais importantes, como hierarquia. Por exemplo, uma vez Amber estava dando ao bebê uma colher de manteiga de amendoim, porque era "rica em proteínas", mas a sra. Deering ficou fora de si, dizendo que poderia desencadear "uma reação alérgica". Não era tanto o que ela dizia, mas como ela dizia, que irritava Amber. Ela estava ficando cansada de ser tratada como uma babá que não fazia o trabalho direito. Imagino que, em circunstâncias normais, em vez de duas mulheres adultas morando sob o mesmo teto, haveria *um pai e uma mãe*, e o homem deixaria que a mulher cuidasse de seus afazeres sem se intrometer. Duas mulheres cuidando de um bebê era a receita para um desastre!

O que Amber esperava? Que a vida iria ser moleza depois de voltar a viver na casa dos pais? Considerando sua idade, àquela altura vinte e quatro anos ou quase isso, o instinto maternal obviamente estava aflorando, e a mãe dela estava claramente tirando vantagem disso. É claro que eu entendia que a sra. Deering precisava de ajuda, mas não era justo impor aquele fardo à filha em caráter mais do que temporário. Afinal, ela poderia vender o haras, não poderia? Ou encontrar um homem em vez de ter a filha como parceira? Infortúnios acontecem, a vida é assim. Ela deveria estar mais preocupada em não deixar que Amber acabasse virando uma solteirona. Quer dizer, a sra. Deering não deveria se preocupar também com o futuro da filha mais velha? Uma vez, ao colocar tudo isso para fora, acabei colocando Amber contra a mãe mais do que esperava... então, no dia seguinte, tudo estava perdoado entre as duas, mas a sra. Deering, eu sabia, ficaria com raiva de mim até o fim dos tempos.

Às vezes, quando as coisas ficavam muito fora de controle, Amber saía de casa batendo a porta e "fugia" para Auckland, onde dormia no iate de Stuart, atracado no cais. Ela chamava esses momentos de "tempo de descompressão". Não eram apenas os problemas com a mãe que a consumiam, mas outras coisas também. Por exemplo: ela queria ir para Mururoa com os amigos para protestar contra os testes nucleares, que não tinham sido interrompidos, mas não podia, porque a mãe precisava dela, o que só a deixava mais sensível a críticas. Na verdade, teria sido difícil de qualquer maneira, já que os filhos de Stuart estavam brigando com ela (e entre si) no tribunal para ficar com o iate; os bens e as contas de Stuart estavam bloqueados, o que significava que ninguém tinha permissão para vendê-los ou movimentá-los até que o que era o quê, quem era o que de quem e o que ia para um ou para outro fosse decidido por um juiz. Esse emaranhado legal era outra grande fonte de estresse para Amber, sobretudo porque já durava uma eternidade. Bem, desde a morte de Stuart, um ano antes.

Uma vez, enquanto caminhávamos pelas passarelas flutuantes da marina, Amber abriu o coração para mim e disse que o *Santa Kathrina* se tornaria um desperdício nas mãos de qualquer um dos filhos de Stuart, que o usariam apenas para se exibir, enquanto ela o usaria para tentar *salvar a Terra*. (Amber não economizava nas hipérboles, porque acreditava genuinamente no que estava dizendo.) Por enquanto, tinha permissão para *entrar* no iate, mas não podia *ir* a lugar algum com ele, embora não houvesse guardas nem ninguém para impedi-la se decidisse zarpar. Essa ideia pode nunca ter passado pela cabeça dela, mas certamente passou pela minha: uma chance de escapar de todos os seus problemas e começar uma vida nova em algum lugar distante.

Amber devia ter a sensação de que as paredes estavam se fechando em torno dela. E por isso, algumas noites, ia até a marina para afogar as mágoas no álcool ou deixar que se dissipassem com a fumaça de um baseado. Isso, devo acrescentar, geralmente acontecia na companhia de seus amigos ambientalistas e artistas, sem falar dos penetras. Era sempre no meio da noite, eu em meu apartamento, dormindo profundamente, quando o telefone tocava na mesa de cabeceira, a centímetros de meu rosto. Era sempre Amber, aos prantos, dizendo que sentia minha falta e me pedindo para, por favor, ir encontrá-la. Então, uma ou duas vezes por semana, eu pegava minha jaqueta no armário de porta de correr e ia ao encontro dela. Chegava lá no meio da noite e me deparava com um bando de festeiros a bordo do iate em disputa, chapados, as costas apoiadas nas grades de proteção, alguns parecendo meio desfalecidos ao redor da base da ponte de comando. Havia também aqueles que pareciam estar totalmente inconscientes, estendidos no convés em posições suficientes para representar metade das letras do alfabeto. Eu invariavelmente sentia um aperto no peito quando identificava a pessoa que tinha ido buscar, em meio àquela comunidade anônima de ferrados e idiotas, apegados demais à garrafa, as pontas incandescentes de folhas de maconha bem retorcidas flutuando como vaga-lumes no escuro e quem sabe o que mais sendo compartilhado, talvez um pó branco para cheirar?

Houve uma ocasião da qual me lembro bem. Era uma noite clara de outono, as luzes da cidade deixando rastros de luminescência na água ondulada, o barco se afastando preguiçosamente do ancoradouro, depois voltando, os cabos se esticando, se afrouxando e se esticando novamente. Logo me deixei embalar e fechei os olhos, ouvindo as diferentes vozes ao meu redor. Alguém estava dizendo algo sobre mais de cem bombas nucleares detonadas em dez anos, ou talvez fossem cento e vinte bombas nucleares detonadas em vinte anos, ou cento e cinquenta em quinze anos, os números podem estar errados, mas dá para ter uma ideia. E então outros falaram sobre como o Pacífico vinha sendo usado havia décadas como campo de testes e despejo de material nuclear e como o Bravo tinha sido o dispositivo mais poderoso já detonado pelos Estados Unidos. A explosão tinha sido imensa. Os ilhéus contaram como um colossal pilar branco se ergueu no ar, uma gigantesca cabeça de cogumelo brotou dele, como se uma estranha criatura branca primitiva tivesse sido decapitada, mas logo depois outra cabeça menor tivesse começado a nascer dela. Eles disseram que foram atingidos por uma onda imensa e muito poderosa, mas invisível, tão quente que feriu a pele como uma forte queimadura de sol, o que foi muito estranho, porque em seguida começou a nevar. Nunca tinham visto neve, mas tinham ouvido falar dela, e seus olhares se fixaram nos pequenos flocos que caíam do céu... Aquela neve não era motivo de preocupação para os ilhéus; no começo, até mesmo as crianças correram para brincar com ela, foi muito divertido. Eles riam e corriam, cada um tentando pegar um pouco, enquanto alguns abriam a boca para sentir os flocos na língua e nos cílios. As cinzas caíam como a neve nos globos de vidro das lojas de presentes da ilha. Um tremor e os flocos flutuavam magicamente para baixo, passando pelos coqueiros e pousando levemente na areia.

No meio da tarde, a camada já estava quase na altura do tornozelo, aquela estranha neve em pó cobrindo a ilha de um branco acinzentado, e todos os que haviam sido tocados por ela começaram a sentir que suas "queimaduras de sol" provocavam uma coceira dolorosa. As crianças choravam, se contorciam, se debatiam, gritavam, arranhavam o próprio corpo em desespero, mas não havia qualquer coisa que alguém pudesse fazer para ajudar. Eles falavam das vítimas da "Guerra Fria", dos líderes mundiais, que eram monstros, do que Henry Kissinger tinha dito a respeito da região do Pacífico: "Há apenas noventa mil habitantes lá. Quem se importa?" Falavam sobre bebês água-viva, nascidos desde então, sem olhos, sem rosto, sem ossos: às vezes conseguiam respirar por algumas horas, mas inevitavelmente morriam. No início, achei que estavam se referindo a filhotes de água-viva, *águas-vivas bebês*, mas então me dei conta de que estavam falando de bebês humanos. O barco balançava, as pessoas conversavam, e à primeira luz pálida do amanhecer, Amber havia ido embora. Eu realmente tenho que lhe dar o crédito, ela nunca decepcionava a mãe: não importava o tamanho da discussão no dia anterior, sempre voltava a tempo de alimentar os cavalos na manhã seguinte. (Ela me disse que os animais, ficavam nervosos se as refeições não chegavam exatamente no mesmo minuto da mesma hora todos os dias e podiam ter cólicas severas por causa de atrasos de apenas alguns minutos.) Ela sempre voltava a tempo, embora às vezes eu tivesse dúvidas se estava em condições de dirigir.

Fui a algumas outras daquelas festas no iate, só para ficar de olho em Amber enquanto ela ia ficando mais e mais fora de si. Com o tempo, ela foi ficando cada vez mais parecida com uma viciada em drogas: muito magra, com aspecto doentio, manchas de rímel sob os olhos, olhando para o nada com o olhar perdido e desalentado. Às vezes, eu estava filmando e não podia ir, e nesses momentos temia que alguns dos caras tentassem se aproveitar dela enquanto estivesse chapada, e eu não estivesse lá para protegê-la, mas ela não parecia se importar, como se fosse algo normal, algo de que, de qualquer maneira, ela não se lembraria, e muito provavelmente eles tampouco.

Uma vez, eu a encontrei inconsciente, por causa do álcool ou de alguma outra substância, de bruços, braços e pernas estendidos, e pela maneira como um idiota chamado Flynn começou a agir quando me viu, desviando nervosamente o olhar, eu soube que algo havia acontecido, e bem no fundo tive um mau pressentimento de que ele não era o primeiro homem a bordo a se aproveitar dela. Quando verificou rapidamente o zíper da calça e olhou para cima de novo, dei-lhe um soco no estômago, um na mandíbula e outro no queixo, fazendo-o recuar e em seguida escapar. Então joguei água e dei tapinhas no rosto de Amber para reanimá-la, e a fiz andar para melhorar a circulação, apesar de Amber querer apenas dormir. Fiquei com ela o resto da noite, o único que realmente se importava com ela e o único que estava sóbrio o suficiente para isso. O problema era que ela estava pensando tanto nos problemas de sua família, em seus problemas legais, nos problemas do mundo, que não conseguia perceber que ela mesma estava com problemas.

Na manhã seguinte, me recusei a permitir que ela fosse dirigindo sozinha para a fazenda, ainda não estava bem para que eu sequer considerasse deixá-la se arriscar. Sentei-me ao volante, levei-a para o haras bem cedo e, enquanto ela dormia, fiz seu trabalho. Não, a mãe dela não agradeceu à sua sorte, nem mesmo a mim, nem uma vez. Pelo contrário, me fuzilou com o olhar como se eu fosse a má influência por trás de tudo.

Na última dessas festas à qual fui, havia uma névoa baixa pairando preguiçosamente sobre a água e muitas pessoas lânguidas prestes a ficarem chapadas. Depois de perguntar e obter como resposta uma série de "sei lá", encontrei Amber na proa, fumando maconha possivelmente misturada com alguma coisa. Àquela altura, eu já desconfiava de que não era pela companhia das pessoas que ela dava, ou quem sabe tolerava, aquelas festas, era mais pelas drogas. Ficamos em silêncio por um longo tempo, e então perguntei, com muita calma e naturalidade, por que ela estava jogando fora sua vida daquela maneira. Sem me responder, Amber me pegou pela mão e, pisando com cuidado entre braços, pernas e garrafas, me conduziu por uma escada íngreme e antiderrapante, depois até a cozinha, onde presumi que fosse me mostrar alguma carta ou documento judicial referente à herança.

Em vez disso, ela me conduziu por uma sala de jantar tão majestosa que, não fosse pelo cheiro característico de mofo, talvez eu não me lembrasse de que estava em um barco. Barcos têm cheiro de barco, suponho, independentemente da decoração sofisticada. Lá embaixo, vislumbrei uma cozinha futurística e um quarto luxuoso, com cama king size e cômoda com puxadores de latão, mas ela preferiu me arrastar para uma cabine menor. Uma vez lá dentro, com a porta trancada, sentou-se na beirada da cama, um triângulo cortado para se encaixar com perfeição na proa. Havia uma colcha dourada de *jacquard* e uma infinidade de almofadas também douradas combinando, brilhantes e redondas, tantas que pareciam ter sido colocadas por uma gansa dos ovos de ouro gigante. De qualquer forma, acho que depois de ver como eu ainda era cegamente devotado a ela, Amber por fim amoleceu comigo. Naquela noite fizemos sexo na cabine, mas a culpa ainda estava lá, e eu só tinha permissão para tocar (com minhas mãos) seus braços e pernas. Todo o resto era basicamente proibido, e eu tinha que respeitar as regras. Era uma forma menos íntima de sexo, por mais irônico que parecesse.

Depois, descansei a cabeça em seu peito para ouvir seu coração. Fiz isso, suponho, para tentar ficar um pouco mais perto dela, pelo menos fisicamente. Talvez tenha sido um gesto muito forçado ou muito prematuro, porque quando eu disse algo sobre como seu coração batia forte e rápido e perguntei se ela estava bem, acho que chamei sua atenção para o fato de que não, ela não estava. Pensando agora, eu devia ter deixado passar, porque o efeito foi o contrário do que eu pretendia: ela se sentou, pegou um colete salva-vidas laranja e se protegeu com ele, embora ainda estivesse de sutiã, então que sentido fazia?

— Isso está errado — disse ela em voz baixa. — Desculpe, eu não devia ter feito isso. Por favor, Ethie, fique longe de mim. Eu imploro. Pare de me amar. Você só está tornando as coisas mais difíceis. — Suas palavras foram duras, é verdade, mas o tom, não; era como se o que ela estava dizendo fosse para meu bem e a machucasse mais do que a mim. Eu podia ver claramente que ela não estava brincando comigo, não estava me dando o sinal verde e em seguida o vermelho de propósito; estava apenas muito confusa.

Então Amber olhou para baixo e começou a chorar, chorar copiosamente. Seu nariz escorria muito, quer dizer, havia *muito* ranho, e ela nem se dava ao trabalho de limpar. Acho que era por causa das drogas, que a deixavam alheia a tudo. Era provável que Amber não fizesse ideia de metade do que estava dizendo, ficava repetindo que não podia continuar vivendo aquela vida que não era *dela*, que sua vida havia se transformado em uma grande mentira. Que se aproximar de mim ia fazê-la explodir, expondo a mentira e ferindo aqueles que ela amava. Grande parte do que ela disse não fazia o menor sentido para mim, como era de se esperar de alguém sob o efeito de drogas, mas ainda assim foi doído de ouvir. Enxuguei o rosto dela com uma almofada dourada, porque não tinha lenços à mão, depois lhe entreguei a legging para que ela se vestisse, mas ela a pegou e desabou de costas na cama, cobrindo o rosto enquanto praticamente gritava:

— Eu não posso! *É por isso!* É impossível!

Àquela altura, eu nem estava perguntando a ela o porquê de nada...

— Eu não posso mais ficar com você, Ethan. Eu preciso parar de cometer *erros estúpidos*!

Depois daquelas palavras, não fiquei por muito mais tempo. O efeito das drogas iria passar, mas não a fonte mais profunda de seus sentimentos. Quando ela chamou meu nome, eu já estava na metade dos degraus antiderrapantes, indo embora dali. Realmente já estava farto e mais do que pronto para desistir dela.

Lava e gelo

Tive uma sensação estranha de calor e frio hoje quando estava na parte mais baixa das encostas do monte Erebus, o sol, a meio mastro, banhando a neve de um tom vermelho, e o calor vulcânico abaixo irradiando pelas solas de minhas botas. Nuvens de vapor eram expelidas regularmente da cratera e de imediato se solidificavam em altas pilhas de gelo que, como ossos enormes e pesados, desmoronavam uma após a outra, de modo que a área se assemelhava a um cemitério de titãs caídos. Nesse cenário confuso e caótico, entradas escondidas cobertas de estalagmites e estalactites se abrem para um mundo subterrâneo de corredores congelados e cavernas de gelo. No interior, formações extraordinárias pendem como florestas brancas encantadas ou jardins de flores alvas e reluzentes de cabeça para baixo. Estranhos espelhos de gelo pendem desordenadamente das paredes, vestígios de derretimentos parciais que deixaram para trás áreas bem definidas e lisas que refletem a realidade de forma enganosa e distorcida. Lustres incompletos, muitas vezes tortos, pendem de cordas precárias e retorcidas de água congelada, cada uma de uma beleza misteriosa e perturbadora na mesma medida. No jogo de luz, os bulbos e as gotas de cristal agem como prismas, projetando ecos fracos de arco-íris nas fachadas brilhantes, mas em um palácio branco cristalino tão imaculado que as cores em si parecem não ser mais do que uma miragem ou um truque da natureza. Nada naquele cenário interior ilusório parecia ser o que realmente era.

Eu não estava com vontade de comemorar meu aniversário quando voltamos meio congelados das filmagens — para ser sincero, nem tinha percebido que era dia 20 de fevereiro —, mas todos estavam ávidos por um pouco de diversão e alegria e, acima de tudo, por uma boa desculpa para se afogar em cerveja! Os rapazes insistiram que trinta e três anos era *l'âge du Christ*, uma idade especial, mais sábia, ou pelo menos mais razoável — e então Bertrand preparou um bolo de baunilha com glacê branco enlatado para mim. Naquelas circunstâncias, foi a coisa mais deliciosa que comi na vida. Para fazer graça, ele o decorou com alguns pingentes de gelo que pegou do lado de fora, dizendo que estava elevando a confeitaria a um nível totalmente novo. Pingentes de gelo e velas, fogo e gelo, que bolo extraordinário! Mas o que esperar de um lugar extraordinário como aquele?

O arco-íris

Maio de 1985

Conheci uma mulher, uma assistente de dentista, "Janet Knapp", dizia o crachá que estava bem na frente de meu rosto enquanto o velho dentista sádico perfurava minha boca do outro lado. Nesse ínterim, Janet sugava o líquido, uma hemorragia de sangue e coágulos, presumi pelo barulho horrendo, como quando alguém termina de tomar um milk-shake. Janet era pequena, os cabelos castanhos presos em um rabo de cavalo fino, nariz, maçãs do rosto e queixo proeminentes dando-lhe um semblante quase medieval. Ela se comportava de maneira enérgica e nervosa, em parte devido ao fato de que tinha que verificar periodicamente o filho, que estava no fundo da câmara de tortura, abrindo e fechando mandíbulas de gesso para afastar o tédio.

— Cuidado. Você pode lascar um dente — alertou ela.

— Ou perder um dedo — tentei brincar entre um jato de água e uma cuspida.

Suspeitava de que ela fosse mãe solteira sem dinheiro para pagar por uma creche depois da escola. Havia uma caixa com livros infantis que ela disse ao filho para ler, mas, como todos os exemplares em consultórios odontológicos, os grandes pop-ups provavelmente já tinham sido arrancados havia muito tempo. Os brinquedos espalhados pelo lugar também pareciam maltratados: bonecos desmembrados, bonecas nuas e sem olhos, brinquedos próprios para um futuro psicopata.

Por ter se comportado bem, o garoto pôde pressionar a alavanca que fazia o encosto da cadeira odontológica voltar para a posição vertical. Quando me levantei, ele não olhou para mim, mas ficou encarando seus tênis muito gastos da mesma marca que eu sempre havia usado quando criança: POBRE.

— Como você se chama? — perguntei.

— O nome dele é Liam — respondeu a mãe por ele.

— Quantos anos você tem? Uns oito?

— Vai fazer nove na quinta que vem. — Novamente, ela respondeu no lugar do filho.

E isso acabou levando a um encontro na forma semidisfarçada de:

— Ah, sim, o Liam *adoraria* ir ao zoológico — disse ela, sorrindo para ele, é claro, e não para mim.

Tinha me esquecido de como o zoológico fedia; até os répteis cheiravam terrivelmente mal. Por que isso nunca tinha me incomodado quando criança? Agora que eu tinha idade para entender, ver animais daquele jeito, passando a vida atrás de grades, me incomodava. Enquanto Liam tentava atrair a atenção de um casal de velhos orangotangos tristes e de seios caídos, Janet e eu nos afastamos um pouco para nos conhecermos melhor. Descobri que ela tinha se relacionado com um construtor, que, quando descobriu a gravidez, fugiu para Sydney. Não contei muito a ela sobre mim, apenas que tive um longo relacionamento que não acabou em final feliz. Ela não fez muitas perguntas; gostei disso.

Depois de me sentir um canalha e um traidor durante a maior parte do tempo em que estive envolvido com Amber, acho que, no fim das contas, ser bom para Janet e para o filho dela fazia com que me sentisse bem em relação a mim mesmo, ainda que tivesse sangue nas mãos. Antes que me desse conta, minha vida passou por diversas pequenas *grandes* mudanças. Cortar laranja para atividades esportivas sábado de manhã, ou mais precisamente atividades esportivas sábado de manhã *bem cedo*; dirigir por toda a região metropolitana de Auckland; enfrentar chuvas torrenciais e torcer pela trajetória de uma bola; passar três horas no pronto-socorro, em horários nos quais os consultórios médicos estavam fechados, por causa de um tornozelo torcido/uma trompa de Eustáquio obstruída; trabalhar o fim de semana inteiro em um cartaz que deveria ilustrar "com rigor e imaginação" o ciclo de vida de um sapo/o ciclo reprodutivo de uma conífera; passar semanas pulando o vulcão de bicarbonato de sódio no banheiro antes da feira de ciências; correr para a escola com a lancheira esquecida, entregando-a como se fosse um agente secreto. Ser um padrasto necessário, mas nem sempre desejado foi uma curva de aprendizado acentuada para mim.

Eu me lembro de quando Liam destruiu meu telefone usando, dentre todos os objetos, um descaroçador de maçã. O telefone era um modelo preto reluzente que eu tinha havia algum tempo, embora àquela altura fosse tecnicamente meu e de Janet, já que eu havia deixado meu apartamento em Bellevue para morar com eles e o levara comigo. Curiosamente, Liam não estava tentando esculpir mais orifícios no dial, estava na verdade usando-o como plataforma de lançamento (um descaroçador de maçã realmente parecia um foguete?), os orifícios do número um e do número dois tendo perdido o separador plástico que havia entre eles. O mais incrível foi que mesmo que tivesse sido ele quem causara o estrago, teria sido eu quem teria levado uma bronca de Janet, se não tivesse me mantido firme. Supostamente eu deveria ter sido mais cuidadoso: ele podia ter perdido um dos olhos se o descaroçador o tivesse atingido no rosto, meu telefone era uma tranqueira velha de qualquer maneira, então não havia razão para "chorar por causa disso". Eu não estava *chorando por causa disso*, simplesmente me recusava a deixar que ela colocasse toda a culpa em mim e em meu telefone, que estava funcionando com perfeição antes de Liam colocar as mãos nele. *Então pense duas vezes antes de me acusar!*

Nós alugávamos um apartamento em Parnell (uma caixa de estuque de dois quartos que ela gostava de dizer que era *art déco*) e, cara, fiquei furioso depois de ir a pé até os correios, apenas para a atendente me dizer que primeiro eu tinha que provar que meu telefone estava quebrado e que não havia conserto, antes que eles pudessem trocá-lo. E adivinha? Para "provar", tive que voltar em casa, pegar o telefone em questão (minha palavra não foi o suficiente) e voltar para mostrá-lo. Mas quando o fiz, colocando-o talvez com firmeza demais no pequeno balcão à sua frente, ela enfiou os óculos meia-lua no nariz, inclinou a cabeça para trás para examiná-lo e disse que havia conserto, então eu não *"poderia"* trocar por um novo. Àquela altura da vida, eu não deixava nem *minha mãe* me dizer o que eu poderia ou não fazer, então não seria uma funcionária dos correios que iria mandar em mim.

Estava farto! Fui para casa, pisando firme, e acabei de destruí-lo com o descaroçador. Na verdade, não era o telefone que eu estava atacando, mas a atitude de Janet, de alguma forma misturada com a daquela funcionária pública irritante. Para meu espanto, quando voltei aos correios no dia seguinte para mostrar o estrago à atendente (culpando, claro, meu enteado travesso: *"Ah, coisa de menino..."*), ela ainda achou que "havia conserto". E não houve como vencer a discussão, porque, assim como Janet, a mulher tinha resposta para tudo. As "peças de reposição" levaram séculos para chegar, e uma vez, durante esse tempo, precisei ligar com urgência para o trabalho de Janet para dizer a ela que Liam havia sido mandado para casa pois estava com catapora. Para aumentar minha sorte, a cabine telefônica estava quebrada por causa de uma moeda de tamanho errado enfiada no orifício de moedas. Corri para outra, feliz por me proteger do vento úmido e frio, mas logo desejei não ter feito isso, porque alguém a havia usado como latrina e deixara para trás algumas páginas brancas do catálogo telefônico que não estavam mais exatamente o que se chamaria de "brancas". Foi quando decidi que a ligação não era *tão* urgente. Durante as cinco horas seguintes, usei todo meu poder de persuasão para impedir que Liam coçasse as centenas de milhares de crostas que haviam surgido em sua pele. Era como tentar convencê-lo a comer vagem: toneladas de energia para conseguir que ele comesse UMA vagem, ZERO gratidão. Basicamente a pior taxa de câmbio que você pode obter de qualquer coisa na vida.

Um dia, em julho, estávamos preparando Liam para a escola, o rádio da cozinha ligado bem alto para que pudéssemos ouvir o que estava acontecendo no mundo em meio ao barulho de bacon fritando, gavetas de talheres sendo batidas e gritos de "seu café da manhã vai esfriar" atravessando a casa. De repente, Janet correu para o rádio e me mandou desligar o fogo, *rápido*! Quando me aproximei, nem ela nem eu conseguimos acreditar no que estávamos ouvindo. O quê?! O *Rainbow Warrior* tinha sido bombardeado? Tinha afundado bem ali, no porto de Auckland, na noite anterior? Um homem morto? Fotógrafo do Greenpeace, Fernando Pereira. Estupefatos e furiosos, trocamos um olhar que nos uniu contra um inimigo comum. Mas a questão era: *quem* exatamente era esse "inimigo comum"? A primeira coisa que passou por minha cabeça foi... os americanos. Eles estavam nos punindo por não querermos seus navios de guerra movidos a energia nuclear em nosso país. Provavelmente tinha sido obra da CIA e de seus agentes secretos. Eles haviam esperado um pouco para evitar suspeitas, mas quem achavam que estavam enganando?

Então isso começou a parecer óbvio demais, e me perguntei se não poderiam ser os soviéticos. Tentando *incriminar* os Estados Unidos? Um trabalho da KGB e de *seus* agentes secretos? Durante a corrida armamentista nuclear da Guerra Fria, tudo era possível. A primeira bomba abriu um buraco grande o suficiente no casco para que uma baleia-cinzenta o atravessasse, então, alguns minutos depois, houve outra explosão na popa. Aparentemente, havia uma festa de aniversário para alguém no navio. Era exatamente o tipo de festa a que Amber teria ido, se tivesse sido convidada.

Como só começava a trabalhar à uma da tarde, Janet estava decidida a ir até as docas. Segundo ela, coisas assim, não aconteciam todos os dias. Em minha opinião, era uma péssima ideia. Eu não queria me sentir como um curioso que se entretinha com algo daquele tipo, por mais que ela insistisse que era uma questão de oferecer apoio. Ouso dizer que, para mim, o ponto crucial era que não queria encontrar Amber se ela estivesse lá, e havia grandes chances de ela estar. Eu não queria reabrir velhas feridas.

Mesmo a distância, eu podia ver a multidão de pessoas e policiais e, ao nos aproximar do Cais de Marsden, foi impossível não ver a expressão de choque no rosto de todos, uma sensação coletiva de inocência perdida, nosso paraíso idílico violado por um malfeitor anônimo. Sem perder tempo, Janet nos conduziu até a beira da água para vermos a embarcação quase completamente submersa, o mastro em um ângulo melancólico de naufrágio; era um espetáculo triste: a embarcação outrora orgulhosa e ousada lembrava um leviatã, flutuando de lado, inchada e morta na água do mar repleta de detritos e manchada de diesel. Curiosamente, à luz do sol, o derramamento desenhava padrões oleosos coloridos na superfície, como se um arco-íris tivesse se formado nas águas do porto. Uma cena impressionista e um tanto simbólica, mas pela expressão perplexa de Janet, acho que ela não entendeu o que eu quis dizer.

As pessoas na escadaria da delegacia estavam enroladas em cobertores, como se tivessem passado a noite ali — alguns dos membros da tripulação, supus —, e me dei conta de que o *Rainbow Warrior* era o lar deles, o lugar onde realmente moravam. No meio da manhã, o cenário havia mudado e o lugar estava lotado de simpatizantes, pratos de comida, pães, garrafas térmicas com sopa e café sendo passados de mão em mão; recipientes rapidamente preenchidos com notas e moedas; roupas doadas espontaneamente, algumas saídas direto do corpo das pessoas. Em um gesto corajoso, Janet abriu mão de seu casaco de lã, e como eu não estava usando uma segunda camada que pudesse lhe dar, passei o braço em torno dela para que não pegasse um resfriado. Se Amber estava lá, em algum lugar, não a vi, mas me perguntei muitas vezes se ela de fato estava e, caso estivesse, se tinha visto Janet e eu juntos daquele jeito. Meu instinto tende a me dizer que a resposta é que sim em ambos os casos.

Em um dia de semana no início de novembro, eu estava em casa, deitado no sofá, assistindo à cobertura ao vivo da audiência preliminar dos dois agentes franceses presos dentre os treze ou mais envolvidos na explosão. Não estava à toa, assistindo à tv. Bem, tecnicamente estava, mas apenas porque tinha operado uma hérnia que surgira depois de ajudar uma amiga de Janet com a mudança, e ainda estava sensível e "me recuperando". Embora câmeras não fossem permitidas no tribunal, isso não impediu que filmassem a fachada da Suprema Corte e a multidão de pessoas diante do prédio. Se Amber estivesse lá, seria difícil deixar de vê-la, porque mesmo que uma câmera passasse por milhares de torcedores em um estádio de rúgbi, ela seria a única pessoa que se destacaria. Alta, magra, seus cabelos loiros inconfundíveis, sua postura, ela era um verdadeiro ímã para os olhos.

Uma van da polícia sem janelas, escoltada por viaturas policiais, as sirenes estridentes piscando, se aproximou de um grupo de jornalistas do mundo todo, câmeras disparando. Os réus surgiram, encolhidos e com cobertores sobre a cabeça, e desapareceram assim que as pesadas portas do prédio do tribunal se fecharam. Lá dentro, os dois agentes se declararam culpados de uma acusação menos grave, previamente acordada, e em poucos minutos tudo estava terminado. Foi um verdadeiro golpe, eu esperava que aquilo fosse durar dias. Enquanto digeria minha decepção, tive a sensação de que talvez Amber também estivesse assistindo a tudo aquilo e sentindo o mesmo que eu, onde quer que estivesse, então comecei a me perguntar se ela também estaria pensando em mim. Concluí que ficar em casa e acamado daquela maneira, com uma longa cicatriz em forma de centopeia costurada no abdômen, não estava me fazendo bem.

Certa vez, pouco tempo depois dessa saga internacional, estávamos em um café, e Liam quis pedir uma fatia de quiche, então Janet começou a repreendê-lo e dizer que ele não deveria pedir aquilo porque era "francês", e o *Rainbow Warrior* tinha sido bombardeado pelos "franceses". Não me interprete mal, eu também fiquei furioso com o bombardeio, mas o sentimento antifrancês que tomava conta do país na época, e ela descarregando sua raiva no pobre garoto... quer dizer, o que ele ou o coitado do dono do café tinham a ver com aquilo? De qualquer forma, disse a ela, só para constar, que havia franceses que condenavam o ataque, jornalistas franceses para começar, e todos os que liam seus artigos, perplexos, além de celebridades francesas, ambientalistas como Jacques Cousteau, e um famoso general francês que lutava contra as armas nucleares.

— Então, por favor, não coloque todos no mesmo barco! — falei.

— Principalmente se houver franceses por perto! — respondeu ela, com uma expressão vitoriosa.

Liam afundou na cadeira e, quando a quiche finalmente chegou, mal a tocou. Eu comi o restante, fingindo apreciá-la mais do que estava de fato.

7 de fevereiro de 1986

Era um dia quente de verão e eu estava dirigindo pela orla, Janet no banco do carona, Liam inquieto no banco de trás. Era um de nossos passeios habituais de domingo, rumo à nossa caminhada habitual de domingo. O que em geral significava parar no primeiro lugar que nos parecesse bom. Eu estava dirigindo devagar, uma das mãos no volante, a outra apoiada para fora da janela. Pouco depois do Cais de Wynyard, havia uma aula de vela em andamento, os Optimists brancos cortando as pequenas ondas azul-acinzentadas da baía de St. Mary. De repente, meu coração disparou ao ver Amber, sentada em um banco de concreto. Como eu disse, era difícil não vê-la. Curvada, com um cigarro na mão, de short jeans e camiseta, nada mais além de um grande hematoma verde no tornozelo que agora sei que era uma tatuagem do Pikorua, símbolo maori do vínculo entre todas as pessoas. A sra. Deering e a filha mais nova, Gracie, estavam a cerca de trinta metros de distância, a sra. Deering exibindo sua maternidade ao se aproximar de Amber com Gracie trotando à frente, a fralda volumosa fazendo com que ela parecesse ter uma bunda de pato, a barriga rechonchuda para contrabalançar. Em cada mãozinha gorducha, Gracie segurava uma casquinha de sorvete, enquanto guardanapos de papel branco voavam atrás dela, que estava animada demais com a ideia de entregar um dos sorvetes à irmã mais velha (e ficar com um para si mesma) para se dar conta disso. Quanto à sra. D., ela me pareceu uma mulher tentando aparentar ser mais nova, os cabelos encaracolados por um permanente para combinar com o papel de "jovem mãe" com uma filha tão pequena. Duas irmãs, com uma geração de diferença, uma em êxtase com a vida, a outra oprimida e exausta, como se não tivesse mais sonhos. Mas talvez eu estivesse apenas projetando, talvez fosse apenas o calor.

Ainda assim, senti uma pontada no coração. Que peça cruel pregada pela vida, aquela criança gordinha ter vindo ao mundo como um querubim travesso para complicar as coisas para todos. Aquela filha deveria ser minha e de Amber, não da mãe dela, que já estava na casa dos cinquenta! Ver Amber teve um efeito indesejado em mim, e precisei pisar no freio abruptamente no sinal vermelho seguinte para não bater na traseira do trailer branco de alguém. A lembrança dela e da irmãzinha que batia na altura de seu joelho, guardanapos de papel branco voando como um bando de pombas saindo do chapéu de um mágico, ainda está incrustada em um sulco de minha mente e, como uma agulha em um LP riscado, apenas gira e gira sem conseguir avançar.

O dilúvio

Maio de 1987

Depois de cerca de dois anos, meu relacionamento com Janet pouco a pouco foi se esgotando. Não sei nem dizer exatamente quando, porque o modo como as coisas deram errado no fim lembrou mais uma madeira apodrecida do que uma explosão de laboratório. Uma mulher magra usando ombreiras devia vir com uma etiqueta de advertência. (Talvez eu devesse dizer isso de outra forma.)

Como achava que havia cometido alguns erros importantes na vida, Janet costumava ficar estressada com qualquer errinho adicional. Para ela, mesmo em algo tão corriqueiro como comprar itens para o lanche escolar de Liam, não havia margem para erro. O pão tinha que ser branco, já fatiado, fino, não grosso. (Esperar que ele abrisse um pouco mais a boca era pedir demais, mas tentar fazer com que eu voltasse à loja para comprar o "pão certo" tudo bem.) As bananas tinham que estar amarelas, não verdes, e sem manchas marrons (estou falando da casca, que ele nem iria comer), caso contrário, nunca saíam de sua lancheira do Inspetor Bugiganga. Mais de uma vez, quis testá-lo às cegas, mas Janet sempre me impedia. Tentar atender às demandas daqueles dois me deixava *louco*! O fato de ela realmente achar que havia uma maneira certa de colocar papel higiênico no suporte, caso contrário, você não conseguiria ver o desenho. Como se os tênues rabiscos prateados fossem obras de arte. O fato de ela pendurar o papel higiênico afastado da parede fazia com que fosse fácil para Liam puxá-lo, de forma que tínhamos um diorama do Danúbio serpenteando pelo banheiro — tinha sido por isso que eu havia virado o suporte, para que o rolo pudesse girar na vertical! Um verdadeiro Salomão em sabedoria, mas não. Toda vez que tínhamos divergências, era a casa dela, o filho dela, o jeito dela. Vezes demais.

Como Janet e Liam já moravam na Bradford Street havia alguns anos antes de eu me mudar para lá, fui quem saiu. Era natural. Talvez menos natural tenha sido o fato de eu ter exagerado no cavalheirismo, deixando para trás boa parte do que havia comprado enquanto morava com eles. A mesa de jantar de quatro lugares. O sofá de canto. A TV Sony novíssima, de 34 polegadas, quase tão alta quanto profunda, ocupando um lugar de destaque na sala. Não saí exatamente com uma mão na frente e outra atrás, mas ainda assim foi como começar do zero outra vez. Acho que fiquei com pena do garoto e não queria que ele sentisse falta de nada. Depois da separação, Janet e eu mantivemos uma boa relação, e uma vez por semana ela me deixava levá-lo ao cinema, mas com o tempo essa rotina foi sendo abandonada. Liam sabia que eu não estava mais com a mãe dele, que eu não era seu "verdadeiro pai" e, além disso, em pouco tempo, o próximo cara na vida de Janet me tornou redundante.

Conseguir um lugar minimamente decente sem ter salário fixo (eu havia desistido do emprego no museu cerca de um ano antes porque àquela altura já tinha trabalhos suficientes no mercado de cinema) exigiu algumas negociações humilhantes, como convencer minha mãe e meu pai a serem fiadores para que seu filho de vinte e nove anos pudesse alugar um apartamento! E quando finalmente consegui um pequeno apartamento na Crummer Road, em Gray Lynn, voltei a pagar tudo sozinho: telefone, serviços, todo o restante. Era realmente uma droga o fato de que quanto mais dinheiro eu ganhava, mais cara a vida se tornava por causa da inflação e das flutuações na economia mundial, que eu já não entendia muito bem, de modo que era sempre difícil ter uma renda decente. Disse a mim mesmo que se estivesse morando em qualquer outro lugar na Nova Zelândia além das grandes cidades, digamos, em Taihape, a "Capital Mundial das Galochas" — cuja principal atração artística era uma escultura ao ar livre de uma gigantesca galocha de ferro corrugado; cujo principal parque de diversões era aquela mesma galocha, na qual as crianças podiam subir; onde se celebrava o "Dia da Galocha", o principal evento esportivo do ano, no qual as pessoas se reuniam para ver quem conseguia atirar sua galocha mais longe —, eu provavelmente me sentiria muito rico e até teria minha casa. Por outro lado, não acho que conseguiria muitos trabalhos em publicidade e cinema em Taihape, então, na verdade, as coisas provavelmente não teriam sido tão boas para mim de qualquer jeito.

Foi quando decidi tentar a sorte na loteria, que existia fazia pouco tempo. Minha mãe era contra, achava que era um vício (apostar), mas de alguma forma, ao longo da vida, eu sempre tivera convicção de que havia uma existência mais ambiciosa, paralela à realidade que eu vivia. Em algum lugar no fundo de minha mente, estava feliz porque as chances de esbarrar em Amber naquele bairro eram mínimas: não queria que ela soubesse que eu estava vivendo em outro lugar simples, dirigindo outro carro comum, comendo apenas comidas marcadas como PROMOÇÃO, mais uma vez esperando que as coisas melhorassem. Acho que foi a mera possibilidade de ter uma mudança potencial em minhas mãos que me garantiu algo que eu não tinha antes: ESPERANÇA! Não era realmente sorte que eu estava comprando, mas sim *esperança*, talvez esperança de-mais, porque o vendedor me olhou como se vinte bilhetes significassem que eu era ganancioso, insano ou até mesmo que estava trapaceando de alguma forma.

Mas, infelizmente, Amber nunca iria me encontrar ali. Fui poupado dessa "visita constrangedora", que envolveria ela me ver em um ambiente longe de ser perfeito: um apartamento com paredes de gesso cartonado manchadas, alguns buracos de cigarro no carpete, móveis inadequados e louça lascada, um carro também longe da perfeição estacionado em frente, porque em 26 de agosto de 1987, alguns dias antes do importan-tíssimo sorteio dos números vencedores, eu estava em casa, folheando o jornal em busca de qualquer informação sobre meu possível antecessor, ou seja, o sortudo, como eu o imaginava, que havia ganhado o último prêmio, quando vi uma foto dela no *Herald*. Era um daqueles retratos de estúdio com iluminação artificial, tirado quando seus cabelos estavam mais compridos do que nunca, a cabeça ligeiramente inclinada como se obedecesse ao fotógrafo, os olhos translúcidos e cheios de confiança enquanto ela sorria eternamente para a aura de luz e um futuro que nunca chegaria, pelo menos não do jeito que ela parecia sonhar. Amber, a sublime, linda, espontânea, alegre, divertida Amber, o amor de minha vida, não fazia mais parte deste mundo. Estava morta.

A foto estava impressa na página cinco. Em preto e branco. Viúva do falecido Stuart Reeds. Conhecida ativista. Havia morrido, dizia, na segunda-feira. Aquilo acontecera apenas dois dias antes, enquanto eu, sem saber, fazia minhas coisas normalmente. O choque me paralisou, e fiquei sentado, incapaz de me mover ou mesmo me contorcer ou piscar. Meus olhos simplesmente não conseguiam se desgrudar das palavras "overdose acidental". De repente, o mundo ao meu redor mudou, e com ele todos os meus valores, as minhas crenças e suposições, como as placas tectônicas da Terra em alguma catástrofe de proporções gigantescas, como se não houvesse mais sol, nem amanhã.

Era insuportável, eu queria gritar, mas minha boca não se abria, como se estivesse amordaçado e não conseguisse respirar. De repente, não daria a mínima se ela me visse morando em uma pocilga. Vivendo nas ruas. Em um carro abandonado ou debaixo de uma maldita ponte. No começo, apenas fiquei sentado, petrificado diante de minha mesa de cavalete, as palavras do artigo borradas de forma que eu não conseguia mais lê-las, então uma lágrima deve ter caído, porque de repente foi como se tivesse saído do olho dela, fazendo-a parecer muito triste, enrugando-lhe a face fina e frágil de papel. Aquilo parecia tudo que me restava dela, e me apressei em secar a lágrima antes que a danificasse ainda mais, como se estivesse cuidando dela, quando na realidade era apenas uma foto impressa em uma porra de um jornal. A verdade era que eu sabia que nunca mais poderia cuidar dela de fato.

Então, do nada, fui dominado pela raiva. Levantei-me de um salto, derrubei e chutei tudo o que estava ao meu alcance: cadeiras, cestos, malas, caixas de plástico. Odiava cada objeto que um dia tinha significado algo para mim, porque de repente não significavam mais nada, não sem ela no mundo. Não queria nenhuma daquelas coisas, queria ela de volta.

Por alguns minutos enlouqueci, meus livros, fitas e filmes mais amados voando por toda parte, sendo quebrados e danificados e, por sua vez, quebrando e danificando outros objetos. Então, novamente sem aviso, aquela raiva cega diminuiu, senti toda a vida se esvair de mim e me agachei em um canto, pressionando meu rosto com força, tentando aceitar a crescente consciência de sua morte, por ela, por mim. A morte de Amber mudou tudo: o futuro, o passado, todos os meus planos dali em diante, todas as minhas reflexões posteriores.

Por que, *por que* eu não tinha entrado em contato com ela novamente depois que me mudei para um apartamento próprio? Como eu podia não ter ligado apenas para saber como ela estava? Talvez um simples telefonema pudesse ter evitado aquilo. Um simples telefonema. Talvez isso bastasse! Minha decisão de não ligar tinha mais a ver comigo, com como ela iria me ver ou, provavelmente, como eu me veria através dos "olhos dela". Quem era eu para achar que sabia o que seus olhos teriam visto? Talvez eles simplesmente tivessem visto que havia alguém no mundo que se importava com ela. Simples assim. Se tivesse outra chance, eu viveria cada maldito minuto de minha vida de novo apenas para chegar àquela parte, àquele momento no tempo em que não liguei para ela, para que pudesse pegar o telefone, discar e ouvir a voz dela mais uma vez.

Mais minutos excruciantes se passaram, talvez muitos mais, horas até onde sei. O fato de não ter qualquer foto nossa me doía muito, simplesmente não parecia certo que não houvesse registro algum de nosso tempo um com o outro, vestígio algum de nós, evidência alguma de que estivemos juntos. Não que eu precisasse de *provas* ou algo assim. O que quero dizer é que não sobrou coisa alguma de nós como um casal, algo que eu pudesse olhar muito tempo depois. As únicas coisas que tinha eram as fotos e os filmes em minha memória.

Durante horas, dias, semanas, não consegui parar de falar com ela em minha mente. Às vezes a imaginava respondendo, com calma. Outras vezes, parecia que ela estava me ignorando. O que mais doía era não ter conseguido lhe dar um abraço de despedida, longo e apertado. Isso pareceu a coisa mais importante do mundo na época, assim como tudo que eu teria dito se soubesse que ela iria morrer. Também não tive oportunidade de dizer a Amber que os momentos mais felizes de minha vida, e os mais tristes também, acho, igualmente importantes à sua maneira... enfim, os momentos mais significativos tinham sido com ela. Todos os superlativos de minha existência. Precisava muito segurar seu rosto, olhar em seus olhos e dizer uma última vez que a amava desde o primeiro momento, e ainda a amava, uma verdade que perdura neste mundo indiferente e gelado.

As paredes e o teto, quando aos poucos fui recobrando a consciência, me encerravam em uma quietude tão ensurdecedora e asfixiante que os pensamentos ecoavam em minha mente. Eu contava e recontava. Amber tinha apenas vinte e seis anos, meu Deus, apenas vinte e seis! Será que a overdose tinha sido realmente acidental? Ou teria sido suicídio? Teria sido de alguma forma minha culpa, por causa do que havíamos feito durante o casamento dela com Stuart, ou mais precisamente, o que havíamos feito com Stuart? Era uma ideia insuportável, que me fazia afundar no mais profundo desespero. Nem me dei conta quando o dia virou noite, foi a pior dor que já senti na vida e realmente não quero lembrar.

Ainda dói muito reviver tudo isso, então é melhor passar para quando acordei, à primeira luz da manhã, no chão de meu quarto. Não tive coragem de me deitar em uma cama quente e macia quando Amber não tinha nada disso. Era minha maneira de tentar estar com ela, embora eu saiba que isso não faz sentido algum para uma mente racional. Devo ter dormido apenas algumas horas e, quando acordei, foi com um sobressalto abrupto e desagradável, a sensação de que sabia de algo ruim tomando todo o meu corpo, uma consciência visceral me dizendo que algo, algo muito ruim, havia acontecido, e então me lembrei, e a pesada sensação de pavor me invadiu outra vez. Era horrível demais para ser verdade, mas quando ansiosamente, quase contra minha vontade, voltei para a sala, as cadeiras viradas e a bagunça dos objetos que eu havia atirado confirmaram tudo. Sim, era real, não tinha sido um pesadelo do qual pudesse me livrar com um café, uma música no rádio e um banho. Não dessa vez. A mesa estava de lado e o jornal havia caído no chão, mas ainda estava aberto na mesma página. Arrastei os pés até ele, um pequeno passo de cada vez, até que a vi: ainda sorrindo, ainda esperançosa e ainda não--mais-viva, não mais do que antes.

A consciência de que não havia como voltar atrás, como desfazer aquilo, como trazê-la de volta, me fez andar em círculos sabe-se lá por quanto tempo, com a palma das mãos pressionada contra os olhos.

Então, por fim, não sei quanto tempo depois, já que minha noção de tempo nunca mais foi a mesma, agachei-me no chão ao lado do telefone para ligar para a mãe de Amber; eu ainda sabia o número de cor. Mas não conseguia discar, não importava o quanto uma parte de mim me ordenasse, não conseguia agir de maneira formal, como se fosse apenas um velho amigo ou conhecido da filha dela, quando Amber e eu tínhamos sido o que fomos. O dia do funeral fora publicado no jornal. Que palavras eles haviam usado? A "celebração de sua vida". Seria na casa da mãe dela. O melhor seria simplesmente ir até lá, chegar cedo e ficar quieto ao fundo. Parecia improvável que sua mãe, ou mesmo seu irmão, se já tivesse chegado de Londres, pensasse em me informar. De qualquer forma, nenhum dos dois tinha meu novo número. E mesmo que tivessem, será que teriam entrado em contato? Quem eu estava querendo enganar?

Se minha memória é como um vasto mar tempestuoso, um marco deve ter sido fincado nas profundezas daquele momento, pois continuo voltando a ele, em uma jornada solitária, contornando-o em meu barquinho a remo, observando o acúmulo de cracas em sua base, o poste rachado e desgastado pelo tempo, mas também a confiabilidade de permanecer onde está e sempre me guiar de volta ao mesmo local exato. Tentando observá-lo de muitos ângulos diferentes, enquanto tudo o mais em minha vida foi atirado em diferentes direções em constantes golpes e ondas de mudança. Se eu tivesse reagido em algum momento antes de chegar àquele ponto específico. Se a tivesse interpelado, mesmo quando parecia embaraçoso, ou errado, ou completamente insano. Não posso deixar de voltar a ele e imaginar muitos outros caminhos pelo mar a partir dali.

29 de agosto de 1987

Não consegui chegar tão cedo quanto planejei porque meu maldito carro enguiçou na estrada. Por sorte, impaciente, eu tinha saído com bastante antecedência, o que se mostrou útil, pois ainda tive tempo de ser rebocado até um posto de gasolina e de encontrar um veículo substituto. Assim, em uma velha caminhonete com painéis de madeira falsa horrorosos do lado de fora, com um cheiro rançoso de cigarro por dentro, dirigi pelo longo caminho de terra até a velha casa. Depois da morte de Amber, no entanto, as preocupações com coisas materiais ou com o que os outros iriam pensar acabaram para mim. Eu não dava mais a mínima. Sem pensar duas vezes, parei na área de cascalho e puxei o freio de mão duro. Carros de todos os tipos não paravam de chegar, picapes, trailers para transporte de cavalos, as pessoas estacionando onde podiam, algumas bem ao lado do celeiro ou nos fundos das baias. Em uma hora, havia cerca de cem pessoas reunidas, conversando no amplo gramado da frente. Achei que era o momento certo de expressar minhas condolências.

Ao me aproximar, reconheci Daniel, o irmão de Amber. Ele parecia ter vindo direto do Soho: calça de vinil preta, justa e reluzente, cabelos descoloridos, quase brancos, os tufos espetados como picos de chantilly. Em meio ao grupo de pessoas do campo conservadoras, ele realmente destoava. Parecia querer passar uma mensagem de "eu sou quem sou", tendo ganhado confiança entre seus semelhantes em Londres. Digo isso, mas também é possível que para chegar a tempo ele tivesse pegado o primeiro avião, sem conseguir se trocar ou fazer as malas. Quem poderia saber e, para falar a verdade, quem se importava? Como uma borboleta sociável, ele esvoaçava, tocava o ombro das pessoas e, quando elas se viravam, estendia os braços bem abertos. Enquanto ele fazia sua ronda, um sujeito esguio vestindo terno de veludo azul com um cravo preso à lapela o seguia fielmente. O namorado dele, imaginei, pelo jeito... bem, simplesmente dava para perceber.

Por alguns minutos, fiquei à margem do grupo e, por fim, consegui me misturar o suficiente para trocar algumas palavras com um fazendeiro cuja esposa me disse que Amber costumava visitá-los montada em sua linda potra Palomino quando era "deste tamanho". Um pouco depois, notei o girino, a irmãzinha de Amber, na época com cerca de três anos — nova demais para entender por que toda aquela gente havia invadido sua casa. A sra. Deering agarrava-se a ela como se fosse sua última esperança na vida. Talvez para ela fosse como segurar Amber novamente, quando ela ainda era tão pequena quanto Gracie. Ela estava conversando com um casal, então tive que esperar o momento certo para prestar minhas condolências. Enquanto estava ocupada agradecendo a presença deles, abraçando a mulher com o braço livre, ela por acaso me avistou e pareceu surpresa, como se seu primeiro pensamento tivesse sido: "Lá vem aquele antigo pretendente do passado!" ou "Por que ele tinha que vir aqui sem ser convidado?". Em seguida, ela franziu os lábios no que presumi ser um sorriso, registrando minha presença. Fui até ela e disse algo sobre sentir muito... mas a maneira como levou a mão à garganta me impediu de dizer qualquer outra palavra; nos encaramos em um silêncio doloroso por alguns segundos, em seguida ela se virou abruptamente e saiu apressada.

Eu disse a mim mesmo que era devido à situação, e não tinha a ver comigo pessoalmente, mas ainda assim fiquei preocupado por tê-la chateado sem querer. Desconfortável, voltei minha atenção para os outros, que socializavam como se estivéssemos em uma melancólica festa no jardim. Lá estava o ex-sócio de Stuart, a metade Anderson da Reeds & Anderson, que pensei ter reconhecido dos outdoors que costumava ver espalhados por Auckland. E a garota com quem Amber uma vez tentou me juntar em um encontro duplo... Candice, certo? Mas acho que ela não se lembrava de mim, porque me olhou algumas vezes sem dar sinal de me reconhecer. Talvez estivesse apenas fingindo, as garotas que rejeitamos costumam agir de maneira estranha. O que mais me impressionou foi a ausência dos filhos de Stuart, inclusive Tanya, que eu esperava que estivesse lá. Isso mostrava como as coisas entre eles deviam ter se deteriorado por causa das disputas envolvendo a herança. De repente, recebi um tapinha no ombro: era minha vez de receber um grande abraço de Danny.

Depois vieram as homenagens. Candice compartilhou histórias sobre bandeirantes, acampamento e uma jangada que construíram com garrafas vazias; então Danny falou, enfatizando que o estilo de vida deles não era fácil. Em seguida, disse que a vida de casada de Amber não poderia ter sido mais diferente, e que isso a fizera desabrochar. Que ela era "muito apaixonada" por Stuart, que ele era "fascinado" por Amber, e que a morte dele havia sugado aos poucos a vida dela. Tudo poderia ter sido muito diferente se ela não tivesse ficado viúva tão jovem. Ele falou sobre como ela havia ajudado a mãe, retornando abnegadamente à árdua vida na fazenda, e sobre o último ano de sua vida, que ela passou entrando e saindo de clínicas de reabilitação. Algumas palavras realmente doeram, por causa da verdade crua que se escondia por trás delas, mas eu apenas cerrei os dentes e permaneci em silêncio.

A última a falar foi a mãe de Amber, segurando a criança no colo. Sua homenagem foi simples e direta: "Amber era uma boa filha, uma boa irmã para o irmão mais velho e a irmã mais nova, era boa com cavalos, que eram como uma família para ela também..." (Até os cavalos foram mencionados, mas eu não.) Ela não conseguiu dizer tudo que queria, porque Gracie estava ficando inquieta, se contorcendo para todos os lados, jogando a cabeça para trás, querendo descer, querendo descer AGORA.

Então Danny entregou à sra. Deering o que presumi ser um vaso tosco, com um girassol em relevo, que suspeitei ser obra de um dos amigos artistas de Amber. Havia algo de cerimonioso na maneira como ela o pegou com ambas as mãos, erguendo-o alguns centímetros acima do normal, e só então percebi que era uma urna. Nesse momento, Gracie soltou um grito estridente, pois queria ir para o colo de novo. Ela parecia mimada, e a sra. Deering a atendeu de prontidão, erguendo-a vigorosamente com um dos braços; em seguida parou tudo para sussurrar algo em seu ouvido. Todos ficaram em silêncio, como se algo divertido estivesse prestes a acontecer, e não ficaram desapontados quando Gracie declarou com sua vozinha esganiçada:

— Eu te amo, Amber, vou xentir xaudade! — Até que o coro de "ooohs" a fez virar a cabeça bruscamente.

Não sei ao certo como dizer isso, mas o que eu realmente esperava era olhar para o rosto de Amber uma última vez, segurar sua mão e dar um beijo de adeus em sua testa antes de me despedir dela para sempre. Acho que, como tive uma educação católica, imaginei que ela fosse "descansar em paz". A dispersão de seus restos mortais me deu uma sensação de desamparo. Fiquei discretamente para trás enquanto apenas os parentes mais próximos, a sra. Deering e Danny, curvavam-se sob os galhos da *pōhutukawa*, a árvore-fogo, e se revezavam espalhando as cinzas. Essa operação levou um tempo, o chão sendo coberto pouco a pouco e a estação parecendo mudar lentamente, como se estivéssemos no fim do inverno em algum lugar distante, onde ainda restava um pouco de neve persistente.

Perto dali, cerca de cem balões brancos de gás hélio estavam amarrados em um aglomerado do tamanho de uma nuvem, e Danny e seu namorado os distribuíam a todos os presentes. Soltamos os balões mais ou menos ao mesmo tempo, e o enorme bando decolou, alguns bem próximos uns dos outros, alguns se afastando progressivamente, outros se desprendendo desde o início e seguindo o próprio rumo, quase como se obedecessem a um capricho. Depois de alguns minutos, eu não conseguia mais distinguir qual era o meu. Mais minutos se passaram e os balões, parecendo cada vez menores, alcançaram as colinas verdes pálidas. Alguns se esconderam atrás de cumes levemente inclinados, desaparecendo para sempre de nossa vista. Fiquei observando os restantes por um longo tempo, mesmo quando já não passavam de pontos brancos minúsculos, contra o azul uniforme do céu, em seguida ainda mais minúsculos, até que, em algum instante indeterminado, simplesmente sumiram e nunca mais foram vistos, embora eu ainda tenha permanecido olhando por um longo tempo.

Fomos convidados a nos servir da comida que havia sido colocada em mesas dobráveis: bandejas com enroladinhos de aspargos, enroladinhos de carne com pepino, *scones* de queijo, rolinhos com pasta de salmão, mas eu não aguentava nem olhar para qualquer coisa daquilo, então, tão silenciosamente quanto havia chegado, fui embora. Nas semanas seguintes, adotei o hábito de ir ver meu velho amigo Ben, que entendia o que eu estava passando sem que eu tivesse que dizer muita coisa enquanto passávamos um para o outro uma garrafa do que quer que ele tivesse, o que me dava pelo menos um calor artificial por dentro. Muitas vezes eu dormia no quarto vago da casa dele (e da esposa), onde havia um gato do Himalaia em cima da cama, de modo que tinha que me esgueirar cuidadosamente para entrar sob os lençóis sem ter meus olhos arranhados. Às vezes eu também dormia no estúdio de edição, onde havia um futon confortável. Cheguei a dormir algumas vezes em meu carro, parado bem em frente ao meu prédio. Do lado de fora estava tudo bem, mas não lá dentro, e não à noite. Com o passar dos meses, eu parecia razoavelmente bem, digamos que estava funcional, mas a ferida era profunda e parecia que nunca iria fechar, cicatrizar e desaparecer. Dizem que o tempo cura, mas não curava, o tempo não estava fazendo sua famosa mágica.

10 de dezembro de 1987

Fiz uma viagem, uma peregrinação até o Winterless North, o norte sem inverno, pois havia algo que eu tinha que fazer. Cheguei a Spirits Bay tão cedo que a névoa da noite ainda pairava sobre a baía como fumaça branca e começava a se desprender sonolenta das águas translúcidas enquanto o sol se levantava e resplandecia em toda a sua luminosidade. Foi fácil entender por que os maoris acreditavam que aquele era um lugar sagrado onde os espíritos dos mortos se reuniam e por que um de seus nomes, Kapowairua, significava algo como "pegar o espírito". Por algum tempo, fiquei junto à linha-d'água, as mãos unidas atrás das costas, me perguntando se o espírito de Amber podia me ver sozinho na praia. No fundo de meu coração, parecia impossível que ela e eu nunca mais fôssemos nos encontrar ou nos falar, embora em minha cabeça parecesse bastante provável.

Na tarde seguinte, cheguei ao cabo Reinga, o ponto mais ao norte da ilha de Aotearoa. À minha esquerda, o mar da Tasmânia, à minha direita, o oceano Pacífico, ambos se estendendo até onde a vista alcançava. A península, relvada e com uma grande saliência, projetava-se em uma última, estreita e árida extremidade rochosa, onde os dois mares se fundiam em águas revoltas, encrespadas e sempre contrastantes. Não havia nada mais ali além de um farol solitário, fazendo companhia a uma única e gigantesca *pōhutukawa*, que diziam ter oitocentos anos e nunca ter florescido. Pensei na árvore sob cujos galhos as cinzas de Amber tinham sido espalhadas havia pouco mais de três meses. Te Rerenga Wairua significava "lugar de desapego dos espíritos", e de acordo com a mitologia māori, era dali que eles partiam em sua jornada para a vida após a morte. O vento parecia vir de várias direções ao mesmo tempo e por algum motivo me vi prendendo a respiração, como se houvesse vento suficiente à minha volta para respirar por mim.

A baía Matauri era meu destino final, e cheguei lá no fim da manhã, quando faltava menos de uma hora. Era o que eu tinha ido ver por Amber. Naquele dia, por volta do meio-dia, o *Rainbow Warrior* — remendado, reflutuado, rebocado para aquelas águas — iria ser afundado. Eu sabia que Amber não perderia aquilo por nada no mundo, e foi por isso que fui, para sentir que estava de alguma forma honrando o espírito dela. Havia cerca de cem embarcações na baía, a motor, à vela, a remo, além do novo navio do Greenpeace, a bordo do qual estava certamente uma tripulação emocionada. Mais ou menos cinco helicópteros sobrevoavam o local, pairando como libélulas sobre um lago em um dia de verão e eu, como os outros, estava observando do alto, da costa. Originalmente, o afundamento aconteceria no aniversário de um ano do bombardeio, mas houve complicações legais. Amber ainda estaria viva naquela época, mas eu ainda estaria com Janet. Será que eu teria ido? Eu não sabia, tudo teria dependido. De quê? Naquele momento, olhando para trás, eu não tinha dúvida que não deveria ter hesitado.

Enquanto o *Rainbow Warrior* era rebocado para seu local de descanso final, ficou claro para todos que era impossível salvar o navio. Grande parte do casco estava submersa abaixo da linha-d'água, apenas uma pequena amostra do arco-íris pintado na proa ainda visível, a pomba branca saindo da água como um peixe voador. Parecia detonado e velho, a madeira no convés dianteiro apodrecendo e os buracos na proa cheios de ferrugem. A popa, grosseiramente remendada, afundou primeiro, forçando a proa a subir, para em seguida também começar a mergulhar. Com apenas um último par de buracos marrons enferrujados à mostra na proa, era como uma grande fera tentando manter o focinho acima da água para dar seu último suspiro... então, rapidamente, a cauda do navio submergiu. O ar aprisionado embaixo borbulhou até a superfície, traçando um padrão branco perfurado que logo também desapareceu.

Algo extraordinário se foi com o *Rainbow Warrior*, algo muito maior do que o próprio navio. Era como se o tempo tivesse passado sem nós, toda a nossa geração, e não tinha sido apenas Amber que se fora, mas também nossa era, assim como tudo que amávamos, tudo que desejávamos e tudo com que nos preocupávamos, todos os nossos sentimentos radicais, nossas peculiaridades dos anos setenta no vestir e no falar, a música daquela época, nossas ideologias, tudo silenciado. Foi como a morte de toda uma época, a morte de minha juventude, de minhas extravagâncias e de meus erros, de minhas maluquices e também de meus sonhos. O mundo tinha mudado, e uma nova geração, mais voltada para os negócios, mais corporativa, estava tomando nosso lugar.

Era possível ver isso nas linhas mais definidas e modernas do novo navio. Estávamos em uma nova era, e eu fazia parte do passado. Foi bom estar afastado das outras pessoas, de óculos escuros, porque finalmente me libertei, sem amarras. Levei esse tempo todo porque tinha medo de que, se o fizesse, uma parte de Amber também se desprendesse de mim, e eu queria manter o máximo dela comigo pelo maior tempo possível.

Março de 1988

O ciclone Bola atingiu a Nova Zelândia com a força desenfreada da loucura, os ventos uivando, às vezes soltando gritos histéricos, as tempestades torrenciais, a chuva caindo por dias, sem trégua. Eu não conseguia entender de onde vinha aquela quantidade inacreditável de água. Quero dizer, como o céu podia conter aquela massa de umidade no ar? Era como se boa parte do oceano tivesse evaporado e estivesse desabando de uma só vez sobre nossos prédios, nossas casas, nossa cabeça. Foi tão extremo que me fez pensar em Moisés e no dilúvio, tudo que era conhecido e familiar levado embora, e quando as águas começaram a baixar, nada, ao que parecia, jamais seria o mesmo.

Esculturas de gelo

Hoje passamos o dia em um bote, filmando as massas de icebergs que flutuavam livremente, e foi como se tivéssemos adentrado sem saber uma necrópole de gigantes havia muito submersa. Havia centenas de blocos gigantescos de obras inacabadas, todos parecendo ter sido parcialmente esculpidos em puro mármore branco, muitos em forma tabular, sepulturas lisas e titânicas, lápides hercúleas, desconhecidas, não gravadas. Havia icebergs que se elevavam a quase cinquenta metros acima da superfície da água, cenotáfios de eras inteiras, testemunhos de tempos anteriores à existência do homem. Havia blocos simples e formas excêntricas, um arco triunfal vergando tristemente para o lado, um derradeiro segmento de aqueduto sendo arrastado pelo tempo. Enquanto estávamos ali, algo sobre eles, sua antiguidade e sua majestade imponente, evidenciava nossa insignificância no esquema cósmico das coisas; no entanto, também era possível derivar uma serenidade dessa consciência, talvez o direito de ser esquecido. De longe, todos pareciam ter sido cortados a partir do mesmo bloco original, mas de perto alguns eram reluzentes e cintilantes, enquanto outros tinham um acabamento fosco e desbotado, e outros ainda eram ásperos e granulados, como se um toque pudesse fazê-los desmoronar e reduzi-los a nada. Muitos dos que encontramos eram surpreendentemente redondos e planos, agrupados com placidez, como gigantescos nenúfares brancos. Os mais sublimes para mim, no entanto, tinham uma aparência vítrea, tão claros, brilhantes e intrigantes em sua estranheza quanto se tivessem sido soprados pelos primeiros ventos. Se tivesse que escolher uma lápide para Amber naquele lugar de beleza atemporal, seria uma dessas.

O horizonte

6 de abril de 1988

Era uma noite importante para mim — uma cerimônia de premiação no Civic, na qual eu estava concorrendo ao prêmio de Melhor Curta-Metragem, ou melhor, meu curta-metragem *Horizonte* estava. Contra quatro concorrentes. Era sobre uma linda e jovem noiva que, algumas horas depois da recepção do casamento, percebe o erro que acabou de cometer (isso não é um *spoiler* porque eu não disse como nem por quê). Admito que havia um elemento autobiográfico no filme, mas sempre há, por mais que os artistas gostem de fingir o contrário. *Horizonte* tinha sido mencionado no *Dominion Post*, junto de uma foto minha que fora tirada no porto, os guindastes atrás de mim quebrando a linha do horizonte.

As primeiras fileiras estavam reservadas para os indicados aos vários prêmios, mas ainda era cedo e não tinha chegado muita gente. Eu estava caminhando pelo corredor central, imerso em pensamentos, quando, do nada, avistei, ou pensei ter avistado, a mãe de Amber. Foi perturbador porque, parada sob a luz artificial do sinal de saída, a sra. Deering parecia quase o fantasma da filha, uma visão impressionante dela envelhecida.

Eu não conseguia acreditar no que estava vendo. Era de fato a sra. Deering, com uma bolsa antiquada nas mãos grandes, decididamente desconfortável. Tudo parecia tão estranho, a linguagem corporal que percebi quando ela se deu conta de que eu a tinha visto suscitando a pergunta: "Ela realmente veio aqui por *minha causa*?" Não foi exatamente uma pergunta, foi mais uma sensação de *"Como assim?"*, que tinha a ver com a maneira como ela estava vestida, talvez pensando que seria como pisar no tapete vermelho em Cannes. Ainda me lembro de seu vestido longo, azul-claro, que realçava seus olhos, mas não favorecia tanto sua silhueta, robusta e de ossos largos. Além disso, ela estava velha demais para usar algo tão justo, embora na verdade quase não tivesse engordado desde a última vez que o usara, sabe-se lá quantas décadas antes.

Depois de uma hesitação inicial e desajeitada, dei alguns passos determinados até ela. Eu devia estar parecendo perplexo, porque quando me aproximei ela enrijeceu, torcendo a bolsa, nervosa. Suas unhas estavam atipicamente feitas, pintadas de um vermelho-coral vibrante que, no mínimo, destoava da aspereza de suas mãos calejadas.

— Sra. Deering? — Quase oito anos haviam se passado desde que a conhecera, eu agora era um homem feito, mas chamá-la de "Milly" não me parecia apropriado.

— Eu esperava encontrar você aqui. Podemos conversar? — Não era bem uma pergunta, era mais uma exigência educada.

Instintivamente farejei problemas, e me perguntei se ela estaria precisando de dinheiro para os cavalos; talvez, depois de ter visto o artigo sobre mim no jornal, achasse que agora eu tinha milhões de sobra.

— Agora não é exatamente uma boa hora — falei ao ver as pessoas chegarem com programas nas mãos, o que me fez lembrar de que eu não tinha pensado em pegar um.

— Eu vim até aqui — disse ela, engolindo em seco. — É sobre a Amber.

Amber? À menção do nome dela, meu coração quase parou, e de repente me ocorreu, pela primeira vez, que talvez Amber tivesse deixado algo, possivelmente um diário ou um bilhete no qual tivesse escrito sobre mim. Talvez confessando tudo, até mesmo aquela malfadada noite com Stuart. Mas antes que eu pudesse responder, ela perguntou apressadamente:

— Nós podemos nos encontrar no Pointers Café amanhã de manhã? Às nove em ponto?

— Claro — concordei. A essa altura, o diretor de fotografia e o chefe de iluminação haviam chegado e estavam visivelmente esperando para falar comigo.

— Desculpe, não posso. Eu não... não vou ficar — gaguejou ela. — Vejo você amanhã cedo. Seja pontual. É extremamente importante. — Depois de dizer isso, ela subiu a escada acarpetada até a entrada principal, balançando os quadris largos a cada passo cansado.

Não me pergunte como aguentei as horas intermináveis que se seguiram, já que mal conseguia raciocinar. A única coisa na qual pensava era na sra. Deering e no que diabos ela poderia querer de mim. A tal ponto que não estava nem um pouco preocupado se iria ou não receber o prêmio, pois vê-la havia arruinado a cerimônia para mim. Durante cada exibição, eu olhava para as imagens que se sucediam sem ver nada, como se tudo não passasse de um grande borrão. A única coisa que eu via diante de meus olhos eram os últimos meses que Amber e eu havíamos passado juntos. Como uma vez, quando estávamos na banheira de minha casa, eu com a torneira pressionada contra as costas. Fiz uma piada sobre as pessoas que automaticamente ficavam com o lado mais confortável e suave, considerando isso natural, e, antes que eu percebesse, ela colocou os pés em meus ombros e jogou a toalha molhada em meu rosto. De brincadeira. Eu a joguei de volta. Por diversão. Então aumentamos a aposta, tentando horrorizar um ao outro, usando a toalhinha primeiro para esfregar nossas orelhas, axilas, virilhas e nádegas, depois acertando um ao outro na orelha, no queixo, no olho, na boca, cada novo golpe melhor do que o anterior, rindo sem parar até o banheiro ficar inundado. Esses momentos com ela eram quase tangíveis, mas pensar neles era inútil, eu sabia, embora às vezes não pudesse deixar de revisitá-los.

7 de abril de 1988

Fico feliz em dizer que na manhã seguinte, quando entrei no movimentado café e vi a sra. Deering sentada a uma mesa encostada na parede, ela estava de volta ao normal: parca xadrez, calças e botas de caminhada. Apenas nas unhas curtas ainda havia vestígios da noite anterior: um leve resíduo vermelho-coral ao redor das cutículas. Vi que ela já havia feito o pedido e devia estar com fome, pois comia como um homem, dando grandes mordidas nas torradas com ovos pochê e dobrando as fatias de bacon para enfiar tudo na boca. Quando tirou os olhos da comida por tempo suficiente para me cumprimentar, a boca cheia demais para dizer qualquer coisa, eu me sentei, e ela continuou comendo. Alguns minutos se passaram assim, eu inquieto na cadeira e procurando alguém para anotar meu pedido. Depois de limpar o prato, o que não demorou muito, ela bebeu todo o café da xícara de um só gole, como se isso a ajudasse a engolir. Então limpou a boca com o guardanapo de papel e o manteve ali por um tempo, enquanto sua língua procurava por mais restos.

— Me desculpe por não estar muito à vontade ontem — disse ela por fim, enquanto pegava uma migalha da mesa e a esmagava entre os dentes da frente.

— Eu não esperava ver a senhora lá. Sabe, fiquei muito curioso para saber sobre o que quer me dizer... — Achei melhor ir direto ao ponto.

— Aqui não. Em algum lugar reservado. Acho que não seria sensato falar aqui.

O que estava acontecendo? Por que tanto sigilo? Será que era algo tão grave assim? Eu realmente não soube o que pensar quando ela tolerou que eu pedisse um café e esperou, de braços cruzados, enquanto eu bebia o mais rápido que podia, mesmo queimando o céu da boca. Então, mantendo o ritmo acelerado, ela me levou até seu velho carro empoeirado. Eu me sentei no banco do carona e, sem me dizer para onde estávamos indo (além da promessa: "Você vai ver, você vai ver..."), ela começou a dirigir para um lugar que já parecia ter em mente. Passava as marchas de maneira abrupta, e depois de muitas curvas fechadas, acelerações e desacelerações, sentidas com muita intensidade por meu estômago àquela hora da manhã, chegamos à igreja de St. Stephen, a pequena igreja de madeira branca onde Amber e Stuart tinham se casado sete anos e meio antes. A essa altura, meu coração martelava no peito e nos ouvidos também, quase como se eu estivesse sendo sequestrado e tivesse consciência disso.

Ela saiu do carro antes de mim e, por algum motivo, começou a falar sobre as características da igreja de uma forma leve e despreocupada, como se estivéssemos, sei lá, fazendo um passeio turístico, tecendo comentários sobre pequenos detalhes do dia do casamento, muito tempo atrás. Por exemplo, como o pai de Amber, Les, a levara até aquele exato ponto em seu trailer para transporte de cavalos — ele o havia lavado para tirar a lama e estava usando o único terno que possuía, o rosto mais vermelho do que o normal por causa do calor —, mas se recusara a entrar na igreja porque Danny estava lá; como Amber ficou em silêncio durante todo o trajeto, sem dizer uma palavra; como, ao chegarem, Candice, a dama de honra, correu para ajudá-la, supostamente para que seu vestido não se prendesse em coisa alguma ao sair do veículo, mas não apenas por isso, a sra. Deering havia intuído. Foi um passeio lento e acidentado pela estrada da memória, como se ela estivesse se preparando para me conduzir pelas veredas da culpa.

A porta da igreja estava fechada, mas destrancada, e fazia pelo menos cinco graus a menos lá dentro do que do lado de fora. O interior não era nada mau, todo de madeira, mais ou menos como entrar em uma arca vazia. Nossos passos eram abafados por um tapete vermelho, o padrão de flores-de-lis apontando para o altar como uma espécie de corrente irresistível que a sra. Deering seguia, um passo solene por vez, como se ela mesma fosse a noiva naquele dia lamentável.

— E foi aqui que a Amber fez os votos sagrados — disse ela, articulando as palavras de maneira exagerada e fazendo questão de me encarar por mais tempo do que era confortável. — "Prometo amar-te e respeitar-te na alegria e na tristeza, *na saúde e na doença*, na riqueza e na pobreza, por todos os dias de minha vida, *até que a morte nos separe.*"

Não caí na provocação tão facilmente, decidido a manter a calma, custasse o que custasse. Era evidente que ela havia descoberto a respeito de nós, o que significava, eu tinha certeza, que iria me dar um sermão sobre moral e sobre meu papel em ter desencaminhado sua filha.

— Uma das netinhas do Stuart estava sentada aqui — disse ela, apontando para o banco da frente — e não parava de deixar cair o molho de chaves da mãe. Eu acabei tendo que tirar as chaves daquela garotinha rebelde, porque a mãe estava bem ali, simplesmente deixando que ela continuasse. Naquele momento, compreendi no que minha filha estava se metendo ao se envolver com aquelas pessoas, a família mimada e maldosa do marido dela.

Por um breve momento, a sra. Deering deixou seus olhos varrerem a nave, como se estivesse se lembrando de todas as pessoas que estiveram presentes naquele dia; então respirou fundo e de repente pareceu ansiosa para sair dali. Do lado de fora, respirando ar fresco, nenhum de nós estava exatamente o que alguém descreveria como relaxado, mas fingimos passear juntos de maneira casual para a baía, ambos, tenho certeza, ansiosos para acabar de uma vez com "aquilo", o que quer que aquilo fosse. Era, é claro, a mesma baía diante da qual eu havia esperado enquanto Amber e Stuart se casavam. Quando chegamos lá, os ventos estavam se intensificando, em grandes áreas acima de nós, o cinza escurecia rapidamente e, de tempos em tempos, raios de sol escapavam de forma espetacular de trás das nuvens, antes de serem engolidos outra vez.

Por fim, a sra. Deering encontrou um lugar que lhe convinha, a areia quase seca e sem muitas conchas. Eu me sentei à direita dela, de modo que ficamos os dois de frente para o mar naquele temido momento de silêncio que precede uma conversa séria.

— Isso não vai ser fácil para mim. — Ela usou as mãos para ajudar a esticar uma perna, depois a outra, desfazendo acidentalmente o laço de uma das botas. — Eu realmente não sei por onde começar.

— O começo costuma ser o melhor lugar. — Soou mais duro do que eu pretendia, provavelmente porque estava me preparando para o que estava por vir, me sentindo bastante tenso.

— Eu sei que você gostava de minha filha — disse ela por fim, me dirigindo um olhar longo e duro.

Eu a encarei de volta, sem vacilar. Ela não me faria sentir vergonha. Eu amava Amber... continuava amando. Não tinha sido um caso extraconjugal passageiro. Eu a amei por mais de nove anos, *amei*, não apenas *"gostei"*. Estava prestes a dizer exatamente isso, mas ela se antecipou.

— Sei que vocês dois tiveram um caso. Quando o Stuart estava morrendo.

Depois de dizer isso, ela se voltou para o mar. Não muito longe, uma gaivota planava para um lado e para o outro, como uma pipa levada por uma rajada de vento.

— Mas a senhora sabe que nós nos amávamos? — perguntei, sem rodeios.

Nesse momento, ela me surpreendeu, virando-se para me olhar outra vez e, não sem uma certa ternura, disse:

— Sim, eu também sei disso. — Então juntou as mãos, enfiou-as entre os joelhos, e com a voz cheia de emoção, tanto que nem parecia a voz dela, me disse: — A minha filha é sua.

— Como assim? — No início, não entendi o que exatamente ela quis dizer com isso. Como Amber poderia ser minha? Será que ela queria dizer em espírito? Que tipo de prêmio de consolação era aquele?

— A minha caçula, a Gracie... ela é sua.

Fiquei sentado ali, atordoado, sem saber ao certo se tinha entendido, mas com vergonha de pedir que ela repetisse.

— Ela é sua. — Ela elevou a voz, como se não quisesse deixar margem para dúvidas em minha mente. — A Gracie é sua filha... sua e da Amber.

Dessa vez eu sabia que tinha ouvido direito. Meu Deus, quantas coisas diferentes senti ao mesmo tempo. Por um lado, não conseguia acreditar, por outro, *queria* acreditar, mas mesmo não acreditando, tantos momentos voltaram à minha mente. A ocasião em que encontrei Amber comprando coisas de bebê; na fazenda, alguns dias depois, quando ela me disse que "já estava na hora de eu conhecer o novo membro da família". Lembrei-me também de como a sra. Deering não queria que eu visse o bebê, de como nunca me queria por perto.

Ainda podia ouvir a sra. Deering falando, mas de repente era como se sua voz estivesse vindo de um lugar distante.

— Quando a Amber foi morar comigo... quando você não podia vê-la durante o período de luto. Você realmente nunca suspeitou?

Diferentes momentos do passado pareciam estar obstruindo minha mente enquanto eu balançava a cabeça como um autômato.

— A Amber estava grávida de quatro meses quando você apareceu de surpresa na casa da Wynyard Road. Ela quase não abriu a porta quando viu que era você. Não achou estranho ela sair de uma casa moderna vestindo um casaco de inverno?

Sim, agora que ela havia mencionado, de fato tinha parecido estranho. Mas a única coisa em que pensei na época foi que Amber devia estar com outra pessoa, que havia marcas de amor que ela estava tentando esconder de mim... seu jeito estranho de agir. Meu Deus, por que ela não tinha me contado? Se eu era o pai, tinha todo o direito de saber! Então, pensando bem, como eu poderia ter certeza de que a sra. Deering não estava inventando tudo aquilo? Talvez Amber tivesse engravidado de outro cara naquela época, ou em uma das noites no iate. Talvez ela nem soubesse quem era o pai. E agora a mãe dela estava... tentando transferir a responsabilidade de um filho ilegítimo para mim? Agora que talvez achasse que eu era um sujeito bem-sucedido? Fiquei indignado, me senti insultado por não ter sido informado na época, por não ter sabido a verdade, mas ainda assim, lá estava eu, querendo acreditar, mesmo contra todas as minhas esperanças...

— Por que ela não me contou?! Eu teria feito a coisa certa. Se a criança fosse minha.

— No começo, ela mesma não sabia. Você a pressionou a tomar o anticoncepcional, e ela achou que os enjoos, os seios doloridos e o inchaço na barriga fossem normais. Além disso, continuou a ter sangramentos, então nunca lhe ocorreu que pudesse estar grávida. Afinal, estava tomando a pílula, que supostamente era quase cem por cento segura. Só depois que parou de tomar, depois de Stuart, depois que a menstruação deixou de vir, foi que ela finalmente se deu conta.

Ela franziu os lábios, balançando a cabeça em desaprovação.

— Você tem que entender que ela ficou grávida enquanto ainda era casada com o Stuart, então haveria a questão legal de determinar se o filho era dele. Ninguém teria acreditado que o bebê era dele, qualquer médico poderia ter testemunhado sobre isso. Sendo casada com alguém tão importante, a Amber teria sido arrastada pela lama como uma vadia, todo mundo iria saber que ela havia traído o pobre marido moribundo. Ela teria nos envergonhado, nós, sua família, teria desonrado nosso nome. Nós não somos pessoas importantes, é verdade, mas somos pessoas boas e honestas, com uma reputação a zelar em nossa comunidade. Ainda assim, ela estava disposta a enfrentar tudo isso por você. O problema era que haveria *implicações*.

A sra. Deering pronunciou esta última palavra, *im-pli-ca-ções*, agarrando com fúria um punhado de areia e jogando-o como se fosse ração para galinhas.

— A Amber sabia disso. Eu apenas refrescava a memória dela de vez em quando, sobre como ia parecer assassinato, um *assassinato premeditado*. Na melhor das hipóteses, homicídio culposo. A história de vocês não iria se sustentar. Qualquer júri teria julgado vocês com severidade, até eu teria, se fizesse parte dele! Havia o motivo: vocês tinham que se livrar do Stuart porque a Amber estava grávida de você, então você acertou um golpe na cabeça dele. Não havia testemunhas que pudessem confirmar que as coisas tinham acontecido como vocês alegavam, havia? E não seria preciso investigar muito a fundo para descobrir que a Amber estava me ajudando financeiramente, e o dinheiro seria outro motivo. Vocês dois estavam desesperados, a única saída era matá-lo, ou talvez, como você pensou, apressar um pouco a morte dele. Até eu, a mãe dela, tive dificuldade de acreditar na Amber no começo, sinto muito, mas era o que parecia, olhando de fora. As evidências contra vocês eram sólidas. Uma cabeça esmagada, sangue no tapete, em você. Os paramédicos poderiam ter testemunhado sobre isso. Vocês tentaram limpar as manchas, e a cuidadora, a sra. Grant, teria testemunhado sobre isso. E mesmo que um júri absolvesse vocês dois, os rumores perseguiriam a criança para sempre, ela seria sempre "fruto do adultério", "uma bastardinha", "filha de assassinos".

Eu estava em choque. Meu Deus, por que Amber não tinha me procurado? Eu teria encontrado uma solução, teria ficado do lado dela. Tudo estava começando a se encaixar, como o frágil perímetro inicial de um quebra-cabeça de mil peças. Ainda assim, a criança teria que fazer um exame de sangue. Eu não queria ser feito de trouxa, especialmente se aquilo tivesse sido obra de algum canalha que se aproveitara dela enquanto ela estava bêbada. Mas ao mesmo tempo que pensava nisso, em meu coração eu já sabia.

— Se um homem inocente feito Arthur Allan Thomas foi para a prisão mesmo não havendo praticamente nenhuma prova contra ele, imagine vocês! A Amber me contou que a sra. Grant estava sempre fazendo comentários sarcásticos, exigindo aumentos salariais significativos por seus "esforços extras". Além disso, os três filhos do Stuart detestavam a Amber e teriam feito de tudo para que vocês recebessem o que mereciam.

E nem um centavo do testamento. Você não vê que minha filha estava te protegendo? Protegendo você e a filha de vocês?

— Por que a senhora resolveu me contar isso agora? Por que demorou tanto? — perguntei, na defensiva.

A sra. Deering pressionou um lenço contra os olhos, como se estivesse se vingando deles por ousarem demonstrar fraqueza.

— Eu quero que você saiba de uma coisa: nós nunca nos arrependemos de ela ter vindo ao mundo, já a amávamos mesmo antes de ela nascer. Eu sabia que seria uma menina, sabia pelo formato da barriga da Amber, larga. Eu disse isso a ela e estava certa.

Ela enrolou o lenço entre os dedos e, como se de repente se cansasse dele, enfiou-o de volta no bolso.

— Na época, pareceu o plano perfeito. Nós seríamos felizes juntas, seríamos fortes, nós três. Mas se foi a mentira o que inicialmente nos uniu, foi ela também que acabou nos separando. Nós tínhamos planejado tudo até o último detalhe. Mas o que não previmos era que a Amber não fosse suportar. Nem que eu não fosse ser capaz de criá-la até o fim.

Eu a encarei, analisando-a, para ver se aquilo realmente podia ser verdade. E ao ver seus olhos arregalados de medo, não tive mais dúvidas de que era.

— Eu não tenho mais do que dois anos de vida. É no útero. Não se pode dizer que eu não tenha recebido uma punição adequada.

— Sra. Deering, por favor, não diga isso. Essas coisas acontecem. — Por mais desajeitado e estranho que fosse, a abracei de lado e deixei que apoiasse seu peso contra mim.

— O tumor começou a crescer, como uma pequena semente alimentada por uma mentira maligna. Achei que perder minha filha já tivesse sido castigo suficiente. Ela era meu raio de sol, e agora isso... não vou viver nem para cumprir meu dever para com ela!

Ao dizer essas palavras, ela cobriu o rosto com as mãos e, nos minutos seguintes, eu às vezes acariciava suas costas, às vezes recuava, deixando-a em paz.

Quando ela parecia mais calma e começou a fungar ocasionalmente, fiz uma pergunta.

— Quando... que dia... o bebê nasceu?

— No dia 4 de setembro de 1984. Por meus cálculos, foi uma semana antes do previsto, embora seja impossível ter certeza. Se o bebê fosse realmente meu e do Les, então era plausível que tivesse nascido com mais ou menos uma semana de atraso. Nada que levantasse suspeitas. Tenho certeza de que foi o estresse que fez a Amber dar à luz antes do tempo.

— Mas como vocês conseguiram esconder isso? Alguém tinha que saber. O médico. O hospital.

— Você não entende. Ela teve o bebê na fazenda. Eu fui a única, a única que a ajudou a dar à luz.

Deixei escapar um suspiro.

— Mesmo assim. Não dá para esconder algo tão importante. A Amber estava grávida. A senhora não estava grávida. As pessoas não são cegas.

— Se você soubesse como foi fácil... Nós não recebíamos muitas visitas na fazenda. Era inverno, ela usava o velho casaco do Les. Por causa do estresse, a Amber não ganhou muito peso e, de qualquer maneira, ela nunca ia muito além dos estábulos. E você está enganado, eu tinha uma barriga, uma barriga bem grande na verdade. Arranquei punhados de palha do espantalho e os enfiei em uma fronha. A Amber e eu costuramos cordões nos cantos, e ela amarrava a barriga falsa em mim todas as manhãs. E minha barriga cresceu, de verdade! Eu comia como um porco, sobremesa extra todas as noites e, além disso, acrescentávamos mais enchimento à fronha a cada duas semanas. O coitado do espantalho minguando, eu ficando cada vez mais grávida. No fim, eu nem a tirava mais à noite, isso me ajudava a acreditar que o que estava acontecendo era real.

— E o médico que examinou a Amber? *Ele* tinha que saber a verdade.

— Não houve médico. Ela nunca se consultou com um.

Eu balancei a cabeça, inconformado.

— E se alguma coisa tivesse acontecido com ela?

— As coisas foram caminhando exatamente como manda a natureza, o bebê se mexia, estava crescendo bem e em uma boa posição.

— Um bebê humano não é como um cavalo. Como pôde expor sua filha a tantos riscos?

— Durante milhares de anos não existiram obstetras... Ouvindo você, parece até um milagre que a espécie humana tenha sobrevivido. A natureza sabe o que faz, mais do que o próprio homem, apesar de nossa arrogância em pensar o contrário.

Tudo me parecia tão absurdo, tão arriscado e terrivelmente retrógrado. Quase como Maria dando à luz Jesus em um estábulo, sem ninguém mais além de José e de alguns animais presentes. Eu não conseguia acreditar. *Minha filha!*

— Eu me mantive longe dos olhares das pessoas, mas elas falam. Às vezes, vinham nos visitar. Tentavam me tranquilizar, assegurando que iria ser um bebê saudável, pelo tamanho da minha barriga, mas percebiam que tinha alguma coisa errada... Eu acho que todo mundo achou que era porque eu não tinha mais o Les. No fim da gravidez, quando minha barriga já estava enorme, as pessoas simplesmente apareciam e, sem dizer uma palavra, começavam a ajudar nas tarefas pesadas. Nesse período, a Amber e eu tínhamos que tomar muito cuidado. Quanto mais eu... ou melhor, ela se aproximava do momento do parto, menos havia espaço para erros, por menores que fossem.

Ela suspirou.

— A sorte estava do nosso lado. A bolsa da Amber estourou e ela entrou em trabalho de parto pouco antes de uma da manhã: contrações regulares, dilatação. A evolução foi perfeita. Se alguma coisa desse errado, eu teria que levá-la às pressas para o hospital e seria nossa ruína. Mas foi o destino. O bebê nasceu às 6h11, com peso adequado, calculei, embora não houvesse tempo para pesá-lo. Um tapinha na bunda, e o choro veio bom e forte, e eu a coloquei sobre uma toalha. A única dificuldade foi a expulsão da placenta. Foi doloroso para a Amber. "Olhe para o bebê", eu dizia a ela. "Olhe que linda menininha!" Eu tinha que ter certeza de que não havia mais nada. Não podíamos arriscar que ela pegasse uma infecção. Não haveria como explicar algo assim.

"Então chegou o momento da troca. Amber se limpou, se vestiu rapidamente, escovou o cabelo. Eu tirei a falsa barriga, as roupas, me deitei na cama, nos lençóis ensanguentados, com a placenta, como se tivesse acontecido comigo e aquele fosse meu bebê. Nós tentamos fazer as coisas de forma que eu realmente acreditasse nisso. Gritei de dor quando ela empurrou meu abdômen com força para que eu tivesse a sensação de ter dado à luz. Mas isso não foi suficiente. A Amber disse que eu tinha que ter uma memória muscular da experiência, tinha que ter sentido as dores do parto, e então apertou com mais força, cravou os dedos mais fundo em mim, até que eu gritei, simplesmente berrei. Talvez ela estivesse com raiva de mim por eu ter me apossado da filha dela, fruto do amor de vocês, mas também a prova do pecado. Talvez ela odiasse a si mesma por ter nascido, por ter que fazer o que estava fazendo. Mas não havia tempo para pensar. Às 6h42, a Amber ligou para nossos vizinhos, eu gritando de dor ao fundo, e pediu que eles fossem rápido, disse que não ia dar tempo de me levar para o hospital, que o bebê estava nascendo! Às 6h56, o carro deles chegou à toda velocidade à frente de nossa casa. Às 6h57, nosso vizinho e a esposa entraram correndo e me encontraram com o bebê nos braços, ainda nu e manchado de sangue.

Então a sra. Deering começou a rir.

— O mais engraçado é que nos esquecemos completamente da minha barriga falsa. Estava caída bem ali, no chão, mas ninguém percebeu, todos os olhos estavam voltados para o bebê. Quase colocamos fogo na casa quando eles foram embora e jogamos minha "barriga" na lareira!

A alegria durou pouco e, de repente, ela ficou melancólica outra vez.

— Mais tarde naquele dia, o que se abateu sobre nós foi mais do que apenas depressão pós-parto. Quando assimilamos tudo. Parabéns para mim, flores para mim, nem um único botão para ela. Apenas pessoas dizendo a Amber como ela deveria estar feliz por ter uma "irmãzinha tão linda", que ela teria que ser generosa e ajudar a mãe. Foram as outras pessoas, a forma como nos trataram, que nos fizeram perceber cada vez mais a enormidade do que havíamos feito, quão errado tinha sido. Mas que escolha tínhamos? Nós estávamos fazendo tudo aquilo pela criança... Eu também fiz tudo aquilo por ela, assim como ela fez por você. Estávamos todos presos uns aos outros como elos em uma corrente de culpas.

"Naquela noite, tivemos nossa primeira briga. A Amber e eu tínhamos combinado de antemão que ela não iria amamentar. Tínhamos comprado fórmula infantil e planejado nos revezar para dar mamadeira à bebê. Então a Gracie acordou chorando, e enquanto eu esquentava a mamadeira, o choro parou. Quando fui verificar, lá estava a Amber, amamentando! Ela tentou argumentar que seus seios estavam inchados e doloridos, mas eu disse que aquilo só faria com que ela produzisse ainda mais leite. Eu sabia que na verdade a dor física era só uma pequena parte do sofrimento, havia a outra dor, a de não poder amamentar a própria filha, mas nós não podíamos confundir a bebê, não podíamos deixar que se apegasse à pessoa errada, à suposta irmã, e também não podíamos nos confundir. A Amber tinha que parar! Tinha que ordenhar o leite sozinha!

"Eu acho que ela pensou que eu iria ajudá-la a sair da situação ruim em que estava e que meu papel iria se encerrar aí. Mas como? Aquilo seria para a vida toda. Fizemos nosso melhor, mas a confusão sobre quem era a mãe da Gracie só foi aumentando com o tempo, tanto que às vezes eu mesma me esquecia de que ela não era realmente minha filha. Mas, legalmente, havia uma certidão de nascimento: mãe, eu, Millicent Anne Deering, pai, Lester Rayburn Deering; um certificado da igreja de St. Andrew, onde a batizamos, com o selo da paróquia... Sim, nós mentimos na igreja quando prestamos juramento, mentimos para meus queridos vizinhos, os padrinhos mais inocentes. Fui eu quem a segurou enquanto o padre derramava água benta sobre sua cabeça, a Amber estava sentada nos bancos vazios, me observando com seu olhar frio e ausente."

Por um tempo, a sra. Deering ficou em silêncio, como se estivesse revivendo outros momentos daquele dia. Então, finalmente, ela disse:

— No fim, quando a Amber começou a passar noites inteiras fora de casa, meio fora de si por causa das substâncias ilegais, eu sabia que não poder ser mãe de sua filha a estava consumindo por dentro. Ela precisava daqueles venenos porque assim não precisava pensar. Às vezes eu achava que talvez tivesse sido melhor deixar que ela fosse para a prisão e pagasse pelo que havia feito, talvez ela se sentisse menos culpada. Uma vez a Amber me repreendeu por deixar que o pai dela ditasse as regras em casa e disse que foi isso que fez com que ela quisesse ir embora tão cedo. Eu devia ter controlado o Les quando ele estava bêbado, quando nos agredia, dava socos no irmão dela, batia nela. Mas eu tentava impedir! Da mesma maneira que a ajudei quando ela arruinou a própria vida!

A essa altura ela estava praticamente gritando. De repente, parecendo perceber, ela parou no meio da frase e, com cuidado, afastou o cabelo do rosto e alisou a blusa.

— E pensar que a Amber saiu da casa do Stuart praticamente da mesma forma que entrou. Não levou nem as alianças de casamento... A única coisa que levou foram oitenta e oito mil dólares, o mínimo para pagar minhas dívidas. Ela cuidou dele por anos, desperdiçando a juventude por um homem velho e entrevado! Que tipo de marido é esse para uma jovem saudável? Ele achava que poderia sair com uma linda jovem e beber da fonte da juventude? Uma égua precisa de um garanhão, não de um cavalo castrado com as costas curvadas, pronto para se recolher nos prados e se aposentar! Fui eu quem a empurrou para conseguir o pouco que ela conseguiu. Minha filha poderia ter ficado em uma boa situação para o restante da vida. Em vez disso, às vezes tinha que fazer trabalho extra, de joelhos, catando nozes, as mãos manchadas de vermelho por colher frutas silvestres, uma trabalhadora sazonal, quando poderia ter tido uma vida de rainha!

Talvez sentindo que tinha falado demais, a sra. Deering mordeu o lábio, e depois disso pareceu escolher melhor as palavras.

— Foi a culpa. Acho que pode ter havido momentos em que ela esteve perto de revelar a você nosso segredo, e momentos em que desejou desfazer o que tínhamos feito. Eu tinha gastado o dinheiro do Stuart pagando as dívidas com a reforma da casa, cuidando dos cavalos. Eu tinha infringido a lei para ajudá-la, ela não podia arriscar que uma mulher de minha idade fosse mandada para a prisão.

Sufocando a emoção, ela olhou para o horizonte.

— Então houve períodos em que ela passava semanas sem sair, não colocava o pé fora de casa. Ficava com a Gracie nos braços por horas a fio, observando-a enquanto ela dormia, às vezes passava a noite em claro. Eu dizia a ela: "Amber, pare de fazer isso consigo mesma." Acho que essas noites faziam mais mal a ela do que as noites em que saía com aquelas pessoas horríveis.

De repente, as linhas de preocupação da sra. Deering pareceram mais marcadas e, embora sua expressão estivesse vazia, notei uma lágrima escorrendo lentamente por sua bochecha enquanto ela murmurava baixinho.

— Eu devia ter estado preparada para perder a fazenda, devia ter aberto mão de tudo...

Paisagens mutáveis

Quando a sra. Deering me levou de volta para o lugar onde tínhamos nos encontrado naquela manhã, eu não conseguia mais me lembrar de onde havia estacionado o carro. Estava tão absorto em repassar tudo que ela havia acabado de me contar que já devíamos ter passado por ele algumas vezes sem que eu me desse conta. Foi um grande alívio quando o localizei, junto da multa de estacionamento sob o limpador de para--brisa, mas isso não era nada perto do que eu estava tendo que digerir naquele momento. Ela estava indo buscar Gracie na casa da madrinha, esposa de um veterinário aposentado que ficou cuidando dela desde a noite anterior, e, conforme havíamos combinado, eu a segui. Uma vez fora do anel viário, continuei a segui-la. Automaticamente. Ela ligou a seta, eu liguei a seta, ela virou, eu virei.

Quando por fim paramos diante de uma casa no meio do campo, senti um aperto no peito. Eu já conhecia Gracie, é claro, já a havia segurado nos braços quando ela era bebê, até lhe dera papinha, mas daquela vez iria encontrá-la como minha bebê, sangue de meu sangue, minha filha, minha. *Minha e de Amber*. E isso, claro, era completamente diferente. Além do mais, agora ela já falava e pensava. Nunca vou esquecer a primeira vez que a vi novamente. Gracie estava enfiada em um pneu pendurado em um enorme carvalho, os longos cabelos pendendo de um lado, as pernas magras do outro. A visão do carro da sra. Deering foi o suficiente para trazê-la de volta à vida, que correu alegremente até ela, girando acima da cabeça um rato de pelúcia que segurava pela longa cauda. Suspeitei que não houvesse brinquedos naquela casa e que ela tivesse roubado aquela coisa horrível do gato. Uma mulher de cabelos brancos saiu por uma porta francesa dupla, tendo nos braços um cachorrinho da raça bichon frisé que ela embalava e enchia de beijos. Parecia meio maluca, mas felizmente a sra. Deering não se demorou, e logo meus olhos estavam grudados no mesmo para-lama empoeirado novamente.

Em menos de quinze minutos chegamos ao haras, e quando saímos do carro, praticamente ao mesmo tempo, eu ainda não fazia ideia do que diria. Lembro-me claramente de tentar dar uma boa olhada em Gracie, sem deixar isso muito óbvio, é claro. Muito bem, ela era esguia como eu, mas também como Amber. Seus cabelos não eram tão loiros quanto eu me lembrava, agora tinham um tom mais escuro do que os de Amber. Talvez houvesse algo de mim no lábio superior, na forma como se curvava para baixo bem no meio? Fora isso, o quê? A maneira como seus joelhos se juntavam; nem ela nem eu tínhamos joelho valgo, apenas as coxas mais juntas do que a panturrilha, o que seria perceptível se algum dia tivésse-mos que bater continência. Nada que tivesse chamado minha atenção de imediato, se eu não estivesse procurando ativamente. Bem, não tão ativamente assim. Na verdade, eu estava me esforçando ao máximo para apenas sorrir, dizer olá e deixá-la à vontade. Uma parte de mim queria muito abraçá-la, ainda mais porque o que de fato vi foi muito de Amber em seus olhos brilhantes e brincalhões e na boca travessa. Mas, temendo assustá-la, me contive.

— Gracie, este é o Ethan. Ethan Grieg. Ele era um grande amigo da Amber... — explicou a sra. Deering, o nervosismo transparecendo em sua voz, e em suas maneiras também, assim como nas minhas, prova-velmente.

Com apenas uma leve curiosidade, Gracie me observou por alguns segundos e pareceu concluir que eu não representava uma grande ameaça à sua existência. Então, se virou para a sra. Deering e pediu com sua voz estridente:

— Mamãe, posso montar no Salsa?

O que eu esperava? Ela não podia se lembrar de mim, nunca tinha ouvido uma palavra a meu respeito, e a sra. Deering não podia exatamente dizer: "Gracie, este é seu verdadeiro pai", podia? A reação dela foi completamente natural. Mesmo assim, a sra. Deering lançou um olhar preocupado para mim, como se temesse que a falta de interesse de Gracie pudesse ferir meus sentimentos. Mas, para ser sincero, eu não me importei, e simplesmente disse:

— Eu adoraria conhecer o Salsa.

Salsa, devo explicar, era um pônei Shetland meio atarracado, já considerado um tanto velho, dado de presente a elas pelo veterinário e por sua esposa cerca de um ano antes. Tinha uma pelagem escura desgrenhada que fazia com que parecesse ainda mais gordo e, além disso, estava sujo e precisava ser escovado. Não que Gracie se importasse. Devo dizer que a postura dela ao montar era impressionante. Com menos de quatro anos na época, já montava sem sela e o fazia pular sobre obstáculos de madeira e, minha nossa, como gostava de demonstrar suas habilidades para qualquer um que estivesse disposto a assistir. Após cerca de vinte minutos, a sra. Deering sugeriu que ela me apresentasse alguns de seus "outros amigos". Tive, portanto, a honra de conhecer as galinhas que moravam com elas, e peço desculpas por não me lembrar dos nomes de todas. E a cabra branca. Matty, acho. E o gato malhado de um olho só, Pirata. Enquanto ela e eu caminhávamos pela propriedade, notei que muitos dos cavalos não estavam mais lá, as baias limpas e vazias, as portas baixas deixadas abertas.

Puxando-me com sua mãozinha, Gracie me levou a um cercadinho onde uma porca malhada como um dálmata estava deitada de lado na lama.

— Eu lhe apresento agora a Czarina — disse ela, rindo com as mãos sobre a boca. — Você tem que se curvar para ela. — E para me mostrar exatamente o que fazer, ela se inclinou para a frente com as costas rígidas.

Quando me curvei, o mau cheiro ficou subitamente tão forte que me engasguei, o que a fez cair na gargalhada, para minha irritação. Uma brincalhona atrevida, igual à mãe. Então a pequena informante descreveu minha reação à sra. Deering, de modo que passei por um maricas, antes de tentar me arrastar de volta até Czarina para reviver o momento. Aquela garotinha, eu disse a mim mesmo, me controlaria antes que eu me desse conta, se não me mantivesse alerta.

Dentro de casa, a sra. Deering nos serviu chocolate quente e biscoitos, e conversamos sobre assuntos seguros, como geadas matinais, lareiras de alvenaria que não aqueciam tão bem quanto lareiras de ferro, o fato de estarmos perdendo cerca de um minuto de luz solar por dia, tudo isso enquanto Gracie fazia intrincados desenhos florais com as réguas mágicas do espirógrafo: papel de parede para sua casa de bonecas, ela me disse. Então me levantei e me dirigi apenas à sra. Deering.

— Tudo bem se eu vier neste fim de semana? Talvez para ajudar a cortar um pouco de lenha?

A sra. Deering e eu nos entendemos, ambos sabíamos o que eu estava realmente pedindo. Realizar pequenas tarefas para elas não era o preço a pagar pelos direitos de visita ou algo assim, era apenas uma maneira de mostrar minha dedicação. Minha filha e sua avó, que tinha dado o melhor de si para ser uma mãe para a menina.

— Sim, eu gostaria muito. — Ela aceitou com gratidão.

Olhando para trás, posso apenas imaginar como a sra. Deering devia estar se sentindo vulnerável e assustada, sozinha com uma criança ativa, e ela mesma cada vez mais debilitada. Mas era o tipo de mulher que só mostrava as feridas uma vez, em seguida as ocultava para sempre, assim como quando a superfície da água volta a ficar lisa e o mar parece serenar por completo, não importa quantas pedras tenham sido atiradas nele.

Quando voltei para casa naquele dia, nada mais era igual. *Meu Deus! Eu tinha uma filha! Uma filha com Amber!* Eu estava eufórico, e queria gritar aos quatro ventos, gritar para todos os que passavam, gritar para quem me conhecesse ou não. Mas o fato era que eu não podia contar a ninguém. Não podia contar para minha mãe, para meu pai, para minha irmã, para meus amigos nem para as pessoas com quem trabalhava. A única outra pessoa viva que sabia era a sra. Deering. Ninguém mais. Nem a própria Gracie sabia. Se a sra. Deering tivesse morrido naquele dia, ninguém mais iria saber além de mim. E quem teria acreditado em mim? Que autoridade eu tinha? Tudo parecia absolutamente insano. Nada era simples, nada nunca havia sido, e daquele momento em diante eu podia ter certeza de que nada nunca mais seria.

Era um milagre que nossa história, minha e de Amber, tivesse continuado sem mim, como um riacho secreto que encontra seu caminho incrivelmente longe da nascente no topo da montanha nevada. Havia beleza nisso, mas uma beleza inextricavelmente ligada a Amber, à dor e à perda, as piores que já havia experimentado na vida. Mais ou menos como um bebê nascido de uma mãe que morre no parto. O pai ama o bebê com todo o seu ser, o bebê é ainda mais precioso pois é tudo que resta da mulher que o pai amava, mas ao mesmo tempo ele nunca consegue olhar para o bebê sem pensar na mãe, sem vê-la e se lembrar dela. Receio que fosse algo bem parecido com isso.

Finalmente entendi por que Amber não queria mais ficar muito perto de mim, por que ela não queria que eu a tocasse, para que eu não notasse mudanças em seu corpo. Doeu muito, mas de uma maneira totalmente nova, porque na época eu achava que ela não me amava mais, quando na verdade ela fez o que fez movida por amor e medo, enquanto eu pensei que tinha sido tudo por dinheiro. Pensando agora, a gravidez era tão óbvia, como eu não havia notado? Amber podia me amar, mas com certeza não confiava em mim para manter aquele segredo, e acho que provavelmente estava certa. Eu iria querer fazer uma declaração por escrito, contando toda a história nos mínimos detalhes, sem esconder nada. Um juiz — ou juíza, devo dizer hoje em dia — poderia lê-la e ver com os próprios olhos que eu teria declarado cada palavra sob juramento.

Peguei um calendário. Se a gravidez de Amber durou pouco mais de oito meses, então ela devia ter engravidado em algum momento nas primeiras semanas de dezembro de 1983. Eu não tinha ideia do que estava fazendo em 4 de setembro de 1984. Naquela hora da madrugada, muito provavelmente estava dormindo. Será que as mentiras foram ficando mais difíceis à medida que Gracie crescia? Como devia ser cada vez que ela chorava? Será que Amber e a mãe trocavam um olhar antes de a sra. Deering ir até ela, ou será que era Amber quem ia até ela? Como elas se sentiam ao fingir que o sr. Deering era o "pai" de Gracie? Como teria sido manter vivo o mito do pai que falecera antes de ela nascer? Eram coisas que eu nunca poderia perguntar, não abertamente. Já havia dor suficiente.

Não conseguia tirar da cabeça a cena descrita pela sra. Deering: Amber dando à luz e depois trocando de lugar com a mãe; era como algo saído de um filme de terror, uma avó ensanguentada, uma mãe ensanguentada, sangue no bebê. Sangue em Stuart. Tudo parecia culminar em uma grande sujeira! Não era de admirar que a sra. Deering achasse que Amber estava brincando com fogo ao retomar o contato comigo. Fui até a janela da sala e a abri para olhar o céu noturno. Faltavam apenas alguns dias para a lua cheia, de modo que ela estava arredondada sem estar completamente redonda. Quanto Amber pensava de mim quando estávamos afastados? Quando passava horas olhando para o rosto de nossa filha, será que estava pensando em mim? É uma imagem dela que guardei até se tornar algo como a Virgem e o Menino, algo belo e imutável saído do pincel de Raphael ou Ferruzzi. É uma das maneiras como gosto de me lembrar dela. Quanto a mim, acho que fui um pouco como José, aquele que faz parte do quadro, mas de certa forma é sempre deixado de fora.

Céu aberto

Estou de volta esta noite depois de um dia deitado de costas, filmando os céus da Antártida. Digo céus porque cada um pode ser tão radicalmente diferente do anterior que você quase não se lembra de que ainda está no mesmo lugar. O trabalho mais extenuante era usar as câmeras de vídeo portáteis por tanto tempo quanto conseguíssemos ficar sem tremer. Assim, seguimos um único cúmulo-nimbo escuro que preenchia metade do céu, como uma onda gigante prestes a desabar sobre nós; ou uma nuvem lenticular, cuja forma lembrava um tornado em toda sua fúria, mas um tornado que permanecia silenciosamente congelado no lugar. Catástrofes sob controle. Às vezes, deixávamos uma câmera em um tripé por um tempo, apontando-a para cima como um telescópio, por vinte minutos no máximo. Nosso principal objetivo era tentar fazer jus às nuvens estratosféricas polares que preenchiam a abóbada celestial com suas pinceladas, mais impressionantes do que qualquer coisa que você encontraria no teto de qualquer capela em qualquer lugar. Os cirros, como anjos espectrais, varriam o céu em sincronia, os diversos matizes e padrões evoluindo continuamente ou se transformando em algo na mesma medida espetacular, apenas para serem superados de novo logo depois, do mesmo modo como eu sei que pode acontecer, às vezes, com as lembranças.

A conexão

Nos meses seguintes, me desloquei tantas vezes entre Auckland e Cambridge que comecei a ter a sensação de que pertencia a dois mundos diferentes. Havia o mundo harmonioso e asséptico do cinema, lugar do intelecto, moderno e inodoro, que eliminava as imperfeições fugindo para a abstração da arte. E havia o mundo da fazenda, um lugar mais tangível, que obedecia à lei da gravidade e onde havia texturas e cheiros, como o da terra depois da chuva e do feno secando ao sol, um lugar onde eu sujava as mãos e ficava orgulhoso quando concluía uma tarefa. Mas qualquer que fosse o mundo onde eu estivesse, nada era mais precioso para mim do que minha garotinha. Não demorou muito para que eu e ela nos tornássemos grandes amigos. Bastaram alguns dias na companhia um do outro, e Gracie já estava implorando para que eu montasse a cavalo e cavalgasse com ela. E embora isso estivesse definitivamente fora de minha zona de conforto, por ela, fiz uma tentativa; na verdade, fiz três tentativas, já que fui derrubado duas vezes antes de conseguir permanecer na sela. No entanto, com a mesma frequência eu a colocava nas costas e dávamos uma volta tão boa ao redor da cerca quanto se ela estivesse cavalgando Salsa. E eu também podia saltar! Troncos, a cerca, um carrinho de mão cheio de folhas secas. Acho que o fato de eu ter comprado algumas coisas divertidas para ela, como sua primeira pipa, também ajudou. No começo, ela a deixava cair todas as vezes, mas depois, com um pouco de orientação, conseguia fazê-la mergulhar a um metro do chão e, no último segundo crítico, a mandava voando de volta para as alturas.

Gracie também tinha muito a me ensinar. Para sua diversão, esgotei minhas tentativas de adivinhar o que era a bola marrom viscosa em sua mão, então ela a abriu e dentro havia uma noz inteira ainda na casca. Ela também me mostrou uma lagarta na planta-balão: primeiro, enquanto crescia, ficava pendurada de cabeça para baixo, curvando a cabeça para cima como um anzol, depois se transformava em uma joia verde e, com paciência, desfraldava suas asas laranja, como se fosse o lenço de um mágico, e imediatamente alçava voo. Uma vez, a levei para andar de bicicleta, literalmente nós dois em *uma* bicicleta, eu pedalando como um louco na antiga bicicleta de Amber, com cestinha e franjinhas no guidão. Eu pedalava com os joelhos praticamente batendo no queixo, enquanto Gracie se equilibrava no guidão. Parada na frente da casa com seu avental xadrez, a sra. Deering nos observava, e embora aparentasse me reprovar com um gesto da cabeça, eu podia sentir de longe sua aprovação.

No fim das contas, nunca pedi à sra. Deering que Gracie fizesse um exame de sangue. Em primeiro lugar, não conseguiria vê-la gritar e chorar. Em segundo, não precisava do exame para ter certeza. Pela idade, eu sabia que ela só podia ser minha. Quer dizer, ela não tinha sido concebida depois que Amber e eu paramos de nos ver, pelo contrário, foi no período em que estávamos mais próximos, e não havia mais ninguém. Além de Stuart, claro. Em terceiro, sem que eu precisasse pedir, a sra. Deering me deu uma cópia da certidão de nascimento, que ela havia tirado no dia seguinte ao parto. Seus vizinhos haviam testemunhado o fato, se houvesse necessidade de provar alguma coisa, mas não havia. As únicas coisas que ela teve que informar foram: hora, local, sexo, nome da mãe, nome do pai, ocupação do pai e mais algumas informações "factuais". O bebê foi examinado por um pediatra no mesmo dia e, como a sra. Deering havia presumido com segurança, estava tudo bem.

Eu sabia havia algum tempo que o tipo sanguíneo de Amber era O-, porque ela se gabava de brincadeira sobre ser uma "doadora universal", enquanto eu não passava de um B- (nada tão generoso, como ela gostava de me lembrar). Como o tempo confirmou, cerca de dois anos depois Gracie teve que fazer um exame de sangue, antes de tirar as amígdalas, e descobrimos que ela era B-, como eu. Havia 75% de chance de ela ser B, se eu realmente fosse o pai, mas para ser minha filha tinha que ter o fator Rh negativo, B- ou O-, caso contrário, não haveria como eu ser o pai. E ela era, como eu sabia que seria, embora, claro, ainda assim tenha ficado ligeiramente apreensivo com o resultado. De qualquer maneira, àquela altura eu já a amava tanto que apenas o fato de ser filha de Amber teria sido o suficiente para que eu cuidasse dela mesmo assim, dadas as circunstâncias.

Nós tínhamos errado, Amber e eu, mas sobretudo eu, tinha feito tudo errado, mas havia uma última chance de fazer ao menos uma coisa certa, com a ajuda da sra. Deering. Não totalmente certa, na verdade, mas pelo menos um pouco menos errada. Para isso eu, ou melhor, nós, tínhamos que ser pragmáticos. Não havia exatamente uma centena de opções disponíveis, e tínhamos que colocar Gracie em primeiro lugar, caso contrário, no dia em que a sra. Deering morresse, eu não seria ninguém para ela em termos legais. No máximo um amigo da família. Seu parente mais próximo seria Danny, que havia "saído do armário" em Londres. No Reino Unido, ser gay não era um problema havia muito mais tempo do que na Nova Zelândia. Bem, talvez não para todo mundo, mas pelo menos era mais ou menos descriminalizado (dependendo se os dois homens faziam "mais" ou "menos", e tinha que ser apenas os dois). A sra. Deering, como muitos naqueles tempos, desaprovava; ela achava que o filho estava perdido e ainda por cima estava se expondo ao risco de contrair AIDS, uma sentença de morte irrevogável. Ainda mais porque, pelo que ela me disse (com base no que o próprio Danny tinha dito a ela), desde que tinha terminado com o sujeito do cravo, ele trocava de namorado a cada duas semanas. Então dá para entender que ele estivesse longe de ter uma situação estável o suficiente para cuidar de uma criança. E eu não ia deixá-la nas mãos do serviço social ou em um lar temporário, com estranhos. Só por cima de meu cadáver. Além disso, tinha que encarar os fatos: como homem solteiro, um solteiro de longa data, e "cineasta", eu também não seria considerado uma boa opção.

5 de agosto de 1988

O casamento foi realizado no Tribunal Distrital de Auckland. Não era o lugar mais romântico do mundo, mas devo insistir que isso foi absolutamente intencional. A sra. Deering e eu havíamos solicitado a licença alguns dias antes, então o casamento foi real, legal e "vinculante", como dizem. Ao mesmo tempo, nem ela nem eu tínhamos a menor intenção de "consumá-lo", então, vendo por esse ponto de vista, também era completamente falso. Mas era *legal*, e esse único ato me tornava o padrasto de Gracie. O que fazíamos, ou melhor, o que *não* fazíamos a portas fechadas, era problema nosso e apenas nosso.

Seguir adiante com esse plano foi muito mais difícil do que parecia, porque, para que funcionasse, não podíamos contar a ninguém que na verdade NÃO era uma decisão com motivação romântica. Por mais que meus pais sempre tivessem me pressionado para me casar, repetindo que "já tinha passado da hora" de eu sossegar, eles não gostaram nada quando fiz o anúncio. De repente tudo estava "acontecendo rápido demais", eu tinha "toda a minha vida pela frente".

— Eu entendo que, sendo viúva, ela é livre para se casar de novo, mesmo de acordo com os preceitos católicos — disse minha mãe —, mas você não quer ter *uma filha sua*? Em vez da *filha de outra pessoa*?

E meu pai, embora não dissesse muito, no fundo concordava com ela. Era absurdo, simplesmente absurdo. Eu tinha "minha filha"! Gracie era minha. Ela era minha filha, não da sra. Deering! E também tive que ouvir todo tipo de bobagem sobre como a sra. Deering era uma "mulher mais velha" e calculista, que estava se aproveitando da minha "inexperiência" e "ingenuidade". Considerando o que eu havia feito e o que a sra. Deering teve que fazer para salvar a pele da filha e, portanto, a minha também, mais de uma vez me senti tentado a dar-lhes algumas dicas sobre como o filho bom e imaculado deles poderia estar apodrecendo na prisão, acusado de assassinato.

No "grande dia", tivemos duas testemunhas. Ao meu lado, meu fiel, embora cético, amigo Ben, e ao lado dela, a madrinha de Gracie, a esposa do veterinário aposentado, que me lançava olhares desconfiados, como se eu estivesse interessado em tomar posse de sua propriedade, ou quem sabe fosse um Humbert Humbert, que na verdade cobiçava sua linda filha loira. Além deles, apenas familiares próximos de meu lado estavam presentes e outro amigo dela, o veterinário: precisávamos deles lá para que tudo parecesse genuíno. A sra. Deering desempenhou bem seu papel, em um vestido branco na altura dos joelhos com covinhas, decote em V e mangas bufantes que davam um toque elisabetano ao traje.

Os votos foram curtos, simples e diretos. Coloquei as alianças no livro que o celebrante estendeu para mim. Tirei-as do bolso: um modelo simples, em ouro branco, representativo, em minha mente, de nossa mentira inofensiva. Lembre-se de que tínhamos que fingir trocar olhares enquanto conversávamos e, na verdade, eu estava me casando com a pessoa que, para todos os efeitos, deveria ser minha sogra. Ninguém pode imaginar como eu estava confuso. Se não fosse por Gracie, parada lá, sorrindo enquanto esperava com sua cestinha de flores, eu nunca teria conseguido.

Depois do casamento, fui morar em Fencourt, conforme o combinado, e também conforme o combinado, a sra. Deering e eu dormíamos na mesma grande cama. Não podíamos cometer o mesmo erro que os dois agentes franceses do caso *Rainbow Warrior*: eles dormiram em camas separadas em sua suposta lua de mel, o que foi denunciado por funcionários do hotel após o atentado, justamente o tipo de "detalhe" que estragou seu disfarce. Essa era uma parte importante da Fase Dois do plano. Tudo tinha que parecer tão perigosamente próximo do real quanto possível, a fim de enganar os outros, mas não a nós mesmos. Eu me mantinha na beirada de meu lado do colchão, enquanto ela se mantinha na dela, com uma longa fileira de travesseiros no meio, de forma que nem mesmo nossos pés se tocassem, o que ainda deixava bastante espaço para que Gracie pulasse na cama ao raiar do dia, importunando um de nós para que lhe preparasse panquecas, geralmente a sra. Deering — quer dizer, Milly. Eu tive que me acostumar a chamá-la assim: *"Milly."* Ainda mais porque o nome dela não era mais sra. Deering, ela agora era sra. Grieg, assim como minha mãe. *Por Deus.* No começo foi muito estranho, mas depois que nos acostumamos, na verdade foi bom para Milly quando ela precisava de algum remédio durante a noite, para as dores e as crises de ansiedade. Com o tempo, percebi que apenas falar com ela em um tom reconfortante era o suficiente para fazê-la voltar a dormir. Estávamos juntos naquela situação e tínhamos que ajudar um ao outro, como coachs pessoais, até o fim.

Apesar das muitas desvantagens de viver no campo, estar com Gracie era uma verdadeira alegria. Vê-la todos os dias me fez perceber que eu estava exatamente onde deveria estar. É claro que eu tinha que acordar cedo, antes mesmo de o sol nascer, praticamente sete dias por semana. Além disso, havia muito a fazer e alguns deslocamentos, porque todo trabalho que eu conseguia em publicidade rendia uma boa quantia, o que ajudava a engordar a conta conjunta que eu e Milly tínhamos. Jogávamos o jogo da harmonia total de outras maneiras também: cozinhávamos juntos, por exemplo, depois ela lavava a louça, e eu, o chão, meus pés sobre o pano realizando uma dancinha que fazia Gracie ter acessos de riso. Eu tirava fotos de todos esses "momentos normais do dia a dia", às vezes com o temporizador ativado, nós três espremidos no enquadramento. Também me assegurava de que saíssemos muitas vezes como família. No supermercado, eu empurrava o carrinho com força pelos corredores, Gracie gritando de alegria. Nós também íamos à praia, e como eu era bom em jogar Gracie para o alto e salvá-la das ondas! Não eram exatamente feriados, mas no álbum de retratos parecia que eram. Chapéus, narizes queimados de sol, castelos de areia.

Minha nova casa parecia um cruzamento confuso entre uma casa real e um set de filmagem, onde nós, como atores reais, improvisávamos nossa vida dia após dia. Havia apenas um lugar que parecia mais um refúgio ou santuário, onde ninguém de fora jamais estaria me observando, e esse lugar era o antigo quarto de Amber. O quarto era mantido fechado e silencioso, com as cortinas fechadas e tudo exatamente como ela havia deixado. Às vezes eu entrava, abria as cortinas e me sentava na cama... então conversava com ela e perguntava algumas coisas. Evidentemente, sem esperar resposta. Mas isso me ajudava a entender o que eu achava que ela teria pensado. Eu ainda ouvia a voz de Amber em minha mente com a mesma clareza de sempre. Para mim, o fato de ter me casado com a mãe dela nunca fez com que me sentisse leviano; pelo contrário, era uma prova de minha dedicação a ela e à nossa filha.

No quarto, eu podia jurar que sentia seu cheiro delicado. Em um pequeno sofá de vime branco, onde ela o colocara pela última vez, estava seu violão, que ela às vezes dedilhava, mas nunca por muito tempo ou com alguma seriedade. A colcha marfim com babados da cama ainda estava amarrotada por seu último toque. As portas duplas do guarda-roupa deixadas escancaradas, com quase nenhuma roupa dentro, nada de seus tempos, ou melhor, de seus tempos mais prósperos, com Stuart. Apenas alguns jeans rasgados, algumas camisetas, um par de tênis. Uma jaqueta de camurça com franjas, pequena demais, que ela devia usar quando menina. Uma saia havaiana, um longo vestido de lantejoulas azuis, com um decote que ia até o umbigo, em uma tentativa tortuosa de revelar mais do que cobrir. Fiquei chocado com o quão, bem, desprezível era, e o ciúme me queimou por dentro enquanto tentava imaginar para que teria servido *aquilo*... até que me dei conta, um tanto envergonhado, de que era apenas uma fantasia de sereia, o biquíni combinando no cabide ao lado. Debaixo da cama havia jogos antigos guardados: *Trivial Pursuit*, de perguntas e respostas, *Detetive* e *Ouija*, um daqueles tabuleiros para se comunicar com espíritos que Vicky nunca tivera permissão para ter. Alguns LPs também estavam juntando poeira por lá, entre eles *Rumours*, da banda Fleetwood Mac, *Double Fantasy*, de John Lennon e Yoko Ono, lançado no ano em que ele foi assassinado, o que fazia com que os dois se beijando sempre me parecesse um último beijo de despedida.

Depois de cerca de três dessas incursões ao seu quarto, finalmente cedi à minha curiosidade e, sentindo-me culpado, abri a primeira gaveta da escrivaninha. A bagunça, devo dizer, reinava ali dentro. Uma infinidade de lápis, incluindo um com uma grande borracha de luva de boxe na ponta. Uma flauta de bambu com uma fenda de ponta a ponta, mas que ainda produzia som. *Fu fu*. Um abridor de cartas que poderia ser uma adaga. Um velho cronômetro, parado para sempre. Peguei o cartão da biblioteca, a carteira de motorista, o passaporte, e até naquelas pequenas fotos ela estava linda. Algumas moedas fora de circulação, uma de dez centavos, de 1967, na qual estava escrito *"shilling"* para ajudar os idiotas hipotéticos na transição para o sistema decimal. Sua medalha de batismo, distintivos escolares de lacrosse e hóquei, um de ornitologia. Então, no fundo da gaveta, encontrei todas as cartas que havia escrito para ela, algumas com selo da França, ainda no envelope original. Fiquei olhando para elas, incapaz de me mover. Amber as havia guardado, de verdade, durante todos aqueles anos. Até mesmo as cartas engraçadas, os bilhetes bobos. Tudo aquilo, então, era importante para ela. Caso contrário, não teria amarrado uma fita em volta deles. Fiquei sentado ali por um bom tempo, apenas absorvendo tudo aquilo.

A última coisa que encontrei, tilintando no fundo da gaveta, foi o anel de humor que ela havia comprado muitos anos antes, quando a vi pela primeira vez. Ele havia adquirido um tom cinza opaco, mesmo quando abri um pouco as cortinas e o segurei contra a luz. Fiquei com o anel na mão por um minuto, depois mudei de mão e o segurei por mais algum tempo. Eu não estava com pressa, Milly tinha levado Gracie a uma venda de garagem na casa de um vizinho. Quando olhei para o anel de novo, ele estava cinza-azulado, mas tinha um leve tom alaranjado na borda, como um primeiro brilho suave. Àquela altura, o amor que eu sentia por ela era muito mais maduro, mais equilibrado, compreensivo, misericordioso, e guardei o anel no bolso da camisa. Aliás, ainda o tenho comigo sob todas estas camadas de lã. Não ouso olhar para ele, para que meus dedos congelados não façam com que ele volte a exibir o tom cinza opaco. Prefiro que fique quente e brilhante.

Fim de agosto de 1988

Menos de um mês depois que a sra. Deering e eu nos "casamos", tínhamos fotos suficientes para fazer parecer que nosso relacionamento já durava muito mais, e o processo de adoção de Gracie começou. O processo podia levar até doze meses, e sabíamos que estávamos em uma corrida contra o tempo. Pode parecer bizarro, mas tanto eu *quanto* Milly tínhamos que adotar Gracie, no que era chamado de "adoção conjunta", mesmo que Milly já fosse a mãe legal (e supostamente também a biológica). Acho que eles não podiam simplesmente riscar Lester Deering da certidão de nascimento original e colocar meu nome no lugar. E apesar de Gracie já estar morando conosco (não era como se ela estivesse prestes a ser jogada nos braços de dois estranhos), ainda assim tínhamos que passar por uma avaliação.

Tinha sido para isso que havíamos tirado tantas fotos. Era como um anúncio valorizando nossa pequena vida familiar. Mas fui ainda mais longe: voltei no tempo para alterar o passado. Por exemplo, no antigo álbum de Milly de 1985, havia uma foto de Gracie, na época com cerca de um ano, purê de maçã espalhado pelo rosto. Então pedi a Milly que tirasse uma foto minha sorrindo com uma colher de purê de maçã na mão e simplesmente a colei antes da foto mais antiga e fiz que era *eu* quem a estava alimentando naquele dia. Esse rearranjo do passado também servia a um propósito emocional: o de me inserir na vida de Gracie naqueles anos em que eu deveria estar lá, e estaria, se soubesse. Era mais uma mentira bem-intencionada do que uma mentira deslavada, já que eu realmente tinha ido à fazenda e dado papinha a ela quando tinha mais ou menos aquela idade, só que eu não tinha nada para mostrar além das imagens de minha memória, às quais ninguém mais tinha acesso.

O maior desafio era fazer com que Milly vivesse o suficiente, já que a Lei de Adoção de 1955, que determinava que um homem sozinho não podia adotar uma criança do sexo feminino, ainda estava em vigor. Então, se alguma coisa acontecesse com ela, eu estaria perdido. É claro que não revelamos coisa alguma sobre seus problemas de saúde. Para tentar melhorar a aparência, ela pintava os cabelos de loiro-caramelo uma vez por mês e, para o caso de que alguma assistente social resolvesse aparecer para uma visita inesperada, aplicava blush rosa nas bochechas todos os dias. Era uma maneira de enfrentar o problema de fora e, vai por mim, ela também o enfrentava de dentro. Quase todos os dias, no meio da manhã, Milly batia no liquidificador: um pedacinho de fígado cru, um ovo recém-quebrado, cenoura, gengibre, alho e beterraba, e bebia tudo de um gole só. Infelizmente, não era uma cura milagrosa, mas às vezes sua energia melhorava. Milly era uma mulher muito forte e tinha uma vontade (e um estômago) de ferro.

As assistentes sociais iam nos "visitar" (era mais uma "inspeção", eu diria, do que uma "visita") em duplas, e durante as visitas, uma falava enquanto a outra observava. Quem falava, em nosso caso, era uma jovem chamada "Addison", que me lembrava um desenho genérico da Fêmea Humana encontrado em livros de medicina. De estatura mediana, peso mediano, aparência mediana e simpatia mediana, tinha os cabelos curtos, bem rentes na nuca, castanho-opacos como seus olhos. Sua atitude não era fria, mas depois de muitas horas de visitas, nunca demonstrar afeto parecia ser seu jeito. A outra mulher, uma maori chamada Marama, era mais velha — calculei que tivesse mais ou menos a idade de Milly, cinquenta e poucos anos. Era ela quem ficava em silêncio e observava, o que fazia com que parecesse sábia. Ela sorria (mais com os olhos do que com a boca) para pequenas coisas que eu nem notava mais, como o prendedor de porta no formato de um cãozinho *dachshund* ou o castelo de cartas que Gracie havia deixado no canto da sala.

— As pessoas costumam ter uma ideia romantizada do que é ter filhos — disse Addison, olhando-me, só a mim, nos olhos, embora Milly estivesse sentada ao meu lado no sofá. — Não compreendem a realidade de criar uma criança, que é um compromisso difícil e de longo prazo.

— Eu sei que criar um filho envolve trabalho, tempo, dinheiro, preocupações — respondi, tamborilando os dedos nos joelhos.

— Por que "preocupações"?

— "Preocupações" talvez não seja a palavra certa. Como qualquer pai, eu só quero o melhor para ela...

Ouvi a porta da frente se abrir, e Gracie entrou correndo.

— Espera, Gracie — pedi. — Não entre ainda, nós estamos ocupados.

— Na verdade, é importante vermos vocês interagirem — disse Addison, olhando para mim em busca de alguma reação do tipo "uh-oh". Ela escreveu alguma coisa, sublinhando várias vezes.

Assim que viu as visitas, Gracie abaixou a cabeça e, arrastando os pés, parou no meio da sala, muda e desanimada.

— Ela não costuma ser assim, só está tímida porque vocês estão aqui — expliquei.

Addison parecia inclinada a desconfiar, mas Marama continuou sorrindo firmemente para ela até que, pouco a pouco, Gracie não conseguiu mais conter o próprio sorriso; sentindo que tinha uma oportunidade, ela arriscou um rápido olhar para mim.

— Posso brincar com sua câmera?

— Pode, meu amor, mas é uma câmera profissional, então cuidado para não deixar cair — recomendei enquanto tentava forçar um sorriso.

Sem acreditar na própria sorte, Gracie saiu em disparada antes que eu mudasse de ideia.

— É só para fingir que está usando! — gritou Milly enquanto ela se afastava.

A explosão de gargalhadas aliviou um pouco a tensão, mas em seguida voltamos à entrevista.

— Quais outros membros da família vão ter contato próximo com a Gracie?

— Minha mãe e meu pai vêm vê-la no Natal. Mas nós vamos até lá também. — Por algum motivo me senti compelido a acrescentar.

— Que oportunidades a Gracie tem de estar perto de outras crianças?

— Sempre que vamos ao parque ou à praia, ela faz amigos com facilidade.

Nenhuma reação, apenas anotações. Eu não estava muito certo de estar indo bem na avaliação.

— A Gracie já se consultou com um psiquiatra infantil?

— Não.

— Ela tem algum medo?

— Ela, hum, gosta que a gente deixe uma luz acesa em seu quarto à noite.

Novamente sem comentários, apenas anotações.

— Alguma preocupação em particular a respeito de sua família?

Milly e eu evitamos nos olhar quando respondi:

— Nenhuma.

Então o silêncio constrangedor quando Addison entrelaçou os dedos e concentrou sua atenção em nós dois, como se estivesse prestes a nos informar algo desagradável.

— Se me permitem dizer, vocês dois são um casal pouco convencional. — Ela não estava fazendo uma pergunta, apenas afirmando o óbvio, o que qualquer um pensaria.

Milly começou a gaguejar.

— Bem, é, sim... Eu, é, eu acho...

Eu a interrompi.

— O mais importante não é a idade da Milly, mas sua força e seu espírito.

Como continuei tecendo elogios a ela, Milly apertou minha mão para que eu parasse. Isso pareceu deixar Addison muito constrangida, e ela desviou o olhar para os álbuns de fotos na mesa de centro, que já havíamos mostrado a ela. Talvez por ser mais velha, Marama parecia menos propensa a nos julgar, e notei que seus olhos ficaram úmidos. Ela ainda não havia falado, e fez apenas um comentário, dizendo que, quando pôs os olhos em Gracie pela primeira vez, pensou ter visto algo de mim nela.

Prendi a respiração; eu precisava agir rápido.

— A Milly e eu nos conhecemos há muito tempo. Eu acho que... essas coisas, quer dizer, esses *maneirismos*, acabam sendo transmitidos com muita facilidade desde o início.

Pronto. A semente da dúvida havia sido plantada na mente delas. Talvez a criança fosse minha, afinal. Àquela altura, a assistente social mais jovem parecia querer apenas que aquilo chegasse ao fim.

— É claro que a idade não é um problema. — Addison se apressou em dizer.

O que mais me deu esperança foi o fato de Marama não parar de assentir, mesmo quando nada mais estava sendo dito.

Algum tempo depois, recebemos a decisão judicial, e Milly e eu adotamos Gracie, mas — e isso é muito importante — optamos por não colocar "adotiva" na nova certidão de nascimento. Poderíamos, mas optamos por não fazê-lo. Isso significou que, no papel, Gracie se tornou minha filha "de verdade", e eu, seu pai "de verdade", ou seja, um grande erro foi corrigido! Dali em diante, a antiga certidão de nascimento passaria a ser sigilosa e seria esquecida para sempre. Na nova constaria: "Millicent Anne Grieg, sobrenome de solteira, Hall", e "Ethan Mathew Grieg", mãe e pai de "Gracie Aimée Grieg". Tudo bem, ainda era difícil aceitar a ideia de Milly ser a mãe da Gracie, como se ela e eu realmente tivéssemos ficado juntos daquela forma. Meu Deus, me incomodava muito que minha filha crescesse achando isso. Mas eu sabia que teria que deixar para me preocupar com essa questão mais tarde. Pelo menos agora ela era realmente minha. E isso ninguém jamais poderia tirar de nós outra vez.

Um anjo

11 de setembro de 1989

Gracie começou a frequentar a escola. Para sua sorte, não teve que começar no dia do aniversário, como as outras crianças (um verdadeiro estraga-prazeres do Ministério da Educação tinha inventado *essa* regra), porque completou cinco anos durante as férias escolares. A Escola Primária Goodwood, uma pequena escola rural, deu início ao que eu chamava de brincadeira de "A Renascença", porque todos os dias, quando Milly ou eu esperava do lado de fora da Sala de Aula 1 para buscá-la, lá vinha ela brandindo obras de arte. Logo seus trabalhos escolares ultrapassaram o espaço da geladeira e começaram uma migração constante para outras partes da casa. Havia sua mão carimbada em um prato de papel, depois uma cartolina com as impressões multicoloridas da mesma mão, como um bando de galinhas sem cabeça. Depois disso, a mão de gesso. (Todas essas reproduções da mão dela, confesso, estavam ficando um tanto macabras.) No fim do ano, duas dessas mãos de gesso foram transformadas em um anjo com uma auréola de arame. Para a árvore de Natal.

No começo eu era alvo dos olhares desconfiados de outros pais. Era sempre a mesma coisa: eles se viravam para mim, diziam algo que eu sabia que tinha a ver comigo, então a pessoa ou as pessoas com quem tinham falado olhavam em volta disfarçadamente até o momento "ah!", quando me dirigiam um olhar longo e severo. Então, sem falta, algumas risadas entre as partes. Claro que ninguém me apontava o dedo abertamente, era mais uma coisa de conscientização geral. O engraçado é que, o que quer que pensassem sobre Milly e eu, não era nada comparado à verdade sobre nós.

Eu aproveitava os momentos em que Gracie estava na escola para levar Milly a Auckland para fazer seus tratamentos. Em minha opinião, eles só a deixavam mais debilitada, a ponto de ela não conseguir segurar a comida; o cheiro era suficiente para deixá-la enjoada. Não sou médico, mas não fazia sentido para mim: não comer só a deixava mais fraca. Então chegou um ponto em que ela não queria mais ir à escola de Gracie, nem mesmo esperar no carro enquanto eu a levava e a buscava, para que as outras crianças não zombassem de Gracie por causa dela. De qualquer forma, Milly não se sentia bem entre todas aquelas mães retraídas da geração de Amber. Não queria a pena deles, tampouco precisava de sua aprovação.

19 de dezembro de 1989

Milly havia se decidido: nada mais de quimio nem de radioterapia; era preciso encarar o fato de que morreria com ou sem elas. Posso dizer com segurança que ela apreciou suas últimas onze semanas de vida, com sua família pequena e remendada, a filha de sua filha que ela amava loucamente, e suponho que eu também, que fui como um bom genro para ela, um companheiro indefinido e indefinível, que cuidou dela até o fim. Às vezes, ao atender às necessidades da mãe de Amber, era como se eu estivesse expiando meus pecados de alguma forma, como se tivesse recebido outra chance de provar que sou um ser humano decente. Sim, também fiz tudo aquilo por ela. Eu a via como ela era e gostava dela como uma tia favorita, uma cúmplice confiável no crime. Sim, Milly foi corajosa e, até as últimas semanas, viveu uma "vida normal": podava as rosas de joelhos, por vezes de cabeça baixa e cansada, mas aguentava.

Depois que ela morreu, todos pararam de rir de mim. De repente, as pessoas começaram a aparecer, oferecendo-se para tomar conta de Gracie *sempre que eu precisasse*, me levando comida caseira e cestas de alimentos frescos, *fique com a cesta, na verdade*. Alguns apareciam e deixavam coisas na porta, sem se identificar. Foi incrível como as atitudes mudaram. Passei a ser visto como um santo, um homem que havia se casado com uma mulher mais velha, que todos agora sabiam que estava morrendo, a notícia havia se espalhado. Um homem que cuidava sozinho de uma garotinha. Na escola, várias mulheres iam falar comigo (não todas de uma vez) para me dar conselhos sobre como criar filhos. Naquela época, as mulheres estavam discutindo o direito de atuar na linha de frente em combates militares, considerando-se plenamente capazes de disparar uma arma, mas essas mesmas mulheres achavam que eu, como homem, não seria capaz de colocar duas fatias de pão na torradeira e esperar que ficassem prontas!

Foi um tempo tranquilo em uma casa muito mais vazia, só Gracie e eu, mas ficamos bem. Então, depois de alguns meses sozinhos, surgiram algumas oportunidades em Queenstown, para onde as produtoras estrangeiras agora iam a fim de gravar seus comerciais, graças ao "cenário deslumbrante" das montanhas cobertas de neve e dos lagos espelhados. Imagino que esses comerciais fizessem maravilhas para vender bala de menta, pasta de dente, açúcar e bolas de algodão em diferentes partes do mundo. Por que não? Para ficar com Gracie durante minhas ausências, contratei uma babá que passou a morar conosco, chamada Doris, competente e com ar de avó. Então decidi filmar o documentário na Antártida e vir para esta terra de brancura infinita onde todos os ruídos do mundo, todas as coisas mesquinhas e tolas são silenciadas até que reste apenas o que mais importa.

Minha querida, minha única e amada filha, vou parar a história por aqui, porque a esta altura você já viu tudo através de meus olhos e já entendeu como minha história se relaciona com você e o que isso certamente significa. Sei que quando tiver idade suficiente para lê-la, vai ser um grande choque para você. Não, Gracie, o "casamento" com a sra. Deering nunca foi mais do que um arranjo fictício se passando por realidade. Não importa o que levamos você e todos os outros a acreditarem, não estávamos "juntos", não dessa forma. Não me interprete mal, nós tínhamos um vínculo muito forte, um sentimento de família e compromisso, tudo isso devido ao nosso interesse comum por você. Nosso "casamento" foi um ato desesperado, mas ao mesmo tempo muito lúcido. Foi a melhor mentira que conseguimos inventar para chegarmos o mais perto possível da verdade. Nosso casamento nos tornou uma família, uma família feita das peças remanescentes, quebradas e desencontradas, unidas de maneira grotesca e artificial. A única cola verdadeira era você.

A "mamãe", aquela que você sempre conheceu como sua mãe, era na verdade sua avó. Seu pai biológico não era Les Deering. Ele era seu avô, e certamente a teria amado, mas infelizmente não sabia de sua existência quando faleceu. Sua linda "irmã mais velha", Amber, não era sua irmã. Era sua verdadeira mãe. Ela te gestou e te deu à luz. Para estar ao seu lado, escolheu viver sob o mesmo teto que você e, infelizmente, isso não foi bom para ela, pois não conseguia lidar com o fato de não ter você como filha. Sua mãe e eu não poderíamos ter nos amado mais. Em outras circunstâncias, acho que teríamos sido felizes juntos. Você não tem irmão, sinto muito... Danny não é seu irmão, você é filha única. Mas, sem saber, ele é seu tio. Quanto a mim... bem, os romanos tinham duas palavras para "pai": primeiro *genitor*, o pai biológico, e segundo *pater*, aquele que cria, o pai de acordo com a lei. Eu sou ambos.

Nem sua mãe nem eu cometemos assassinato, essa ideia nunca passou por nossa cabeça. Algumas vezes desejei que Stuart se apressasse e morresse mais rápido? Claro que sim. Agi intencionalmente para causar a morte dele? Não, nunca. No entanto, acho que nosso descuido, nossa imprudência, principalmente a minha, meus atos irresponsáveis naquela noite fatídica, o fato de eu ter agido sem pensar, levaram involuntariamente à morte de Stuart, então, de alguma forma, eu poderia ter sido considerado culpado de homicídio culposo. Afinal, fui eu quem o empurrou, fui o instigador, o causador de problemas. Minha "bússola moral", se é que um dia existiu algo tão afinado em mim, parecia ter se quebrado no frenesi louco do nosso amor, não há outra maneira de explicar. O fato de que Stuart iria morrer de qualquer maneira não torna o que fiz certo.

Sei que essa verdade que estou revelando a você não é justa, é uma bagunça, na realidade. Como seria possível para mim ou para você dizer aos meus pais que eles são seus *verdadeiros avós*"? Quanto mais pessoas soubessem, mais incerta seria sua situação atual. Seus documentos, sua certidão de nascimento, não corresponderiam ao que todos sabem, muito menos à lei. Tente pensar nesse grande emaranhado como um daqueles desenhos que você fazia no espirógrafo quando era pequena, lembra? Você costumava brincar com ele por horas. Primeiro desenhava um belo padrão em azul, com todas aquelas espirais simétricas girando, depois pegava uma caneta vermelha e fazia outro por cima, mas sem estragar o de baixo. Da mesma forma, essa nova maneira de ver sua vida não vai arruinar a antiga, vai apenas acrescentar elementos a ela, tornando-a mais complexa a cada nova volta dessa linha errática e insana. Pense em sua vida assim. Ambas as histórias pertencem a você, juntas, ambas compõem quem você é.

Não vou negar que tenho arrependimentos, remorsos; gostaria que houvesse um ensaio para a vida, de forma que eu pudesse ter feito um trabalho melhor quando chegou a hora de viver de verdade. Temo que, ao focar em meus erros, em vez de pintar a mim mesmo sob uma boa luz, você acabe me encarando de forma muito severa ou crítica. Talvez não aprove meu jeito aberto e direto com você, optando por não lhe esconder nada sobre os fatos da vida. Eu e sua mãe não éramos como bonecos Ken e Barbie, lisos e aplainados, as partes íntimas omitidas por causa do pudor. Éramos pessoas reais e inteiras, e quero que você nos conheça e nos entenda dessa forma. Não quero separar o sexo do amor, eles são parte um do outro, como o coração e o sangue, um é inútil sem o outro, e não é de admirar que, justamente por esse ato de amor, nosso sangue tenha corrido para dentro de você e continue fluindo graças às batidas de seu coração.

Os pais muitas vezes tentam evitar que seus filhos cometam erros. Meu melhor conselho para você, como pai, é COMETA ERROS — TUDO BEM pegar a estrada errada. É a única maneira de entender de uma vez por todas onde está o equívoco. Mas quando for devastada pela dor, não tome um comprimido, não fume nem cheire nada para aplacar a dor, como sua mãe fazia. Por favor, nada de pó branco ou cristais, eles são os amigos mais falsos. A dor, minha querida, não deveria ser vista como uma inimiga, e sim como uma amiga. Quando coloca a mão no fogo, a dor a protege fazendo com que a recolha. É a dor que faz você mudar algo que está errado, enfrentar esse erro. Você provavelmente vai se machucar muito ao longo do caminho, mas isso certamente vai ser menos entediante do que uma existência repleta de êxitos fáceis e, por isso mesmo, destinados a terminar e ser esquecidos com rapidez. Veja, o curioso sobre a vida é que é das partes difíceis que nos lembramos de maneira mais vívida, as partes fáceis quase não deixam vestígios.

Minha querida, se, quando chegar à minha idade, não houver nada de que você se envergonhe ou que deseje não ter feito, nada que teria feito diferente, nada que te provoque profundo arrependimento, nada que gostaria de esquecer ou que te faça corar de constrangimento, você nunca terá realmente dançado um tango com a juventude. E faça o que fizer, não pense, como eu já pensei, que o mundo em que você vive vai ser sempre o mesmo. Assim como as paisagens do mundo mudam o tempo todo, as areias se movem, a neve cai e depois derrete, escondendo algumas coisas e revelando outras, a água dando lugar à terra, a terra dando lugar à água, continentes inteiros se chocando, o mesmo acontece com a sociedade humana. Nada dura para sempre, nem o bom, nem o ruim.

Somente no curso de minha vida o mundo mudou de maneiras que nunca pensei serem possíveis, nem mesmo em cem anos. Como há um ano, quando o Muro de Berlim caiu, a Guerra Fria acabou, os blocos oriental e ocidental desmoronaram e o comunismo foi, de certa forma, tacitamente reconhecido como um erro do passado. Os aplausos, a música, o júbilo... foi outro momento mágico, como Nambassa dez anos antes. Não quero aborrecê-la, estou apenas tentando lhe dar uma ideia de como as coisas eram para nós, porque estamos ligados não apenas um ao outro, mas também a todos aqueles que viveram no mesmo tempo que nós.

O tempo vai lhe pregar peças. O que parecia certo em determinada época não necessariamente será certo no futuro, mas quando se arrepender de seu passado, precisa se despir de sua pele atual e voltar a vestir a anterior. Se pareceu certo na época, é só com isso que você precisa se preocupar. Viva um dia de cada vez. Não fomos feitos para viver como viajantes do tempo. Minha querida, não vou lhe dizer para não deixar que nada de mal lhe aconteça, porque às vezes vai acontecer, a vida é assim, mas vou lhe dizer para não deixar que o mal *te faça mal*, para manter intacto o que faz de você uma pessoa única, diferente de todas as outras. Aqui já vi neve até onde a vista alcança, e ainda assim continua nevando, às vezes por dias a fio. É difícil acreditar que não haja dois flocos de neve iguais, mas é a verdade, cada um tem sua combinação singular de agulhas, lâminas e geada, a fragilidade de cada um encerrando o próprio pedaço minúsculo e único de espaço vazio e silêncio.

Ainda me lembro muito bem de Amber, sua mãe. Ela era a única que conseguia me ler como um livro aberto, ninguém me fazia gargalhar como ela, só sua risada já me fazia rir, ninguém jamais conseguiu fazer com que me sentisse vivo como ela o fazia, tão vivo que, com qualquer outra pessoa, tinha a sensação de viver uma espécie de existência mais sem graça, como o avesso de uma pintura que ninguém deveria ver. Claro, isso foi até eu saber de sua existência: então as cores, os matizes e as sombras atravessaram a tela de forma impressionista. Você me deu um novo entusiasmo pela vida, Gracie, e me ensinou que o céu está sempre mudando, que, enquanto vivermos, sempre haverá mais por vir. O presente mais lindo que Amber me deu foi você, e com você, um amor que eu nunca tinha sentido antes, a felicidade serena e simples de ser pai. Nunca esqueça, Gracie, o quanto sua avó também a amava. Nem duvide do quanto sua mãe a amava, mesmo que fosse impossível para ela demonstrar esse amor abertamente, como sua verdadeira mãe. Quaisquer que fossem suas deficiências ou fragilidades, eu não poderia tê-la amado mais, e quero honrar a memória dela, mesmo que seja a última coisa que eu faça.

Todo esse fingimento absurdo, toda essa dissimulação, foi apenas para fazermos o que era melhor para você, para mantê-la segura, mas, dito isso, quanto mais penso nesse assunto, mais tenho dúvidas. Estou começando a achar que talvez a melhor maneira de fazer isso seja calar minha boca grande. A verdade às vezes pode ser superestimada. Há o potencial dano psicológico a você, a possibilidade de eu me comprometer, ser preso, não poder mais cuidar de você. Não, seria arriscar demais levar adiante essa ideia maluca. Não quero fazê-la sofrer — a verdade é terrível demais, especialmente depois de todo esse tempo. Depois que um segredo é revelado, é isso, acabou. Tirei esse peso do peito, o que pelo menos vai me ajudar a superar e seguir em frente. Pensando bem, é bom que você cometa pequenos erros na vida, apenas não cometa erros grandes como eu cometi. Em vez disso, viva de acordo com tudo o que sua avó e eu lhe ensinamos. Não se desvie do caminho correto. Vou me certificar disso.

Eu deveria rasgar este diário em mil pedaços e atirá-lo, punhado após punhado, como rajadas de neve, aos ventos catabáticos, voando por aí, dançando com os flocos a cada nova nevasca. Quem sabe quantos fragmentos permaneceriam desconhecidos para todos, mas, de alguma forma, ao mesmo tempo, preservados para sempre.

Acho que é isso então, o fim da estrada em um lugar sem estradas, neve cobrindo tudo, assim me despeço. Adeus. Fim.

Quatro da manhã. 27 de fevereiro de 1991

Quem está escrevendo aqui é o Bertrand. Você não assinou o livro de registros ao sair da base, como deveria, nem anotou quando planejava voltar, o que não era um bom sinal. Assim, na desumana hora referida acima, saí e congelei minha bunda seguindo as pegadas que você deixou na neve, tão grandes e profundas quanto as de um abominável boneco de neve, então não foi muito difícil. Você tem muita sorte de eu estar sempre de olho em você. Um passo em falso e poderia ter tomado um caminho sem volta — por aqui, nunca se sabe. Finalmente, me sentindo um picolé, cheguei ao fim de seus rastros antes do novo cume e, pouco a pouco, consegui recolher a maior parte do que você havia rasgado. Eu já suspeitava do que você estava planejando fazer, embora tenha temido o pior quando, ontem, ao chegar, vi que tinha jogado aquela máquina de escrever e imprimir que você chama de "processador de texto" na lixeira de recicláveis; a propósito, tomei a liberdade de colocá-la de volta no lugar que lhe é de direito, embaixo de sua cama. Talvez você tenha pensado que eu estava roncando em uníssono com nossos colegas de quarto ontem à noite, mas a verdade é que eu estava monitorando você enquanto remexia em seu armário e depois saía furtivamente pela porta dos fundos, tentando ser tão silencioso quanto um rato. Rapaz, como fiquei feliz por ter tomado minhas precauções quando tive a oportunidade, e se quiser saber, foi enquanto você estava dando uma de suas cagadas de uma hora.

O que vou te entregar em breve é apenas uma fotocópia do original, e o papel não é da melhor qualidade, mas pelo menos salvei o conteúdo. E se cismar de rasgar este em pedacinhos também, não se preocupe, tenho outra cópia em um lugar seguro. Sinto muito, também tenho algo a confessar. Durante esse tempo que passamos aqui, fiquei tão intrigado ao ver você escrevendo em todos os momentos livres, que tinha que saber, era mais forte do que eu, como ter que escalar uma montanha só porque ela está lá. Espero que você entenda. Antigamente, sempre me contava o que estava acontecendo em sua vida, então de repente deixou de compartilhar as coisas comigo, e eu não tinha como saber o que se passava em sua cabeça. Então, uma vez vi você guardando seu diário no armário... e, bem, foi isso. No começo, eu só dava uma espiada em algumas passagens para ver se havia algo sobre nós, rapazes, mas depois... foi culpa sua, eu simplesmente não consegui parar. Fui lendo mais partes sempre que você saía para procurar rochas espaciais, quando estava se lavando ou dormindo. Ei, eu não arrombei seu armário, pois não havia cadeado nem combinação. Embora, de fato, eu sabia muito bem que não deveria estar fazendo o que fiz. Mas eu tinha que saber como tudo iria terminar.

Sinto muito, acho que também sou apenas humano. Se você me perdoar, eu te perdoo por me descrever como "substituto do Papai Noel" e "psicopata na floresta". Acontece que é a Aurélie quem escolhe minhas roupas, já que não tenho muito tempo para dedicar a essa tarefa enfadonha, e para manter relações decentes com o cônjuge durante trinta e quatro anos, é bom mostrar apreço por todo esforço bem-intencionado, quer eu goste, quer não do que acabo sendo obrigado a vestir. E o irmão de minha mulher trabalha em um restaurante, então essa é a história do boné promocional. Quanto ao meu "corpo flácido", é preciso ter carne onde moro, para se proteger do frio. E se às vezes preciso de uma bebida para abastecer adequadamente um casamento de trinta e quatro anos, bem... posso viver com um "nariz vermelho por causa do álcool", se a Aurélie puder! Devo, no entanto, insistir para que você faça justiça à minha "barba grande e densa", que descreve como uma "esponja de cobre". Acontece que eu moro em uma parte do mundo conhecida pelo clima rigoroso no inverno, e não tenho intenção de congelar meu rosto. Pessoalmente, prefiro pensar que me pareço mais com Sócrates. Se puder escrever algo sobre Sócrates e dedicar algumas linhas à minha sabedoria, para que sua filha saiba o que pensar de mim quando você tiver coragem de entregar a ela este diário, eu agradeço.

Muito bem, foi aqui que você parou de escrever, pensando que era o fim.

Não costumo falar sério, mas desta vez estou falando. Este não é mais o PRS, o Ponto de Retorno Seguro, para você, mas o PRS, o Ponto Sem Retorno. Só vou dizer isso uma vez. Você precisa terminar o que começou e ir aonde precisa ir, não há como voltar. Você deve a verdade à sua filha, ela tem todo o direito de saber quem é. E só vai te amar mais sabendo que pode confiar em você, graças à sua abertura, e essa também é a única maneira de você saber o quanto pode confiar nela. O que estou tentando dizer é que apenas mostrando a ela quem você realmente é que você vai descobrir quem ela realmente é. E ela vai te amar por quem você é, não por quem você finge ser, e isso vai ser muito melhor. Não se preocupe, tudo vai ficar bem.

Eu posso ter sido um mentor, mas agora me considere seu velho e verdadeiro amigo, com quem você pode contar nos bons e maus momentos,

Bertrand

P.S.: Não precisa me agradecer por isso nem mesmo dizer uma palavra a esse respeito. Digamos que com isso paguei uma dívida antiga. Pelo alce.

O alce

10h45, 27 de fevereiro de 1991, dia da partida

Sou eu, seu pai, de novo. A sensação que experimentei ao sair sozinho, sem o conhecimento do grupo, em meio às rajadas de vento e à luz suave da noite polar, foi inimaginável. O silêncio era tal que até os sons que *eu* fazia começaram a me dar nos nervos: minha respiração, meus passos enquanto subia a colina apressado sem destino algum em mente, apenas a vaga ideia de um lugar secreto. Não segui qualquer linha de bandeiras vermelhas ou verdes demarcando trilhas, ou pretas, sinalizando perigo, e tracei um caminho próprio até que, a certa altura, senti que estava no lugar certo, um lugar que parecia estar serenamente esperando por mim. Tinha a ver com a maneira como algumas encostas nevadas se uniam, a crista rochosa logo adiante oferecendo uma pequena proteção contra o vendaval, de modo que apenas uma fina camada de neve era gentilmente soprada para fora da superfície enquanto uma nova camada era depositada continuamente sobre ela.

Então, pensando no que estava prestes a fazer — destruir o registro de uma parte tão grande de minha vida e da vida das pessoas mais importantes para mim —, tive que afastar as dúvidas. Tirei as luvas e, com ambas as mãos, rasguei meu diário, e reduzir as tiras a pedaços menores exigiu mais esforço do que eu poderia imaginar. O que tinha que ser feito tinha que ser feito. Apesar da hesitação e do sofrimento, eu sabia que era o melhor. Os confetes se misturavam perfeitamente à neve, prontos para serem escondidos de vista assim que o vento soprasse a maior parte deles, mas alguma essência secreta de nós, por mais fragmentada e espalhada que estivesse pelo continente congelado, sempre seria preservada.

Quando voltei aos prédios verde-claros da base, a neve havia deixado um leve toque em tudo, tão delicado quanto a penugem do cardo. Por alguns momentos, fiquei semicongelado do lado de fora da porta da passarela, tentando tirar a neve das botas. Não sentia mais as pernas ou os pés, apenas dor em todos os ossos e dentes, até a raiz. Então, me arrastei para dentro, de volta pelo túnel que ligava o prédio ao barracão, ao quarto com os beliches e ao cheiro de muitos homens amontoados em um espaço pequeno. Tentando não tropeçar, vesti minhas roupas de dormir; então, pisando no beliche de baixo para alcançar o de cima, notei que Bertrand não estava lá — provavelmente já havia se levantado para preparar as coisas para o dia. Isso não me impediu de puxar os cobertores pesados até as orelhas e, naquele espaço estreito e claustrofóbico, dormir o sono mais profundo e restaurador que tive em anos.

Acordei morrendo de fome e fiquei feliz ao ver Bertrand na cozinha com macacão de esqui vermelho, preparando um farto café da manhã para alguns dos homens que, como eu, haviam dormido até tarde e perdido o café da manhã quente na hora marcada. Havia uma agitação no ar por ser o dia da partida para nós, malas, mochilas, equipamentos já embalados pelos madrugadores, nossas cadeiras empilhadas contra a parede. Bertrand não tinha intenção de comer pouco na viagem, ele gosta de seus cafés da manhã fartos e os aprecia sem culpa, sem ligar para sua pança, bastava convencer os outros a comer tanto quanto ele. Naquela manhã, porém, para sua grande decepção, todos haviam comido apenas tigelas de arroz tufado. A recusa deles em "encher o tanque" (como Bertrand gosta de chamar o ato de comer) tinha a ver com o fato de terem exagerado na comida e na bebida na noite anterior, quando celebramos o encerramento das filmagens. Não tive problema algum, no entanto, em deixar que Bertrand me servisse abundantemente, ovos (mergulhados em azeite antes de serem trazidos até aqui, para que durassem) e linguiças congeladas que ele conseguira transformar em algo saboroso em uma frigideira. Café, açúcar, leite condensado.

Eu queria lavar minha caneca e meu prato e os levei para a pia, mas Bertrand marcava território em qualquer cozinha, mesmo onde, em tese, ele não teria o direito de estar se não tivesse caído nas boas graças do cozinheiro, e então ele insistiu para que eu simplesmente os deixasse lá (talvez para que pudesse comer minhas sobras de linguiça). Eu estava atrasado e pensando que era melhor arrumar minhas coisas enquanto ainda tinha tempo, e estava saindo apressado para fazer isso quando Bertrand correu até mim, sua grande mão pousando em meu ombro. Então a outra mão saiu de trás das costas, e ele me entregou uma pilha grossa de papéis, centenas de páginas. Ele parecia constrangido, mas ao mesmo tempo foi insistente, estava determinado a me entregá-la. Será que era algum roteiro que ele queria que eu lesse? Um projeto de filme que gostaria que realizássemos juntos? Eu perguntei, mas ele estava agindo de forma estranha e não respondeu, apenas fez uma expressão de "o tempo dirá". E foi nesse momento que suspeitei que fosse algo que ele mesmo tivesse escrito. Então abri um sorriso de "eu sei o que você está fazendo" e dei uma espiada em algumas páginas aleatórias. De repente, foi como se eu estivesse prestes a adormecer, e senti meu corpo em queda livre, o chão se abrindo sob meus pés quando reconheci minhas palavras. Eu tinha destruído tudo, até a última página. Os fragmentos não poderiam ter se juntado por mágica.

Todo aquele tempo a mão de Bertrand ainda estava apertando meu ombro, e ele não parava de me olhar com seus traços benignamente selvagens, mas com uma expressão muito séria. Seu olhar dizia tudo. Ele dizia: "Continue. Coragem. Faça o que você tem que fazer." Nem uma palavra, nada, apenas aquele olhar inabalável.

Engoli em seco e fiquei em silêncio, chocado demais para fazer qualquer coisa, enquanto dizia a mim mesmo que precisava encontrar um lugar tranquilo para que pudesse examinar o documento com cuidado e decidir o que fazer. Àquela altura, é evidente, eu já tinha entendido que só podia ser uma cópia.

Bertrand limpou a garganta.

— Hum, tomei a liberdade de escrever, à mão, um... Algo no, *hum*, fim. — E nesse momento ele tossiu tão violentamente que teve que se curvar para a frente e bater no peito algumas vezes. — Para o caso — continuou ele se engasgando entre os acessos de tosse — de você perder a coragem, o que pode acontecer com muita facilidade na Antártida.

Quando suas tosses ficaram mais curtas e secas, ele voltou para a pia, cheia de espuma até a borda, e começou a lavar minha caneca e meu prato para mim.

Devo dizer que tenho uma verdadeira dívida de gratidão com Bertrand. Ele provou ser sábio, tenho que admitir. Retiro o que disse sobre a barba, meu mentor e mais verdadeiro amigo, *Sócrates*.

Greenlane

28 de fevereiro de 1991

Cheguei a Auckland e estou no Public Trust, em Greenlane, depositando este documento antes de voltar para casa. Desculpe, não o reli de propósito, para não correr o risco de mudar de ideia. Quando tiver idade para ler isto, minha querida, tente ver a verdade pelos meus olhos, pelos olhos de sua mãe, de sua avó, assim como pelos seus. Tenha sempre em mente que não existe uma verdade única.

Para ser aberto apenas depois do dia 4 de setembro de 2002, por Gracie Aimée Grieg, quando ela deve ter completado 18 anos.

PT Envelope nº 000359T
Depositado por: Ethan Mathew Grieg
Data: 28/02/1991
Assinatura:
Ethan Grieg

Malcolm Gully, funcionário do Public Trust
Data: 28/02/1991
Assinatura:
Malcolm Gully

Envelope PT nº 000539T aberto por Gracie Aimée Grieg
5 de setembro de 2002
Assinatura:
Gracie Aimée Grieg

O documento foi entregue a Gracie Aimée Grieg, que o abriu.
5 de setembro de 2002
William Sutherland, funcionário do Public Trust
Assinatura:
William Sutherland

PT Envelope nº 000359T
Redepositado por: Gracie Aimée Grieg
Documento A Anexo
Data: 21 de outubro de 2005
Assinatura:
Gracie Aimée Grieg

William Sutherland, funcionário do Public Trust
Data: 21 de outubro de 2005
Assinatura:
William Sutherland

Documento A

Para proteger aqueles cuja identidade pode ser inferida a partir do diário de meu pai, deixo-o em um envelope lacrado que não deve ser aberto por meus (futuros) filhos até que atinjam a maioridade, ou dois anos antes, se o avô deles, Ethan Mathew Grieg, já tiver falecido. Essa medida se destina a proteger as pessoas envolvidas, vivas e mortas. Este documento vai contar mais sobre quem eu sou, quem é meu pai, quem eram minha mãe e seu irmão, meu tio, a perigosa jornada que cada um deles empreendeu, e por que o fizeram. Vai contar que seu avô, sua avó e sua bisavó eram imperfeitos, mas corajosos, e que a história deles continua pelo simples fato de existirmos. Além disso, deixo-lhes estes fios emaranhados da verdade para serem delicada e discretamente desemaranhados e passados adiante, para as gerações futuras, até que se tenha passado tempo suficiente para que nada disso importe mais, a vida deles e a nossa tendo há muito se dissolvido, depositadas em uma grande planície branca e ventosa de tudo que foi, mas não pode ou não deve ser lembrado.

Agradecimentos

No que diz respeito ao material de pesquisa, devo muito a: *Death of the Rainbow Warrior*, de Michael King, que inclui os depoimentos da professora rongelapesa Billiet Edmond e do magistrado John Anjain, que informou em detalhes alguns parágrafos deste livro; assim como *Making Waves: The Greenpeace New Zealand Story*, de Michael Szabo; *Auckland, Their Auckland*, de K. S. Clark; e *Te Ara Encyclopedia of New Zealand*. Também devo mencionar o relato do bombardeio atômico de Nagasaki feito por William L. Laurence (o único jornalista presente no avião), no qual me inspirei; e as famosas palavras da canção "Mon Pays", do poeta, cantor e compositor Gilles Vigneault, que gentilmente recebi permissão para citar. Agradeço calorosamente a Jonathan Banks, por suas maravilhosas imagens da Antártida e por responder às minhas muitas perguntas, e a Jock Phillips, por me apontar a direção certa em minha caça ao tesouro por detalhes históricos e por ter lido o manuscrito final para verificar se todos os elementos históricos estavam corretos, ao mesmo tempo que tenho que enfatizar que quaisquer imprecisões no que escrevi são responsabilidade inteiramente minha. Muito obrigada também a Bunny McDiarmid e Annabel Chaston, do Greenpeace Nova Zelândia; Lee Harris-Royal, do Ministério do Desenvolvimento Social/ Te Manatu Whakahiato Ora; Eileen Preston, Conselheira Sênior de Adoções, Criança, Juventude e Família; Blair Wotton e Matthew Sinclair, do

Departamento de Assuntos Internos/Te Tari Taiwhenua; Emilia Mazur e Jessica O'Sullivan, da Loteria da Nova Zelândia; Vaibhav Bhatnagar, dos Auckland City Council's Watercare Services; Ian Letham e Greg Coyne, do Public Trust; Kathryn Parsons, do Cambridge Museum; Michael Wynd, do Royal Navy National Museum of New Zealand, e à Igreja Anglicana de St. Andrew, em Cambridge, todos os quais generosamente me forneceram detalhes e documentos relacionados à década de 1980. Um grande agradecimento também ao dr. Nicola Munro, pelos detalhes sobre doenças degenerativas; à dra. Monique Findley, sobre obstetrícia; a Carol Stewart, por suas inestimáveis lembranças do protesto da flotilha de 9 de novembro de 1983, e a Anna Horne, por sua oposição aos testes nucleares em 1973; a Clace Schwabe, Jenny Moleta, Marilyn Murray, Moira e John Camilleri, Adrienne McDowell, Pete Rainey e Paul Dibble, por vasculharem suas memórias para mim; a Jacquetta Bell, Fran Dibble, Marian Evans, Desirée Gezentsvey e Margot Hannigan, por seus comentários úteis e por me permitirem vislumbrar como a vida costumava ser. Não tenho como agradecer o suficiente a Paul Bateman e a todos da Bateman Books, por seu trabalho e sua dedicação exemplares, em especial a Louise Russell, editora extraordinária, por trazer sua paixão, perspicácia e sutileza ao processo editorial. Minha gratidão se estende a Keely O'Shannessy, por seu magnífico design de capa. Um agradecimento muito especial a Carthew Neal, por seu apoio a esta história, e a Mimi Polk Gitlin, por embarcar na aventura da adaptação cinematográfica de todo o coração e tornar nosso trabalho conjunto um verdadeiro prazer. Como sempre, sou grata à minha agente literária de longa data, Laura Susijn, por seus muitos anos de confiança e trabalho árduo em meu nome; e à maravilhosa equipe da WME, por cuidar tão bem de mim. E por último, meus sinceros agradecimentos a Axel de Maupeou, meu marido e primeiro leitor, e a nossos três filhos, pelo apoio que me deram durante os anos que passei escrevendo este romance. Enquanto avançava pelas páginas em branco, tateando para um resultado final desconhecido, que é sempre um risco assumido pelo escritor, eles estiveram o tempo todo lá para me lembrar de que o único caminho é seguir adiante.

Este livro foi composto na tipografia Arno Pro,
em corpo 12/15,5, e impresso em
papel off-white no Sistema Cameron da
Divisão Gráfica da Distribuidora Record.